傑克

瑪莉蓮・羅賓遜──著　　姬健梅──譯

Marilynne Robinson

Jack

獻給 Ellen Levine

我的摯友、我四十年來的經紀人

各界讚譽

作家柯姆・托賓，4Columns 藝術評論網站

隨著「基列」系列每一本小說的出版，瑪莉蓮・羅賓遜最初在《遺愛基列》裡創造出的世界就變得更加鮮明、也更加錯綜複雜……在《傑克》卷末顯現出的是羅賓遜高超的駕馭能力。她和喬治・艾略特一樣關注人生的大哉問，也同樣對靈魂中的野性著迷，一種難以平息的感性和對靈性的追求，只有最罕見的天賦捕捉得到。

伊蓮・肖華特，《紐約時報》書評

對瑪莉蓮・羅賓遜的書迷來說，約翰・艾姆斯・鮑頓，亦即她獲獎的「基列」系列小說中第四部《傑克》的同名主角，乃是自果陀以來最令人翹首期盼的文學人物……羅賓遜對信仰、寬恕與希望的描述直擊靈魂，備受讚譽，而在美國危機四起的二〇二〇年讀來，「基列」系列作品也呈現出她對美國歷史上的種族不平等現象毫不留情的控訴，並且彰顯出基督教在對抗種族不平等現象時的莫衷一是……我期待這個系列的第五部作品能夠使這個家族故事更爲完滿，並且希望這第五部作品的書名將是《黛拉》。

《科克斯書評》

一個時而溫柔、時而焦慮的故事，敘述一份跨越種族的愛情，在一個動盪的時代……故事開展流暢，但是並沒有讓人覺得故事的走向乃是必然。羅賓遜探討著她經常探討的主題：當罪疚與恩典相遇。一份文字優美的明證，證明了愛能克服一切——但是免不了要承受相當大的痛苦。

艾蜜莉．坦普爾，Literary Hub 網站

瑪莉蓮．羅賓遜的「基列」系列小說經常被稱爲「當代經典」，要描述這幾本歷久彌新的作品，這是正確的方式……《傑克》是一個代價極高的愛情故事……動人地呈現出要想得到你想要的一切，這當中混亂、複雜而令人心碎的一面。

凱西．塞普，《紐約客》

《傑克》是羅賓遜「基列」系列小說的第四部，這是一個跨越世代的家族故事，以愛荷華州的小鎭爲中心，涉及種族、宗教、家庭與寬恕。不過，稱之爲續集或前傳並不貼切。這部小說和前面三部（《遺愛基列》、《家園》、《萊拉》）其實更像是《聖經》裡的福音書，以四種不同的方式來講述同一個故事。

山姆．薩克斯，《華爾街日報》

在第一部《遺愛基列》中，約翰．艾姆斯牧師寫道：「好的講道是一方熱情地談話」，而羅賓遜女士的小說也是如此。這幾部小說相互回應，詰問，加以澄清或反駁，但始終維持著對話，感覺就像書中所探索的奧祕一樣宏大無窮……這幾部小說榮耀了創作，給予我們在萬物的浩瀚中只偶爾得見的東西：瞥見永恆的本相。

德尚恩．查爾斯．溫索爾，《歐普拉雜誌》

瑪莉蓮．羅賓遜以精采的《傑克》重拾其探索，並且加以深化，擴及對種族問題的省思……羅賓遜巧妙地把述說故事的重任交給書中主角，用看似簡單的對話作為陳述故事的主要工具。但是請別誤會——書中處處都有豐富而深刻的內涵。

喬丹．基斯納，《大西洋雜誌》

羅賓遜的每一部小說都讚頌著一件事實：不可言傳的事物和日常事物是分不開的。她的小說也把那個不可言傳的日常世界呈現在我們面前，獨特、閃亮、精準……在書中有些段落，當傑克的目光清晰地照亮了當下，當他的夢想邏輯感覺如此貼切，使得羅賓遜細心刻畫的整個世界重新出現，讓我們重返具有預言性的日常生活。

莉亞．格林布拉特，《娛樂週刊》

此書不僅探討了信仰與人類苦難，也以獨特的方式描繪出神性。

羅恩·查爾斯，《華盛頓郵報》

愛是否能夠拯救一個人，使他免於墮入地獄？這個疑問與愛情故事和宗教交織在一起，構成瑪莉蓮·羅賓遜這本新小說的核心……身為仁慈的創作者，羅賓遜把傑克對黛拉的愛溫柔地輕輕托著。

《書單》雜誌

羅賓遜的最新傑作，包含了對形而上學和道德的探究、細膩的情感、豐富縝密的想像力、強烈的感性……以無數種面貌呈現出痛苦，但其中也有美麗、神祕和喜悅，她用精準的感知和讚美詩般的韻律吸引著我們，並且優雅地闡明了生命和心靈錯綜複雜的憂傷與奇蹟。

Vulture 流行文化網站

悠閒地翻閱一本瑪莉蓮·羅賓遜的新小說，忘了在她筆下葉浪起伏的玉米田和老舊的鄉村廚房之外還有其他世界存在。在她筆下的這個世界裡，心懷善意卻身陷麻煩的人物討論著逐漸形成的信仰與理性危機……準備好被我國最為深思的小說家深深吸引。

《出版人週刊》

羅賓遜「基列」系列小說的第四本傑作，揭露了更多內情……精湛出色地探討了愛所帶來的救贖與超越。

喬瑪娜．海提卜，《紐約時報》

針對人性尊嚴與救贖能力的一番沉思。

「影音俱樂部」網刊

瑪莉蓮．羅賓遜又一次重返愛荷華州基列小鎮這個充滿靈性的動人世界，寫出又一部令人回味的小說，探討宗教問題以及我們如何理解自己在這個世界上的定位。在「基列」系列的前幾部作品《遺愛基列》、《家園》和《萊拉》中，這位作者已經以簡潔富有詩意的風格勾勒出有如神話的故事背景，如今她又替這近乎完美的三部曲添加了第四部作品《傑克》。此書聚焦於約翰．艾姆斯．鮑頓這個人物，他是基列小鎮長老教會牧師之子，在前面幾本小說中扮演配角。書中敘述了他和高中教師黛拉的跨種族戀情，從這段戀情的笨拙開端到後來的情真意切和黯然心碎，羅賓遜一貫地探討著信仰的奇妙力量——以及信仰的缺乏。

導讀

愛，就是你願意在漆黑的房間劃亮火柴

——吳曉樂（作家）

瑪麗蓮．羅賓遜，美國著名作家，獲獎無數，一九九一年起在愛荷華州作家工作坊執教，直到二〇一六年退休，同年由《時代》雜誌譽選爲百大影響人物。她最爲人所知的作品，就是基列四部曲。首先，別因「四部曲」而卻步，這幾本並非承先啟後的直系血親，毋寧說是平行、旁系姊妹作，你不妨從任一本走入基列鎮，但我想提醒，你很難只滿足於一本。

作家張讓《家園》的導讀，稱《家園》和《遺愛基列》「最好並讀，好像一門的兩扇，雙雙打開以後，我們才能比較清楚看見室內全景」。延續張讓的譬喻，我以爲《傑克》好像是一扇與門對立的窗，面積比不上門，但窗有窗的功能，意不在進出通達，而是於必要位置上引入新鮮氣流，撥攪舊有秩序。羅賓遜將故事錨定在聖路易，時間定格於傑克遠走基列以後。

傑克，他是基列鎮兩個牧師家庭，艾姆斯一家與鮑頓一家，回憶錄裡一抹去不掉的汙漬。傑克誕生初始，即有不祥預兆。他是鮑頓家第三個孩子，鮑頓牧師不捨摯友艾姆斯牧師鰥居多年、膝下無子，於是以艾姆斯之名爲傑克起名。這份美意並未得到艾姆斯牧師全心的領受，艾姆斯牧師當下冷漠地意識到——這終究不是他的孩子。日後，兩個家庭在組成上各自起了變化，年邁的艾姆斯牧師與小他三十餘歲、來歷不詳的萊拉成婚，於七十歲的高齡有了孩子羅比。鮑頓牧師與妻子也陸續生下四名子女，么子泰迪日後成爲頗具名望的醫師。兩家男丁陸續誕生，傑克在譜系上不免伴生一點「小尷尬」，但令兩位牧師頭痛的是傑克一再闖出的「大麻煩」，小至順手牽羊，大至炸毀郵箱。傑克交代不了動機，只知欲望翻湧，難以抑制。艾姆斯牧師形容傑克是「迷途的羔羊、迷失的浪子、早慧的天才」。

艾姆斯牧師與鮑頓牧師分屬基督教新教的公理會與長老教會，偶生摩擦和歧異，但他們普遍接受加爾文的「預定論」。根據此一理論，神以其恩典指定天選之人，其他人則因自身所犯罪行，獲致永恆的詛咒，墮落於地獄。預定論是兩位牧師解道時揮之不去的疑難，傑克的劣跡更讓他們心中暗影幢幢，如何不懷疑傑克注定被神所撇棄？日後，傑克鑄下大錯，避逃基列，艾姆斯牧師與鮑頓牧師的髮妻，也就是傑克的母親，據此結論不應再挹注希望在傑克身上。唯有鮑頓牧師，仍衷心爲傑克祈禱，期盼浪子回頭的一天。

傑克在聖路易落腳，離鄉背井二十年，母親大限之日，傑克因故身陷囹圄，見不上最後一面。出獄後，傑克的首要任務自是奔喪，他拿著家裡寄來的錢，倉促地在廉售死者衣物的商店購入一套黑色西裝，突然一場暴雨，傑克好心地爲淋濕的黛拉解圍——手上的傘還是竊來的。

黛拉見眼前陌生男子一身正式行頭，錯認傑克爲牧師，父親亦爲牧師的黛拉殷殷招待傑克。即使稍晚黛拉觸探到傑克不欲人知的祕密，這份好感仍如磐石，無一瞬轉移。黛拉嘗試說服傑克：即使生命蒙受缺損，仍無礙我們從中享受恩典。

《傑克》的序幕，讓我聯想到電影《愛在黎明破曉時》系列作，一對男女偶然相遇，消磨整夜時光，交換所思所想，並爲彼此的高度投契而歡喜不已。但，傑克與黛拉置身寂靜墓園，傑克負擔不起體面的場所，黛拉並不在意。其次，兩人的種族、年齡與階級，使他們多所顧忌，兩人既迫切，又唯恐稍有不慎，扼傷了眼前奇蹟般的情投意合。在漫長又短暫的良夜，羅賓遜調度了好幾次「沉默」，每次的沉默，以及後續重啟的對話，都讓我們看清傑克與黛拉之間深刻的引力。他們談議宗教、莎士比亞、詩歌，其間黛拉不經意地提問，「如果在漆黑的房間裡劃亮一根火柴，它似乎會散發出很多光亮。可是如果在已經很亮的房間裡劃亮火柴，似乎就不會造成什麼差別」。若云傑克的問題，是哈姆雷特的問題——生存抑或毀滅；那麼，黛拉的問題就是究竟要把光加入光裡，還是把光添加到黑暗？這問題起初讓傑克有些感冒，他憶起老家爲他操碎了心的鮑頓牧師，憶起自己引發的無盡黑暗，但黛拉輕輕地把光的譬喻從宗教的範疇贖出，挪移至另一象限：我們要與怎樣的人相愛和相守？她好奇的並非宗教的理解，而是情愛的實踐。傑克與黛拉共同假設了「若世界毀滅」，只剩下他倆，他們要給這世界制定怎樣的規矩？傑克與黛拉有充分的動機，憧憬著「美麗新世界」，他們背負著遠比羅密歐與茱麗葉還要沉重的枷鎖：傑克是白人，黛拉是黑人，法律並不祝福他們結爲連理。除此之外，兩人的條件也不對稱，黛拉來自名聲顯赫的牧師家庭，家庭每一成員都致力於種族的提升，黛拉是家族精緻栽培的驕傲，她的教師身分不單是個人受益的福祉，也確保後代黑人學生可以接受到品質精良的教育。反觀傑克，在老家基列，是家喻戶曉的「黑羊」，在聖路易，他的評價更是惡化至「聲名狼藉的白人老混混」。

若我們放大檢視傑克每一段自白，他性格裡敏感、嚴苛的一面其實昭然若揭。傑克並不避諱坦承他能一眼望穿他人最脆弱的所在，內心因而生起一股執著，意欲去玩弄那脆弱。兩位牧師的擔憂也並非多慮，很難說傑克「沒有純粹的惡意」。是以，傑克很早就萌發一個古老的疑問：人是如何生活的？傑克深知自身格格不入，更早早提出解方，唯有離群索居，他才能「保持無害」。傑克孤絕自身，以免汙染潔白的羊群，而鮑頓牧師一再目睹傑克的寂寞而痛心。鮑頓牧師認爲虔誠的信仰必能淨化傑克，但傑克渴望的並非淨化，而是有誰願意看見他，並且，只是看見，看見他在落魄、譏嘲、防衛的皮囊底下，棲息著不安的、受苦的靈魂。黛拉確實看見了，傑克並非毫無生產，而是他從生命中感受到的奧祕，始終缺乏一個有效的導引，讓他敘述，比方墓園裡的雕像、枝椏間滿是金黃色花朵的老樹、不甚完美的押韻、聖經釋義、科學與神學的拮抗等等。若沒有黛拉，世人勢必無從知曉，某些時刻，傑克以如此優雅、博學的面貌，存在，甚至是煥發於世間。反過來，我們也不禁好奇黛拉何以愛上傑克？傑克豐盛的內裡，是理解的起點，至於黛拉，儼然「無害」典範的黛拉，是否在傑克跌宕起伏的生命情態，辨識出個人失落已久的自由？

羅賓遜藉著傑克的際遇，破解「單一故事的危險性」。讀完《傑克》，我更加認同《家園》裡葛洛莉的見解，傑克的靈魂「長了瘡」，傑克因此意識到靈魂的存在。羅賓遜以文學、以故事，去挑撥「罪」的界線，間接收容了「罪者」，賦予其一線生機。羅賓遜也勾勒出，有時候人並不如外觀表現得「有選擇」，名譽一旦受損，就逼近全無。傑克遭逢的險釁，起初確有幾分自找的成分，然而，到了後期，我們也親見傑克一再受迫，償還不符比例的債務，被占盡便宜，承受著遠超乎他應該承受的苛待，與刻板的誤解。

黛拉說服傑克，「靈魂不具有塵世的特質，在世間萬物裡沒有歷史，沒有罪疚、傷害或失敗。就像一道火焰不會有罪疚、傷害或失敗」。遺憾的是，靈魂不屬於塵世，塵世卻會拷問靈魂。因黛拉而獲致新生、覓得「繫纜停泊之處」的傑克，宛如聖經裡的拉撒路，「從墳墓裡走了出來，手腳卻仍裹著屍布」，他跟黛拉違法的結合終究喚來暴力，兩人的結晶也在蠻橫的制度下被視作「罪證確鑿」。傑克痛苦領悟，家園難得，他亟欲證明自己是光明磊落的人夫、人父，也因此會成爲光明磊落的人子跟手足，偏偏命運惘惘的威脅，未曾有一瞬消停。羅賓遜在《傑克》的尾聲，劃亮一根火柴，給予這對情人一條出路。但若重溫《遺愛基列》，讀者在此處的釋然，很難不渲染上微微酸楚。

容我再借一些篇幅，更周詳地談基列四部曲。第一部《遺愛基列》是七十六歲的艾姆斯牧師，他深諳待羅比有日需要長者的智慧，他這位老父有極高的機率已化爲塵土，遂以書信的形式，交代他的一生，也抒發對羅比的摯愛。諸如有先祖如何輾轉來到基列鎮，父親與祖父的齟齬，以及教會信衆出資送至德國求學、竟以無神論者身分返鄉的哥哥艾德華。艾姆斯牧師也坦承，他擔任神職人員數十年，有些儀式和信條，他仍無法澈底參透其中奧義。第二部《家園》，視角落在鮑頓家庭最小的女兒葛洛莉，她陰錯陽差回到基列，照顧視茫髮蒼的父親。傑克的歸返令她既喜悅，又緊繃，她想了解傑克，又恐懼刺痛傑克。葛落莉也揭穿鮑頓家幽微的性別差異，鮑頓家四男四女，「女孩子是按照神學的抽象概念來命名，男孩子取的則是人類的名字」。葛洛莉有屬靈的傾向，但講道者向來是男性。第三部《萊拉》，羅賓遜揭開了萊拉的身世，我們進而明白她是這系列多麼獨特的女性身影，黛拉與葛洛莉都是良好教育出身的英文老師，萊拉則自小受虐、飽嘗飢貧失學之苦。萊拉是基列鎮少數對傑克釋出善意之人，他們都是流離的「外人」，若有所思地望進基列鎮，質疑救贖的現身與缺席。

羅賓遜在基列四部曲置入了幾組值得互相對照的「父親形象」。當年艾姆斯牧師得知傑克將以自己爲名，內心驀然湧現一股冷漠，只因「這不是他的孩子」。待傑克年長，釀出連串禍事，艾姆斯牧師對傑克更是忌憚。不過，竟也是艾姆斯牧師，而非生父鮑頓牧師，傑克付以祕密——他看似貧瘠的人生，榮光曾經灑落。另一方面，傑克受限地理與人際阻絕，不能時常親愛他的男孩，他與艾姆斯牧師的孩子羅比發展出近似父子的情誼。羅賓遜似意有所指，血緣讓我們深感慰藉，也不吝以同樣的手法，讓我們負傷。

基列，《聖經》中的地名，原意爲「多岩石」，或「見證之堆」。據童偉格所述，「當雅各思歸故土，因此從岳父拉班的居所叛逃途中，所暫居的避難處；亦是拉班領人追上，與其立約，從此各行其是的盟誓之地。基列，意謂著父輩對背離君父城堡之新生代的終爾寬宥、祝福同時訣別」。羅賓遜以基列爲小說中的愛荷華小鎮命名。透過基列四部曲，我們得以微觀二十世紀中葉，階級、種族、信仰、乃至性別之間的複雜交織，美國中西部的白人新教徒如何看待「異己」，以及歷史上的重大事件：南北內戰、流感、經濟大蕭條、長達十年的大旱、種族隔離政策等，如何具體影響小人物的動態。再進一步談，我們也能從這些人物的抉擇，探問：信仰與救贖之間必然畫上等號？虔信者的信念必然恆大於質疑之人？

羅賓遜主修宗教和文學創作，她的文字簡雅、和睦、深邃，蘊含巧妙韻律。就宗教的推衍與探究，讀者能逆溯至「人爲何而活」的大問。我也由衷喜愛人物對談，往復之間營造出的廣袤空間，角色背景縱有雲泥之別，羅賓遜亦精準掌握他們的聲腔。讀者浸潤其中，心有所感，事物冥冥之間「沒有個絕對」。隨著眼波逐字流轉，內心反覆壓縮折疊的空間一層層舒張、打開。這是個人近日閱讀上一次可愛、貴重，如瑜珈大休息的全然鬆綁、脫困。好些字句我像是傑克，渴望撕下紙頁，渴望在空白角落即興發想一首詩，渴望有一位黛拉允許我從容傾訴，尤其是以下這句，艾姆斯牧師告知羅比之語，「只因你活在世上，我就鍾愛著你」。

傑克

Jack

他只落後兩步，幾乎就走在她身旁。她沒有回頭，只說：「我不跟你說話。」

「我完全理解。」

「如果你真的完全理解，就不會跟著我了。」

「一個男人邀請女士去吃晚餐，就該送她回家。」

「不，他不必這麼做。如果她叫他走開，叫他不要煩她。」

「我受到的教養就是這樣，我也沒辦法。」但是他過到對街，隔著馬路與她同行。走到她住處外一個街區的時候，他又穿過馬路走回這一邊。他說：「我真心想要道歉。」

「我不想聽。你也不必費心解釋。」

「謝謝。我的意思是，我也寧可不要解釋。如果不解釋也無所謂的話。」

「沒有什麼事無所謂。在我們這番對話裡容不下『無所謂』這三個字。」儘管如此，她的語氣溫和。

「我當然明白。但我沒辦法什麼都不做。」

她說：「我這輩子從來不像今晚這麼丟臉。」

他說：「呃，你認識我的時間還不長。」

她停下腳步。「現在你開起玩笑來了，很好笑。」

他說：「我有個毛病，不該惹笑的事會讓我發笑。我想我跟你提過。」

「而你又是從哪裡冒出來的呢？我走著走著，你就跟在我後面了。」

「喔，如果嚇到了你，我很抱歉。」

「不，你沒有嚇到我，我知道那是你。就連小偷都不會這麼鬼鬼祟祟。你想必是躲在哪棵樹後面。眞是可笑。」

「欸，總之，我把你平安送到家門口了。」他掏出皮夾，抽出一張五元美鈔。

「拜託，這算什麼！在我家門口拿錢給我？別人看見了會怎麼想？你想要毀掉我的生活！」

他把錢和皮夾收起來。「我實在欠考慮。我只是想讓你知道我並不是想要賴帳。我知道你一定是這麼想的。你瞧，我的確帶了錢。這就是我想表達的意思。」

她搖著頭。「我在手提包裡翻來掏去，想盡辦法湊足零錢來付那盤我們沒吃的豬排。最後我還欠老闆兩毛錢。」

「嗯，我會把錢還你。悄悄地還。比如說夾在一本書裡。你還有幾本書在我這兒。我認爲這個夜晚十分愉快，除了最後那一部分。三個鐘頭裡只有一個鐘頭不太愉快。一筆小額的私人借款，將立即償還。也許就在明天。」

她說：「我想你還指望我繼續忍受你！」

「其實不然。一般說來，別人都不會忍受我。我不怪你。我知道這是什麼情況。你就連生氣的時候都還是語氣溫柔。這很少見。」

「我想，我受的教養沒讓我在街頭和人爭吵。」

「我指的是其實另一種溫柔。我有幾分鐘的時間，如果你想私下談談。」

「你是在邀請你自己進屋裡來嗎？沒什麼好談的。你回家吧，或是隨便你要去哪裡。我受夠了，不管這算什麼。你就只是個麻煩。」

他點點頭。「我從來沒有否認過這一點。至少是很少否認。」

「我同意。」

他們在那兒站了整整一分鐘。

他說：「我一直期待著這個夜晚。我不太希望這樣結束。」

「儘管我這麼生你的氣。」

他點點頭。「所以我還無法走開。我不會再見到你了，但此刻你還在這裡……」

她說：「我只是無法相信你會讓我那麼難堪。我還是無法相信。」

「說眞的，當時那樣做似乎是上策。」

「我原本以爲你好歹是個紳士，或多或少。」
「通常是的，在大多數情況下。不折不扣，在大半時間裡。」
「好了，我家門口到了。你可以走了。」
「這倒是。我會走的。我只是覺得有點難以走開。給我幾分鐘吧，等你進去，也許我就會走了。」
「如果有幾個白人經過，你就會溜之大吉了。」
他倒退了一步。「什麼？你以爲剛才是這種情況嗎？」
「我看見他們了，傑克。那幾個男人。我沒有瞎，而且我也不笨。」
「我不明白你爲什麼還願意跟我說話。」
「我自己也不明白。」
「他們只是想要討債，有可能會動粗。要知道，我不能冒險和他們爭吵。上一次差點害我坐牢三十天。那會使你難堪，也許更難堪。」
「眞有你的！」
「也許，但我不是……我眞高興你告訴了我。否則我可能會留下你在這裡想著……我不希望你……」

「事情的眞相也沒好到哪裡去。說眞的……」

「噢，好得多，肯定好得多。」

「所以現在我該原諒你，因爲你所做的並不是你可能做出的最差勁的事？」

「嗯，可以這樣說，不是嗎？我的意思是，澄清了這件事，我心裡舒坦多了。假如我十分鐘前就走開，想想會有多麼不同。那樣我就眞的再也見不到你了。」

「誰說你還會見到我？」

他點點頭。「我忍不住要想現在我的機會比較大。」

「也許，如果我決定相信你。也許並不。」

「你眞的應該相信我。這又何妨？你還是可以掛斷我的電話，退回我寫的信。事情並不會有所不同。只不過你不會接連幾個星期都有那些不愉快的念頭，想著我們本來可以共度的那個美好夜晚，你卻是怎麼度過了那幾個鐘頭。你可以就只原諒我這麼多。」

「原諒我自己，原諒我這麼傻。」

「你要這麼想也可以。」

她轉過身來看著他。「不要把這當成好笑的事——我認爲你會。任何一部分都不要，永遠都不要。而你若是在試圖討好我，這沒用。」

「沒用。我再清楚不過。方才發生的是某種自發的化學作用，是傑克．鮑頓和……空氣之間的接觸。就像磷，你曉得的。當然不是眞正的火焰，比較像是鬼火。一種由於尷尬而起的玫瑰紅熱氣，圍繞著任何一種普通事物。無法隱藏。我想熵應該有個光環……」

「別再說了。」她說。

「這是因爲我緊張。」

「我知道。」

「你不必理會。」

「你讓我心碎。」

他笑了。「我只是想留你在這兒聽我說話。我肯定無意讓你心碎。」

「不，你現在是在告訴我眞相。這很可惜。我從來沒聽說過哪個白人從身爲白人這件事情上得到的好處如此之少。」

「這是有好處的，即使是對我這種人來說。別人認定我會知道一塊肥皂能有多少泡泡[1]，或我有幸協助某些不怎麼樣的傢伙成爲顯要公民，或是……」

「別說了，別說了。星期一我要講到〈獨立宣言〉。這沒什麼好笑的。」

「的確。一點也沒有。我眞的要講點實話了，黛拉小姐，所以請聽我說。我可不是每天都會講實話的。」然後他說：「一個牧師的女兒、高中老師，一個前途無量的年輕女子，居然跟一個衆所周知、積習難改的流浪漢混在一起，這太荒謬了。所以我不會再打擾你了，你不會再見到我了。」他走開了一步。

她看著他。「現在輪到你來道別？你憑什麼這樣做？剛剛是我請你離開，而你把我留在這裡聽你胡說八道這麼久，讓我幾乎都忘了我說過什麼。」

「對不起，我明白你的意思。但我在努力當個紳士，假定一個紳士眞有可能處於我現在的處境。我可能會害你失去一切，而且我永遠不會給你帶來任何好處。嗯，這很明顯。我說再見，是爲了讓你知道我明白這個情況。其實我是在向你承諾，而我將會信守承諾。你會很佩服的。」

她說：「你借的那些書呢。」

「明天就會放在你的門廊臺階上。或是不久之後。連同我欠你的錢。」

「我不想把書要回來。不，也許我想。我猜你在書裡寫了字。」

「只用鉛筆寫的。我會擦掉。」

「不，不要擦掉。我來擦。」

「好，我看得出來這也許能帶給你某種滿足。」

「好了，我跟你說了再見。你也跟我說了再見。現在你走吧。」

「你先進屋裡去。」

「等你走開我就進去。」

他們笑了。

過了一分鐘，他說：「你看著吧。我做得到。」說著他舉起帽子致意，然後雙手插在褲袋裡，慢慢走開了。如果他的確回頭看了一眼，那也是在她把門關上之後。

一週之後，她從學校回來，她那本《哈姆雷特》躺在門廊臺階上。書裡夾著兩美元，封面內頁上用鉛筆寫了點東西：

如果我有一點福分，哪怕只有一點，
它的恩典將只照亮你一個人。
如果我僅有一個真誠的祈禱
它將會守護你，溫和似微風。

如果我的心有一條未斷之弦
叮叮咚咚叮噹叮[2]
噢，這些數字令我不安！
我欠你一美元，還有一本書。
漫長的告別！

眞是尷尬。絕對是這世上他最不想遇見的人。令人難以置信。在將近一年之後。他在墓碑上捻熄了手裡的菸，小心翼翼。那根菸只抽了一半。而捻熄了又有什麼用。想必就是那股菸味使她停下腳步，四下張望，抬頭看他。假如他試圖向後退，想溜出她的視線，那只會讓她更加害怕，他別無選擇，只好跟她說話。黛拉就在那裡，站在路上，在燈光邊緣，抬起頭來看著他。他能從她的靜默中看出那份猶豫，意謂著她由於不確定而停在那裡，不確定她是否眞的認識他，或只是看到了一個貌似他的人；她也不確定是否該走開，按捺住逃跑的衝動，如果他似乎帶著威脅或是古怪，不管他是誰，哪怕是他本人。嗯，老實說，他的確古怪。夜裡還在墓園遊蕩，無疑是很奇怪。可是她之所以停在那裡，也許是因爲她的確希望她認識他，樂意接受任何能使她放心的事，於是他舉起帽子，說：「晚安，麥爾斯小姐，如果我沒有認錯的話。」她摸摸臉，像是要使自己鎮定下來。

「是的，晚安。」她的聲音裡帶著淚。

於是他說：「我是傑克．鮑頓。」

她笑了，笑聲裡帶著淚。「當然。我的意思是，我剛剛覺得我認得你。天色太黑了，我沒辦法確定。看進黑暗中使得黑暗變得更黑，更難看見任何東西。我不知道大門會鎖上。我根本沒想到。」

「是啊，黑暗的程度取決於你所站的位置。這是相對的。我的眼睛已經適應了黑暗，所以照這樣說，光亮也是相對的，不是嗎？」眞是尷尬。他說這些是想要顯得聰明，因爲這天早上他沒刮鬍子，領帶還捲起來收在口袋裡。

她點點頭，看著面前的路，仍然猶豫不決。

他是怎麼認出她的？他花了好幾個月的時間去留意那些與她相似的女子，直到他以為在所有那些看似相似之處失去了對她的記憶。一件像她所穿的大衣，一頂像她所戴的帽子。有時候，一個嗓音使他以為他若是轉過身去，也許就會看見她。那不是個好主意。她的笑聲意謂著她想必是和別人在一起，也許她並不想讓別人看出她認識他。他會繼續往前走，比人群稍微慢一點，想著她會在經過時跟他說話，如果她想，或是對他視而不見，如果她想。有一、兩次，他停下來，看進商店的櫥窗，讓她映在櫥窗上的影像走過，但映像裡只有尋常的陌生人，那無盡的人潮。儘管他很謹慎，有時候女性會把他的注意當成一種她們並不樂見的狎暱。這是個有用的提醒。他想，那種目光若是來自於她，就會刺痛他。然而，所有這些等待（如果這是等待的話）幫助他保持清醒，通常也提醒了他要刮鬍子。那有可能眞的是她，在某個時候，而他若是輕觸帽子向她致意，刮了鬍子而且沒有喝醉，她比較可能會露出微笑。

而她就在這裡，居然是在墓園裡，而且是在夜裡，並且有點高興見到他。「是啊，我注意到了。關於黑暗。」加入我吧，平衡一下，我是黑暗王子。這話他不能說。這是他對自己開的一個玩笑。他會往下走，走到她所站的地方，在路燈下。不。如果有警察經過，可能會動念說出「拉客」這個字眼，因為他的名聲欠佳，而她是個黑人。也因為他們在晚上同在墓園裡。最好還是保持距離。而且他知道自己從遠處看起來總是更體面一些，甚至有點像個紳士。他穿著外套，領帶在口袋裡。他說：「你實在不該在這裡的。」這句話很可笑，因為她已經在這裡了。接著，彷彿想要解釋，他又說：「晚上有些奇奇怪怪的人在這裡。」而他自己卻站在這些墓碑之間。稍感安慰的是，她無法清楚看見他，無法注意到她所以爲的他和眞實的他之間的差別，不管她在顯然鬆了一口氣時以爲他是個什麼樣的人。而非以爲他是個什麼東西，這是他的第一個念頭。天氣尚可時在墓園裡過夜並不是罪行，不該以此來定義他。雖然不合法，但一般說來不會造成損害。手頭緊的時候，偶爾他會把寄宿的房間轉租給別人住幾天。

他說：「我會看顧你，如果你願意的話。我會留意你的情況，直到大門打開。」當然，不管她怎麼說，他都會這麼做。假如他不問一下，就會顯得鬼鬼祟祟。那麼她就會走開，而他將會跟著她，於是她可能會知道他在跟著她，她會試圖跑走，或是躲在那些墓碑之間，或是停下來懇求他，甚至把她的錢包交給他。不管是哪一種情況都很丟臉。如果剛好有個警察經過，就會是場災難。

「我實在太蠢了，沒想到他們會把大門鎖上。眞是蠢。」她在路燈下的長椅坐下，背對著他，讓他覺得她可能信任他。「我很感激有你作伴，鮑頓先生。」她輕輕地說。

這就足夠令人感到愉快了。「樂意效勞。」他從坡上往下走了幾步，保持著與她的距離，好讓她只要稍微轉身就能看見，然後他坐在一座墳丘上。「平常我不會在這裡，在這個時間。」

「我只是來這兒看看。別人一直跟我說這裡有多美。」

「這裡挺不錯的，我想。以墓園來說。」

他會試著和她交談。可以談些什麼呢？先前她手裡拿著花，此刻在長椅上擺在她旁邊。

「這些花是要給誰的？」

「噢，是要給克拉克太太的。現在都凋萎了。」

「這裡有一半的人都是克拉克太太，或是克拉克先生。城裡大多數的人都是。威廉．克拉克，多國之父。」

「我知道。如果有人問起，這會是我在這裡閒晃的藉口。我會說我在找一位克拉克太太，說我母親會經替她工作，她非常親切，我們一直都還懷念著她。」

「聰明。只不過克拉克家族的人都擠在一起。找到了一個，就找到了他們全部。我可以告訴你在哪裡，供日後參考。」一派胡言。

「沒必要。那只是我編出來的藉口。」她搖搖頭。「我要讓家人難堪了。我父親總是說這是個有誘餌的陷阱，叫我不要靠近。現在我卻在這裡。」

「有誘餌的陷阱？」

她聳聳肩。「凡是你不該去的地方。」

他不該問的。她其實更像是跟自己說話，而不是跟他，他也知道。那近乎喃喃自語。蟋蟀的叫聲還更大些。穿著那件款式拘謹的大衣，她使他想起了他的每一個姊妹。大衣使得她的背影瘦削，肩膀顯得窄而方正。他心想，他曾見過他其中一個姊妹像這樣低著頭……應該是每一個都如此。不，那時他身在別處。但是他能夠想像她們一個挨一個站著，一言不發。無須言語。不提起他的名字。

「嗯，我想你應該慶幸在這裡遇到的是我。換作是一個受人尊敬的男子，他在試圖保護你的時候會遇上我遇上的所有問題，而他的問題還會更多，因爲他不會像我這麼熟悉這個地方。和那樣的人在一起你可能會更放心，但是我能讓你從這裡溜出去，不會有人知道。就只需要等到天亮。我明白一個受人尊敬的人不會在晚上這個時間待在這裡。我這樣說是假設性的，或多或少。我的意思就只是我了解你的問題，而且樂意協助。非常樂意。」說這些是因爲他緊張。

他想他可能令她感到不安，由於他逐漸意識到她眞的在那兒，和他之前想著的她相差無幾，而她也許從他的口氣裡聽出了一絲親暱，在這種情況下會令她擔心。

她說：「我感激你的陪伴，鮑頓先生。眞的。」接著是沉默，只聽見風吹拂樹葉的聲音。

於是他說：「如果說你有麻煩的話，那個麻煩只會是我。只要你堅持你的說法，你就不會有事。那個警衛不是個壞人。但是你不會想被人發現你和一個男人在這裡，呃，我的意思是看起來會像是這樣。我沒有冒犯之意。」

「不，當然沒有。」

「我會走上山坡。我可以從山坡上替你守望。這裡的常客在這個時間大概全都不省人事了，或者也相去不遠。我這是以防萬一。」

「不，我寧願你坐在我旁邊，坐在這張長椅上。你現在坐的地方不可能舒服。草地是潮濕的。」她也許是想要他待在她看得見的地方，以便能盯著他。

「這不要緊。」

「喔，這當然要緊。」

「那麼，就只坐個幾分鐘。我不知道現在幾點了。有時候午夜時分會有個警衛從這裡經過。」

「已經過了午夜了。」

「假如要我猜的話，我會說現在大概是十點半。」

「噢！我在這裡繞來繞去好幾個鐘頭了。感覺上像是半輩子。我走到一扇大門，又走到另一扇大門，然後沿著柵欄一直走。」他沒有說時間是相對的。他真正去上過的那幾堂課挺有趣，但是他得記住他上過的課多麼有限。

她說：「這地方這麼大，你會納悶都在等著誰來。」

他笑了。「每一個人，遲早。據說大約有三百英畝。」

「我認識的人都不會到這裡來。而他們也沒法把我抬到這裡，即使他們想這麼做。我會從棺材裡爬出來。」

她似乎忘了要他坐到她身旁，他鬆了一口氣。

她說：「無論如何，替自己豎立這麼大的紀念碑不是一種罪過嗎？這些有錢的老人，在臨終前說：『只要一塊方尖碑就行了。簡單一點。就像華盛頓紀念碑，但是小一點。』」

「無庸置疑。」

「這麼多方尖碑豎立在這兒，像小樹林一樣。很荒謬。」

「再同意不過。」他想他也許曾在某處看過這字眼。

「想到那些錢可以用來做多少事！噢，聽聽我說的！我太累了，我居然在跟死人爭吵。」

「不過，這的確令人遺憾。你說的一點也沒錯。」然後他說：「我的墓地在愛荷華州。你會認可的。大約只有一張小床那麼寬，墳上會有個小小的石枕，上面刻著我的名字。愛荷華州的人不喜歡鋪張。」他又說：「也許只有等你躺進去之後，一塊墓地才真正屬於你。你永遠無法確定最後人會在哪裡。但是我計畫讓此事清清楚楚，所以我把地址揣在口袋裡。這是我最起碼能做的，真的。他們在等我。」他應該要留著那根菸的。

她瞥了他一眼，然後站起來，把帶來的花匆匆湊成一束，儘管花朵已經凋萎。「謝謝你的好意，鮑頓先生。休息了一會兒，我覺得好多了。」

所以，就這樣結束了，他想。才交談了五分鐘，他從未期望過的交談。經年受苦而後遺忘的日子，不比他鞋子裡的一顆石子更值得懷念，在這裡，在一座墓園裡，在夜半時分，一個突來的轉折弄得他措手不及，一件重要的事，一次相遇，將會使他最好的念頭失去樂趣。他的那些夢想是漫長的時間裡令人愉悅的物質，是幸運的，因為它們無法言傳，不可能引起任何人的興趣，當然也絕對不會暴露在後果的寒冷空氣中。可是她，黛拉，正以自尊自重的女性那種堅決的態度打起精神，當她們要脫離使她們斬釘截鐵說「不」的東西，不管那是什麼。從今以後，思念她將會是痛苦的，因為那曾經是愉悅的。這說來奇怪。

就在燈亮處最邊緣，她停了下來，看著光圈之外的黑暗。於是他說：「如果讓我替你守望，你會比較安全，」

她說：「那我希望你能從那座墳上站起來，讓我能看見你。跟一個看不見的人說話很奇怪。」

好吧。他摘下帽子，用手順了順頭髮。「給我一分鐘，我把領帶繫上。」

她笑了，看著他周圍。「你是真的在繫領帶，對吧。」

「的確如此！」他頓時高興起來，因爲她笑了。情感應該是一片組織、是一件織品的一部分。情感不該是件孤立的東西，像一記冷拳打在你身上。生活中應該有其他的滿足感，讓你維持更寬廣的視角，更了解事情的輕重。例如可以讓人期待的事，那麼，像這樣一次在墓園裡的偶然相遇，在感覺上就不會像是最後審判日。他允許自己保有的情感太少，能讓他懂得應對的並不多。但是在此時，他忽然高興起來，很難掩飾。草地濕滑，他只得側著身走下斜坡，看起來卻帶著戲謔。簡直像在模仿年輕人，他想。不，感覺起來就像是體內又注入了青春的敏捷活力。令人難爲情。他得要謹慎。如果出了洋相，他就會又開始喝酒。

「這眞是出人意料。」他說，站在路上，在燈光下。「對我們雙方來說都是，這無庸置疑。」

她沒說什麼，直截了當地端詳他的臉，以她所受的教養，她肯定從不曾這樣打量過任何人。他由著她看，甚至沒有垂下目光，等著看她把他看成什麼樣的人。然後他就會成爲她眼中的樣子。他可能終究會在她身旁坐下，雙臂交抱，翹起二郎腿，表現得和氣可親。最糟的情況，他會去找先前扔在草地上的那半隻菸，草地有潮氣，但是並不濕。等到她離開他的視線。他很確定在他口袋那本書裡還有三根火柴。而她將會走開，如果她決定這樣做。這是她的選擇。幽暗的眼瞳使她的凝視顯得冷靜，難以解讀，可能是善意的。他知道她看見了什麼，他眼睛下方的疤痕，尚未褪淡，鬍髭的暗影，頭髮長及衣領。她也看出了他的年紀，肌肉的鬆弛，就像他衣肘鬆散的布料和略略下垂的口袋透露了外套的陳舊。因爲年紀和壞習慣。從他的臉所讀出的事會告訴她，他究竟是個什麼樣的人，她會想起另一次見面，那時在一、二個鐘頭的時間裡，她曾經對他有更好的評價。

她說：「我們何不坐下來？」

「有何不可？」他坐下，扯了扯膝蓋處的衣料，彷彿上頭有摺痕似的，於是他笑了，說道：「我父親總是這樣做。」

「我父親也一樣。」

「我想這是種禮貌，在某種程度上。」

「這表示你正展現最好的舉止。」

「的確如此。」

「我知道。」

「有時候略有不足。」

「這一點我很清楚。」

他說：「我眞的想要道歉。」

「請不要。」

「有人向我保證這對靈魂有好處。」

「毫無疑問。但你的靈魂是你的事，鮑頓先生。我很樂意談點別的。」

所以，她還在生氣，也許比當時還要生氣。這可能是個好兆頭。至少這表示她一直想著他的事。

他說：「抱歉我提起這件事。你是對的。何必用我的遺憾來煩擾你？」

她深深吸了一口氣。「我不打算和你談這個，鮑頓先生。」

他爲何執意要談？她把錢包和花束拿到腿上，彷彿有了別的打算。他希望她這麼做嗎？確切地說，這並不會是弄巧成拙，因爲頂多就只有這幾個鐘頭，緊張而帶有試探意味，還有事後他爲了回憶而可能想要從中拯救的東西。上一次，當舊的冒犯還記憶猶新，她似乎爲他感到遺憾，就像爲她自己感到遺憾一樣。他曾經見過善意變得疲乏。這仍舊會稍微使他驚訝。

他點點頭，站了起來。「你寧可我不要煩你。我會照辦。我會待在附近，萬一你需要我的話。」

「不，如果可以，我們就只稍微聊一聊。」

「就像兩個禮貌的陌生人，湊巧在墓園裡度過一夜？」

「對，就像這樣。」

「好吧。」於是他又坐下。「嗯，麥爾斯小姐，你今天晚上怎麼會到這裡來呢？」

「純粹出於愚蠢。如此而已。」她搖搖頭。

接著她沒再說話，他也沒有說話，蟋蟀唧唧鳴唱，也可能是樹蟾。有時候他覺得，不管黑暗有多深，在綠樹成蔭的地方，黑暗會染上一層綠色，淡淡一抹。空氣聞起來有綠意，這是當然，所以他自以爲在黑暗中看出的色調也許是由微風帶來的感傷所作的暗示，塵土暫時不是塵土。衆人俱皆是草。證訖。原野上的花朵。那一小池燈光把黑暗擋在一段距離之外。被疏遠而快快不樂，他心想，受到了傷害。他沒有看著她，因爲那樣一來她也會看著他。他注意到像他這樣的無業遊民的確會借酒澆愁，遲早會在前額留下一道醒目的皺紋，但是他沒有去摸眉心。是緊張使得他有這種感覺，焦灼。如果他們在這裡並肩而坐直到黎明，那也夠愉快了。

她說：「我欠你一個道歉。我不太有禮貌。」

「的確，所以。」

「所以？」

「所以，賠罪吧。」

她笑了。「請接受我的道歉。」

「已經接受了，現在換你接受我的道歉。」

她聳聳肩。「我並不眞想接受。」

「做人要公平，不是嗎？」

「不，不是，不總是。再說，我答應過自己我不會接受。」

「你答應過自己？這幾乎不算數。我隨時都在打破對自己的承諾，而我們仍然跟彼此說話，我和我自己。至少是在沒有別人聽見的時候。」

「你以爲我會把你所做的事告訴別人嗎？現在想想，我不敢相信我居然坐在這裡跟你說話。」

「欸，所以說，你想過你會再見到我，而你想要確保你不會向你善良的本性妥協，讓我作些補償。你必須要橫下心來嚴防這種可能。結果現在你在這裡，很高興見到我，不管你喜不喜歡。我們將會在這裡待上好幾個鐘頭。我將會施展魅力……」

「你實在並沒有什麼魅力。到了現在你也該知道了，不如就省省吧。」

他吸了一口氣。「我只是試著找些話聊，這是你想做的。我承認自己力有未殆。沒必要這麼苛刻。」

她搖搖頭。「噢，對不起，我很抱歉。忘了我說的話吧。那就只是因爲我生你的氣生了那麼久。」

他說出他心中所想。「我很榮幸。」

她看著他，而他由著她看。她臉上的幽靜仍舊撫慰著他，像一種觸摸。她說：「我不記得你有那道疤痕。」

他點點頭。「以前還沒有。」然後他說：「謝謝你。」

她看向別處。「我們暫時別說話了，只要靜靜坐著就好。」

「隨你。」

他們靜靜坐著，然後她低聲說：「你聽見了嗎？你聽見有人在說話嗎？有人走過來嗎？」

「我沒聽見什麼。不過，爲了安全起見，我們可以走到山坡上，避開燈光。」

「我想我們是該這麼做。從山坡上可以看得更遠。」

他們壓低了聲音。她穿的當然是高跟鞋，而地面鬆軟又高低不平。他們試著加快腳步。他想過要挽住她的手臂，然後又打消了這個念頭。他們走出燈光照得到的範圍，站在那裡，看著一個身穿工作服、頭戴便帽的男子悠閒地走過，自顧自地唱著歌：抽吧，抽吧，抽了那根菸。[3]「也許我可以跟他談談。」她說，他聽見她起心動念，稍微移動了一下。等那人走開了，她說：「你爲什麼在這裡呢？」

「我不知道。有何不可？」

「這世上任何人大概都可以給你一百個好理由。」

「你想要一個更好的回答。好吧。今天是我生日。」

「我想我可以相信。但這解釋不了什麼。」

「並不眞的是我的生日。是我選擇來紀念的日子，當我想到的時候。我必須要有合適的心態。首先是要清醒，沒有喝醉。」

「如果這是眞的，我覺得很悲哀。」

「是的。事實上，我想要感受這當中的悲哀。我感受不到，一向如此，所以我才到這兒來。另外有時候，我就只是爲了這份寧靜而來。」

她點點頭。他想她是在沉思，甚至有點黯然，在心中反覆思量他奇特的悲傷。於是他說：「我當眞打算要把錢還你的。」話才出口，他就後悔了。

她看著他。「你眞的想跟我談錢嗎？你認爲我花過一點心思去想那筆錢嗎？」

「我只是想說，如果你不知道我打算要把錢還你，你很可能會把這事情理解爲偷竊。所以我想告訴你。我想了很久了，而現在我有了機會。我想不會再有別的機會了。」

「唉，傑克！」她說。傑克。

過了一分鐘。她說：「你想笑就笑吧。我在寫一首詩。這就是我來這兒的原因。」

他沒有笑，但他的確想笑。

她說：「我知道你在想什麼。」

「我壓根沒想過。」

「什麼？」

「靈感來自於墓園的詩並不少，當然，人終將一死——這是另一回事。幾乎沒被觸及。」

「是另外一種詩。其實是一首散文詩。談的也不是死亡。」

「等你寫好，我希望能瞧一瞧。」

她搖搖頭。「想都別想。」

「我知道。我這樣說只是出於禮貌。」

「我不知道我爲什麼告訴你。我就知道你會笑。」

「我沒有笑。」她瞥了他一眼。「好吧，我差點笑了。這是我的毛病，即使是在非常肅穆的時刻。幸好這種時刻很少。」

她說：「也許。也許是很少。」

「死亡就像個武裝分子一樣偷襲我們。我父親總是這麼說，每當他的教區裡有人從穀倉屋頂上摔下來，或是掉進一口水井之類的。就在剎那之間，在一眨眼的時間裡。某個可憐的老頭子被拖到世界的舞臺上，沒有機會排練臺詞。幸好我從來沒考慮過要當個牧師，事實上連一分鐘都沒想過。我心裡已經有太多事了。」她安靜不語，然後瞥了他一眼，彷彿猶豫著要問他一個問題，女性會問的那種發自同情的問題。於是他說：「所以，你是個詩人。我無意表現出驚訝，只不過這從來不會是意料中事。不管對方是誰，哪怕是個英文老師也一樣。」

「不，不是詩人。只是偶爾試著寫一、兩句。」

他點點頭。「我偶爾也試著寫過。」

「是啊，我喜歡你寫在我姊姊那本《哈姆雷特》裡的小詩。」

「喔。那本書是你姊姊的，是吧……嗯，她可能也會喜歡那首詩。那首詩相當受到女性青睞。兩個半的對句！假如我能夠，我就會寫完，但似乎無此必要。」這番話能夠暫時阻止同情心的威脅。然而，她的安靜變成了沉默，令他不由得後悔。而他對於後悔懷著鮮活的恐懼。於是他說：「從你這樣受過良好教育的人口中說出的讚美，更有分量。」

沉默。

「這樣說是可笑的，我是說，聽起來可笑。但那當中顯然有幾分真實。」

沉默。

於是他說：「我猜想你以爲那首詩是我寫給你的。」

「這有什麼關係。我從來沒想過。」

「不，你不會想過。但我想過要寫給你，然後我想那也許會顯得……魯莽。事後回想起來。既然你並不了解我，也無意了解我。」

「我喜歡那首詩，我姊姊也會喜歡。這件事就說到這裡吧。」

「謝謝。」

她笑了。「你的確是會給自己惹麻煩。」

「就像呼吸一樣容易。現在換你說話了。我太容易出言惹禍。」

「好吧，讓我想想。」

「不要太深奧。」

「別擔心。」

「我是個單純的人，由一個複雜的人撫養長大，所以我有些習慣和詞彙，可能會誤導別人。」

「我不會。」

他笑了。「一點也不會嗎？這令人洩氣。」

「你太在意自己了。剛才還要繫上領帶！難怪你這麼神經質。」

「你講話很坦率，麥爾斯小姐。」

「我在黑夜裡在一座墓園和某個我不會再見到的人打發時間。他的意見對我來說沒有任何意義。如果此刻我不能坦率，那麼我什麼時候才能夠坦率？我甚至看不見你的臉。」

「是啊，月亮想必沉落了。那半個月亮。很美。如果你喜歡的話，我想。而且我很高興在這沒有月光的黑暗中，能讓你挽著手臂，走在這高低不平的地面上。你不必想成是哪個紳士，只要想成是抽象的禮貌，出於善意，不具實體。」他驚訝地感覺到她的手在他臂彎裡。

她說：「謝謝。」過了一會兒，她說：「你注意過嗎？如果在漆黑的房間裡劃亮一根火柴，它似乎會散發出很多光亮。可是如果在已經很亮的房間裡劃亮火柴，似乎就不會造成什麼差別？」

「呃，噢，這是用來講道的好例子。」

她把手抽了回去。

他說：「我只是開個玩笑。不，我沒有注意到。將來我會特別留意。我相信你說的沒錯。」

沉默。

他說：「仔細想想，從中可以得出一個寓意。比起那些正直的可憐靈魂，悔改的罪人在天堂裡會受到更多歡呼，這是我父親最喜歡的主題。所以我可能難免誤會了。你曉得這是怎麼回事，你也是個牧師的孩子。」

她說：「我問的是個不同的問題。我只是認為這很有趣。比起添加到黑暗裡，如果把光添加到光裡，應該會有更多的光才對，但我不認為是這樣。」

「這是個難題。」

他們繼續走著，穿過深深的草叢，在黑暗中並肩而行，一起呼吸。人類，發出他們輕微而平淡的聲音，呼吸聲和低語般的腳步聲，而周圍的生物都在聒噪啁啾，彷彿牠們的生命取決於此。他說：「你冷嗎？」

「不太冷。」

「我們並不是隨便亂走。我知道我們在哪裡。我想讓你看件東西。」

「讓我看？我幾乎什麼也看不見。」

「你有火柴嗎？不，你不會有。我問了個蠢問題。嗯，我有幾根。」

他們又走了一小段路，然後他說：「到這兒來。」同時扶著她的手肘，協助她走下斜坡。

「稍微走近一點，現在看看這個。」他擦亮了一根火柴，一張白得像粉筆的臉出現在火光裡，隨即暗淡下來，然後消失。

「這是誰？」

「我不知道。」他擦亮了另一根火柴，那張臉又一次從黑暗中綻放，火光投射出陰影，使得臉頰的曲線讓眼窩顯得更黑。通常他會去摸它飽滿的石肩，時間長到足以讓他思索從他手裡傳過去的暖意或許和傳到他手裡的寒意相等。可是黛拉在這兒，他例行的小小儀式會讓她感到奇怪。他從這些儀式中得到的並非慰藉。

她說：「一個小天使。」

「我想是的。這地方到處都有，而我最喜歡這一個。你介意再往回走嗎？回到你遇見我的地方？我有點不好意思承認，可是我把一條毯子留在那兒了。以防我最後要在這裡過夜。這種情況的確會發生。你可以披上毯子，不過也許你會覺得有點……不太舒服，潮濕。那條毯子總是帶著潮氣。你曉得的。或者你並不曉得，先給你一點提醒。或是我用那條毯子，而你可以穿我的外套，這樣可能比較好，但是沒那麼暖。再不然，我們也可以繼續走下去。」

她說：「我們就繼續走吧。」

「好。你冷得難受。」

「要怪我自己。」

「也要怪我。我想讓你看看它，看看你有什麼想法。所以我帶你走了這麼遠的路，就只是來看它一眼。」

「但願我知道該有什麼想法。我見過更漂亮的嬰兒。」

他點點頭。「沒關係。它在白天裡看起來更漂亮一點。可是雨水侵蝕了它，它的一個耳朵差不多掉了。它在這裡很久了，根據墓碑上的銘文，已經快八十年了。沒有一個單詞可以形容它的表情，對吧。說它『驚恐』並不正確。」

「也許吧。『嚇了一跳』或許比較貼切。」

「幾個星期前，它的嘴唇上長了青苔。那增加了它的隱喻價值，但是它看起來……不太舒服。我用牙刷替它清理了一下。」那隻溫柔的手，抬了起來，又再度停駐在他手臂上，又是一個經過深思熟慮的動作。「爲了效果，你可能會想把青苔再加上去。」

「你才是應該寫詩的人。」

他搖搖頭。「能和『恐怖』押韻的詞不多。詩名就叫〈嬰孩和武裝男子〉。你覺得如何？」

「我認爲『恐怖』不是個恰當的字眼。你自己也說過。」

「對。很奇怪。錯誤（error）只是一種含糊的說法。可是前面加個 t（terror），就成了截然不同的東西。」她沒吭聲，於是他說：「對不起，我的時間太多。爲了打發時間，我就想些事情，非常瑣碎的事。」

她點點頭。「我也會這樣做。睡不著的時候。」

「又一個無眠的人！」

「並不盡然。我想，假如我能在夜裡出門，在月光下，萬物如此寂靜，那我就會是個無眠的人。有時我會坐在門廊臺階上，在黑暗中。」

「喔，哪天夜裡我可以散步到你屋旁，在那裡找到你，然後陪你走遍整座城市。我喜歡『夜行』（nocturnal）這個字眼。聽起來就像是路上無人、屋裡無燈的時候所起的變化，要比僅只是缺少光亮更爲深刻。我可以向你展示這一切。你會聽見自己的腳步聲，彷彿它們很重要。我保證會在最早起的鳥兒開始鳴唱的時候送你回到家門口。貓頭鷹不算。」

她點點頭。「我們永遠不會這麼做。」

他說：「很悲哀，對吧？」

他們繼續走了一會兒。然後她說：「『這報曉的鳥兒總會徹夜長鳴』，[4]，這句話爲什麼這麼美？」

「那時節是如此有福。也許吧。我認識那隻鳥，我沒把牠當成朋友。牠在說：回煉獄去吧，鮑頓。」

她停下腳步，靜默了一分鐘，然後輕輕地說：「牠將在明天把我叫醒。我一早就得去學校，這一夜剩餘的時間也許不妨就保持清醒。噢，我在說些什麼？我幾乎連回家的時間都沒有！我沒辦法回去拿改好的考卷。我將在黎明時分走路回家，一頭亂髮，鞋子也毀了。說不定還會下雨。」

「他們不是在黎明時分打開大門。也許是在七點半，等園丁來的時候。」

「大清早走在街上，在我不該出現的城區，一身狼狽。別人會怎麼想。」

「我會送你回家或是你要去的任何地方。隔著馬路，不引人注意。」

「噢，好。你會保護我。」

「我比看起來的強悍。」

「無庸置疑。幾乎每個人都是。」

他笑了。

「我不該這麼說的。我知道你是一片好意。我很慶幸不是獨自一人在這個地方，眞的。」

「謝謝。」

「我那樣說很刻薄。」

「但也有一點滑稽。」

「陷入這個處境是我自找的。我不該拿你出氣。」

「這倒是眞的。」

可是她站在那兒，雙手插在大衣口袋裡，低下了頭。於是他說：「我們應該談點什麼。來打發時間。」

「當我得到這份工作，我心想我將再也別無所求。在桑訥中學。[5]」

「那是棟漂亮的建築。我路過幾次。」

「我曾經從雜誌上剪下這所學校的照片。我夢想著在這所學校教書。當我收到聘書，我自以爲知道我的人生將會如何發展。而我就這樣浪費了這個機會。」

「也許並沒有。」

「如果他們認定這件事有失體統，那我就完了。」

「嗯，無論如何，我們都得度過這一夜。你可以把鞋子脫掉，好稍微保持乾燥。反正這雙鞋對你也沒有什麼好處，它們太單薄了，就只是幾條帶子罷了。」她看著他，於是他說：「如果這個提議太失禮，我很抱歉。這是個非比尋常的情況，即使是對我來說。」說著他笑了。

「不，這也許是最好的辦法。勝過在明天打赤腳走路回家。」

「我就是這樣想的。墓地之間有小徑。橡實還沒有掉落。山核桃。」

她扶著一塊墓碑，脫掉了鞋子。「好了。我想這樣就行了。這眞可笑，實在可笑。」

我保證不會因此看輕你。他差點這樣說，但是忍住了。

他笑了。「抱歉。反正我幾乎看不見你，你可以脫掉你的……」

「拜託，別說。」

「脫掉你的帽子，然後借我的去戴。這就是我想說的！因爲你的帽子擋不了雨。」

沉默。好吧。

終於她說：「你曾經納悶過嗎？爲什麼除了哈姆雷特之外，似乎沒有人爲了老國王死去而感到難過？他幾乎是屍骨未寒。」

「恐怕我不能說我很熟悉這齣劇作，麥爾斯小姐。我父親用剪刀把它剪下來，再用膠帶黏在一本活頁剪貼簿上，讓我們可以演出。意思是讓他們可以演出。剪剩的部分沒有多大意義，反正也不會有意義。飾演歐菲莉亞的是我妹妹葛洛莉，那時候她六、七歲。她會把手裡所有的花都拿給那個鬼魂——她總是走進她不該出現的場景，甚至在她扮演的角色已經死了之後。來分享爆米花。我父親不會講她一句。他說那是一種進步。在她發瘋那一幕，她唱的是〈耶穌愛我〉，因爲劇中原本那首歌沒有逃過我父親的剪刀。所以我對這整齣劇作的理解可能並不正確。我有興趣閱讀完整的劇作，所以才借了你那本書。」

然後他說：「我想這就是你所希望的那種交談？家庭生活的點點滴滴？」

她說：「奇怪的是，沒有人認爲哈姆雷特應該當上國王。彷彿在這齣劇的背後另有故事，我們只略知一二。但是作者也沒有特地遮掩——我的意思是，故事之間的缺口。」

「對，既然你提到了。有一次，我們家的歐菲莉亞穿著衣服爬進了浴缸，來排練她死去的那一幕。我弟弟泰迪發現了她，於是他們談起在浴缸裡排演溺水有多危險。他說她不必排練，因爲沒有人看見那一幕發生，否則就會有人叫歐菲莉亞從水裡出來，例如她哥哥。我妹妹說：『他們的確看見了！有人就站在那裡看著我淹死！』——她說的有道理，你知道的，從『像人魚一樣漂浮水上』到『沉到泥裡去了』，這要花上一點時間。她一身濕漉漉地走下樓梯，喊著：『是誰讓我淹死的！』他們決定那人想必是王后葛簇特，因爲她對這件事知道得一清二楚。而且反正都說不通，所以也無傷大雅。」

她說：「我父親待在家裡的時間從來不多。我想他在社區裡算是個領袖人物，他老是被叫走。他花很多時間和很多人在一起，試圖替他們解決問題。我想，在城市裡的大教會服務就是這樣，尤其是黑人教會。他每次都會叫我們把作業和成績單拿給他看，但是他說他有一千個孩子要照顧，而這話是眞的，我們能夠理解。家裡總是有許多人，叔叔伯伯，堂兄弟姊妹，還有形形色色的陌生人。那並不是平靜的生活。」

「有一次我父親去主持一場葬禮時遲到了，因爲泰迪和我有一場球賽進入了延長賽。我想那個遺孀稍微責備了他，而他告訴她和任何提起這件事的人，說那是一場不同凡響的比賽。我們差點就贏了。」

她停下腳步，低下了頭。「噢。」

「讓我猜猜看。你父親最鍾愛的女兒正和一個聲名狼籍的白人男子在夜裡遊蕩。打著赤腳，在一座墓園裡。如果她被逮到，這樁醜聞就會流傳千古，一直傳到田納西州最偏遠的角落，所有稀奇古怪的細節都會被仔細檢視，直到永遠。而他曾經是多麼以你爲榮。」

「這不是個玩笑。」

「我不是在開玩笑。」

「我想要坐下來。」

「我們會找到一張長椅。」

「不，就坐這兒。只坐一分鐘。」然後她跌坐在草地上。「讓我想一想。」

「沒什麼好想的，除了你的衣服看起來會更糟，如果你繼續坐在潮濕的草地上。我是想讓你不要有更多後悔。我們這些迷失的靈魂必須遊蕩到公雞啼鳴，沒有別的辦法。如果可以的話，也許就稍微維持住自己的體面。」他向她伸出手，而她握住了，他扶她站起來，沒有多握住她的手一秒。

她說：「你不應該說自己『聲名狼籍』。」

「我是以你父親的眼光來看待這個情況。三更半夜在墓園裡遊蕩，單是這一件事實就足以讓我完蛋。然後還有所有其他的事。恐怕是經年累月，無日無之。」

「嗯，你父親會怎麼說呢？如果他看見你三更半夜在這裡和一個黑人女孩手挽著手？」

「他會說：感謝上帝，他不是隻身一人。他會閉起眼睛來感謝耶穌。我父親不是個世故的人，而他可能會開始爲一些細節煩惱。但他的第一個念頭會是感謝上帝。而且我們並沒有手挽著手。倒不是說這會造成任何差別。」

「這不會造成半點差別。」她把手塞進他的臂彎。「哎呀！」

「怎麼了？」

「我忘了我的鞋子！我把鞋子留在我們剛才待的地方了！我可能永遠找不到了。一切都變得愈來愈糟。」

「喔，也許是吧，但是你的鞋子在我這兒。我拾起來了。」

她搖搖頭。「我在黑暗中打著赤腳走路，而你拎著我的鞋子。而且我甚至不認識你。這是我這輩子遇到過最奇怪的處境。你最好把鞋子交給我。」

他照辦了，然後他說：「我也要把鞋子脫掉。我想，這也許會不那麼尷尬。」

「爲什麼？」

「我們不妨試試看，看看結果如何。我有可能是對的。瞧。」他脫下鞋子，把襪子塞進口袋。他的腳從褲管底下露出來，即使是在那片漆黑之中，也帶有月光般的淡淡蒼白，看起來非常赤裸，不太像他的，卻又令人驚訝地屬於他。有時候他會想著住在他衣服裡的那個赤裸男子，那個光溜溜的兩腳動物。他曾千百次夢見自己在某個公共場所，衣不蔽體。全然的脆弱。那就是他的感覺。另一方面，草地涼颼颼的，踩在上面很舒服，就像河水。

她說：「你說得對。這樣比較好。」說著她笑了，這令他開心。然後他們走了一會兒，她挽著他的手臂，頭倚著他的肩膀，安安靜靜。他們一起感覺到同一股奇特的涼意，聽著同樣的夜籟，他想，這對她來說要比對他而言更爲陌生。其實是他在把這些聲音介紹給她。從門廊上或是隔著紗窗聽見這些聲音是一回事，走進黑暗中，進入這些聲音的原鄉，又是另一回事，在那裡它們不受干擾，無處不在的鳴唱和啁啾使得黑暗變得空闊。樹葉在風起時輕輕碰撞。也許下一次當他走在黑暗中，他會想像她走在他身旁，感覺到她在那兒，而非看見她在那兒，她沉思的模樣。藉由轉身面向她，他也許會驅逐了她在那兒的這種幻覺，就像在夢中，一個靈魂，也許是他自己的靈魂，此刻在她無聲的腳步的安心信賴中。有股氣味清新的空氣來自某個新的地方，如果有這樣一個地方的話。

她說：「也許其餘的一切才奇怪。」

嗯，這恰好是他的靈魂對他說過無數次的話，無言地訴說，確實，但是帶有類似的抑揚頓挫，就像一陣回聲，就像一個聲音的影子。眞實的黛拉也許根本沒有說話，因爲那個念頭對他而言是如此熟悉。因此他的確轉頭看著她，她低頭沉思，而他問她剛才說了什麼。「你的聲音很輕。」

「噢，沒什麼。」

這表示她選擇不要再說一次，不管那是句什麼話。「沒什麼」是擱在唇上的一根手指，一句她決定還是別說的知心話。一句知心話。然後她意識到和他在一起時不該這麼無拘無束。在幾乎吐露了心聲之後，她決定對她通常不允許自己去想的念頭保持緘默。如果她說出了那些話，就表示她很喜歡這個夜晚，而他在這個念頭裡隱約感覺到自得。這個夜晚和這個地方或多或少都屬於他，而此時此地她是他的客人，既然她開始顯得比較自在了。

她說：「有時候我覺得……假如在世界毀滅之後我們是唯一留下的人，而規則由我們來訂……它們可能會運作得一樣好……」

他笑了。「好個想法。由傑克．鮑頓來制訂規則！可惜沒有其他人來感受這些規則的力量。不是我心懷怨恨，但是我制訂的第一條規則會是每個人都得在意我，第二條則是他們不能掩飾他們的惱怒。」

沉默。

他明知道她想要被認真看待，卻還是開了個玩笑。於是他說：「這當然是個有趣的想法。」他們是在一起打發時間的陌生人。記住這一點。不知怎地，他一直想像著另一件事，他們之間那種近乎無言的安詳，宛如幽靈般的一個夜晚，見證著這最不可能的相遇，安靜而後更加安靜，直到她離去，而他有許多天的時間來憶起她，並且了無遺憾。但她是認真的，無疑是爲了使他們的情況免於沾染淡漠之外的性質，免於悄悄陷入不信任或是舊怨。不如好好善用之。

她說：「我指的不是你和我，而是任何兩個陌生人。」

「只要拉斯普丁[6]不是其中之一。對不起，你指的是抽象的陌生人。我確定他們存在於某處，爲了論證的目的。他們都不在我認識的人當中。抽象的陌生人在相識之後總是具體得相當乏味。在最輕微的審視之下，眞的。根據我的經驗，只要瞥一眼就會摧毀這個幻覺。」

她搖搖頭，沒說什麼。她又何必說呢，當他說個不停，而且似乎想把一切都當成笑話來說，並且像平常一樣展現自我，即使是獨自一人時也一樣，玩弄文字，大腦的一種躁動不安。當她挽著他臂彎的手意謂著，如果他冷靜下來而且識趣一點，他就可以得知她的一些想法。

「對不起。」

「不。沒有關係。我明白你的意思，關於人們。可是他們看到的更多，知道的更多，想的更多，不爲任何目的。我經常看到這種情況，甚至是在孩童身上。對於什麼是眞話、什麼是公平、什麼是重要的，他們有自己的想法。在抽象的意義上。」

「這我同意。是的。可是在末日降臨之後，可以多留下幾個人嗎？我想，如果能留下兩個，就也能留下兩打。我知道我太拘泥於字面。可是我試著想像這兩個劫後餘生的人逐漸理解了這個可怕的事實，然後其中一人對另一人說，在這種空茫之中，在這個空無一物的世界上：你知道我們需要什麼嗎？一些規則！當他們已經不再需要任何規則。這是這整個情況唯一的好處。艾蜜莉・波斯特[7]、〈申命記〉……整個管束體制都不存在了。既然就只有他們兩個，他們不可能會想要殺人；他們也無須偷竊，因爲周圍沒有人擁有任何東西。他們也可以把通姦這回事拋到腦後。」

「我認爲他們會談談事情原本應該如何。在還有機會的時候。這就是我的意思。」

他點點頭。「很有趣。但是……抱歉我這麼拘泥於字面，難道我們不該知道世界是怎麼終結的嗎？我想這會是他們想知道的事。」

「好吧。一顆隕石擊中了地球。」

「所以說，不是我們的錯。」

「不是，也是。就像那場大洪水。」

「喔，我懂了。所以仍然還是那一種宇宙。」

「對，可能是。但我們無法確定。那顆隕石有可能就只是一顆隕石。」

「好吧，你說了算。我父親會說一隻麻雀不只是一隻麻雀。因爲從宇宙的角度來說，牠的墜落意謂著什麼。我不確定那意謂著什麼，但是他深信不疑。」

「我父親也會這麼說。」

「那麼，想想你那顆隕石擊落的麻雀，想想它砸碎的百合花。那怎麼可能就只是一顆隕石呢？」

「如果世人自認爲知道該如何去理解它。我的意思是，如果他們相信這顆隕石意謂著什麼，他們就會假定有規則存在，而且他們可能會認爲那是他們已經習慣了的規則。只是他們會更加認眞地去遵守，去遵守其中一些，去遵守一段時間。這不會多有趣。」

「而他們若是決定它根本不意謂著什麼……」

「這我很難想像。我無法眞的去想這種情況。可是如果他們不知道是前者還是後者，他們就會像我們這樣，我的意思是像一般人這樣。這會比較有趣。」

「也許吧。但是無意義也有其樂趣。作為一個想法。」
她搖搖頭。「我試著想像過，但我實在無法想像。這並不表示沒有這個可能。」
他說：「你很好心，給虛無主義留下一點空間。大多數的人不會這麼做。」
「我知道。」
「至少我父親不會。」
「我父親也不會。」
「我們怎麼能夠知道虛無主義者的想法對不對？一個不知來自何處的聲音，以前從未說過話，以後也不會再說話：『那就只是一顆隕石！冷靜一點！加以詮釋並不恰當！』這將會使這番對話繼續進行個兩千年。」
她說：「『無意義』對大多數人來說會是個可怕的打擊。對他們來說，這意味深長。所以那不會沒有意義。這就是我每次得出的結論。一旦去問那是否有意義，唯一的答案就是『有』。你無法逃避。」
他們步行穿過那一列列、一群群的死者。這些死者永遠地揚起了石帆，等待著最後的風起。這裡躺著汪妲·許密特，她那句無聲無息、無盡重複的「記得我！」被銘刻成「摯愛的母親」。事實上，他覺得他認識其中一些人，意思是認識死後的他們，有如紀念碑一般的他們，他無法從旁走過而不向他們點頭致意。是的，今夜我挽著一位女士走在這裡。相當出人意料，我同意。

他說：「讓我猜猜。你們應該也有週日晚餐的冗長辯論。」

「沒完沒了。我們圍坐在餐桌旁輪流發言。我父親認爲我們應該要能夠思考並且表達自己的想法，女孩子也一樣。」

「想來也討論過預定論？」

「不多。我們是衛理公會的。」

「我忘了這一點。是的，我們也有過像那樣的晚餐：全能的上帝是否能自由地限制祂所能知道的事。假如祂不能，祂就不是無所不能的。假如祂的確限制了祂所能知道的事，那麼祂就不是無所不知的，除非祂能夠知道祂所不知道的事。在這種情況下……諸如此類的討論。」

「祂爲什麼會想要限制祂所能知道的事呢？」

「這個嘛，預定論給我父親帶來相當大的折磨。這個念頭令他不自在，想到宇宙中某處可能存在著隱密的必然性，判決已經定論，厄運已經注定，而一個就在他餐桌旁的靈魂無可挽回地失落了，在他甚至尚未長大成人之前。如果上帝選擇不要知道，那麼……這使得我的牧師父親心裡輕鬆一點，雖然這也改變不了事實。有一次，我曾向他指出這一點，而他就只是看著我，眼裡含著淚水。其他每個人都離開了餐桌，在那之後，有好幾個星期都不再有辯論。」

「你有那麼壞嗎？我的意思是，壞到讓他擔心起你的靈魂？」

「壞得很。我們還是談點別的吧。」

沉默。

於是他說：「虔誠的人的確替我擔憂，這使得好好交談變得困難。當我們這兩個陌生人徘徊在這莊嚴的夜裡，我只能向你保證，我的表現並不如預期那麼壞。如果你是在擔心這個。」

「不，我沒有。」

接著，儘管他覺得最好別問，他還是問她：「爲什麼不？」

「有些人你就是會信任。」

「你可以把我想成一個小偷，如果你想。」

「所以我一定不能想。」

「是獨自一人比較好呢？還是單獨和一個小偷在一起比較好？我想這是個有趣的問題。」

「我想你是想讓我擔心。總之，這要取決於那個小偷。」

「對。而且你和我有著共同點，比如說我們都出身於好家庭。如果被釘死在十字架上的只有一個盜賊，不管是哪一個，是善盜還是惡盜，都會造成很大的差別，你不覺得嗎？在這個故事裡？既然如此，我們就得考量犯罪的複雜本質。在關鍵的時刻。這也很有趣。」

「嗯，也許你太抬舉你自己了。假如你眞的是個罪犯，你不會只讓我損失了三美元。另外，你惹得我有點惱怒。順帶一提，還有我那本《橡樹與常春藤》[8]，你最好拿來還我。這本書很難買到。我父親給了我，他母親給了他。書上有簽名。」

「我能說什麼呢？又一件遺憾的事。我本來打算和《哈姆雷特》一起歸還，可是有一頁上面沾了一點咖啡之類的汙漬。事實上不是咖啡。它將會馬上出現在你家門口，雖然書況欠佳。」

「你在書裡寫了字嗎？」

「幾乎沒寫什麼。」

「你怎麼能這樣做？你怎麼能在別人的書裡面寫字？」

「用鉛筆寫的。」

「你知道我的意思。」

「我父親說我從來沒學會分辨我的和你的。他有一句拉丁文的說法。」

她笑了。「我喜歡你父親。你從來沒談過你母親。」

「對，我沒談過。」她不說話。於是他說：「我父親認爲我的缺陷也許是生理上的。他希望是這樣。他把我的缺陷歸因於我出生時難產。」

「預定論。」

「嚴格說來，不是。」

「噢，我不會跟著你陷入長老會教徒的泥沼。」

「這一切都很簡單明瞭。唯有倚靠神的恩典才能得到救贖。只是對我們長老會信徒來說，事情開始得比其他人更早。事實上，是在時間的子宮深處，根據上帝的祕密旨意和目的。」

「那你父親爲什麼這麼擔心？如果眞是這樣，他又能做什麼呢？」

「他在我身上看見被上帝遺棄的徵兆，雖然他努力設法不要看見。這很合理。我一直提供了他源源不絕的徵兆。從他的講道辭裡，我當然曉得那些徵兆。我們全都曉得。我可能比其他人聽得更仔細一點，或者說用不同的方式去聽。『有耳可聽的，就應當聽！』[9] 諸如此類。他希望改變的未必是那個情況，他只是想要有一番不那麼極端的理解。於是他用我出生時難產這件事來安慰自己，那無法損及我永恆的靈魂，那最難以捉摸的東西。不管那可能會使我其餘的部分如何墮落。」我赤身出於母胎。[10]

「嗯，這一切都很有意思。但請不要用嘲諷的語氣引用經文，你這樣做讓我感到很不自在。」

「我是黑暗王子。」[11]

「不，你是個襪子破了洞的多話男人。」

「你看見那些洞了？」

「不，我只是知道有那些洞。」

過了一分鐘，他說：「我會試著不要語帶嘲諷，如果你收回你剛才說的話。我並不多話。」

「好吧。」

「目前是特殊情況。」

「對，的確是的。」

「我幾乎好幾個星期沒說一句話，好幾個月。」

「這我沒法知道。」

「這是因爲你使我緊張，而我一緊張就會多話。有時候。」

「你說你是個小偷，說你聲名狼籍，說你是黑暗王子，但你卻反對我說你『多話』。」

他說：「事關個人尊嚴。」

她笑了。

「的確如此。」

「我了解。我明白你的意思。我想我也會有同感。」

「欸，你幾乎沒說話，都讓我來說。然後你據此作出結論。」

沉默。

於是他說：「這話聽起來比我的本意刺耳，是我措辭不當。我完全沒打算說刺耳的話，我的意思就只是我感謝你開口說話。」

過了一分鐘，她說：「你知道我怎麼想嗎？我認爲波洛涅斯[12]誤讀了那封信，誤讀了他所謂的下流措辭[13]。我認爲哈姆雷特寫的是 beatified（受到祝福的），而不是 beautified（美化的），但我們無從得知。」

「好的。沒錯，高雅的談話。不再談襪子或襯衫鈕釦，磨損的袖口，口袋裡的破洞，那三美元。」

沉默。

「何況，哈姆雷特沒有寫那封信。我的意思是，根本沒有信，就只有波洛涅斯說信裡寫了什麼。」

「莎士比亞可能想要觀眾知道波洛涅斯弄錯了。他總是把事情搞混。可是我說過了，我們無從得知。」

「對。這不完全一樣。」這句話聽起來帶著惱怒。

沉默。

先前他自覺被黑暗隱匿了，彷彿走在她身旁的就只是草草勾勒出來的他，就只是個體面男子的粗略輪廓。可是她知道他是什麼樣的人，什麼也隱匿不了，而這個夜晚還得要度過，現在成了一種煎熬。她把手從他臂彎裡抽出來。

她說：「你想過在那句詩裡使用像是 listening 或 murmuring 這樣的字眼嗎？來代替單音節的字？」

「有，我想過。」

沉默。然後她說：「我得罪你了。我很抱歉。」

他是這麼敏感。若非他們是三更半夜一起待在一座墓園裡，他可能會說聲再見然後走開。至少他還是個紳士，不會把她留下，甚至不會暗示他可能把她留下，也不會去提醒她要心存感謝，感謝他好心和她作伴，雖然這個念頭的確曾在他腦中浮現。要消失在那些墓碑之間很容易，那些陰森森的方尖碑。這個念頭也在他腦中浮現過。他有辦法預見他特別不想擁有的回憶。那段回憶會令人難以忍受，就像無可奈何、只能與之共存的事物。於是他說：「你沒有得罪我。我不想覺得被得罪。一分鐘後我就看開了。」然後他說：「這番談話會被我毀掉。」

這使她停了下來。「怎麼說呢？」

「以我毀掉事情的方式。每一次都有點不同。其實我自己也感到驚訝。除了這是不可避免的。這一點總是相同，我想。這是我有把握的一件事。」

「我想，若眞如此，毀掉它的人是我。我眞的很抱歉。整體而言，剛才很愉快。赤腳走在黑暗中，我本來不會料到我會享受這種事。」

「沒事，我沒事。有一分鐘的時間我被拉回了活人的世界。可怕的經驗！你剛才說了『享受』嗎？」

「是的，我說了。」

「嗯，這讓我好過一點。」

「而且我們不是在活人的世界。我們是鬼魂中的鬼魂。他們會感到嫉妒。我們兩個在此地芳香的空氣中，就只是爲了談話的樂趣而聊。」她挽住他的手臂。

「對，兩個隱形的幽靈。關於我們，沒有別的可說。我的意思是，就符合期望這一點而言。至少是在最後的審判之前。外體雖然毀壞[14]，諸如此類。話說回來，如果外體需要理個髮，理論上這是辦得到的。內心……一天新似一天……始終都是同樣可惡的討厭鬼。有時候我但願自己就只是一套衣服和仔細刮過的鬍子。裡面無人，可以這麼說。」

沉默。

他說：「這話聽起來想必很怪。」

「倒不會。關於不死的靈魂，我父親有一、兩句話可說。那是個可憐的、脆弱的東西。」

過了一會兒，她說：「你還記得，我說過在《哈姆雷特》的背後似乎還有別的故事？沒有被說出來、也沒有被隱藏的故事？如果在波洛涅斯念出來的那封信背後還有一封信，就能證實這個猜測，不是嗎？」

「我想是吧。而且爲什麼赫瑞修[15]來了好幾個月，都沒讓哈姆雷特知道他在那裡？」

「對。而且亨利八世說娶了兄長遺孀的那一刻，他自己已違反了《聖經》的律法。觀眾知道。克勞迪做了一模一樣的事，甚至更糟，卻只有哈姆雷特感到困擾。這不是很奇怪嗎？」

他笑了。「我跟不上這話題了。我在大學裡混過一陣子，不過，是我弟弟去替我上課。如果課程有提到英國國王，他從未提起。你應該跟泰迪聊才對。」

她的臉頰輕輕拂過他的肩膀。「跟你聊就行了。」

沉默。這是由於難爲情。嗯，因爲暫時忘了是誰走在她身邊而感到不自在。接下來她會提起廷布克圖[16]，提起月球的陰暗面。

她說：「我相信我們有靈魂。我認為這是眞的。」

這個話題他應付得來。「有意思，對，我想我同意。無論如何，這是個令人愉快的想法。基本上是這樣。視情況而定。」被神遺棄。然後他想：你來當我的靈魂。但至少他沒有說出口。「有什麼事是你不相信的嗎？麥爾斯小姐？我的意思是，在你父親說你應該相信的事情當中？你能心平氣和地接受衛理公會的信條嗎？」

「我喜歡我的教會。我想我並不眞的喜歡信條。」

「聖徒相通？赦免罪過？」

「嗯，我的確喜歡這些，雖然我並不確定它們的意義。」她安靜下來，然後她說：「我有時候會想，假如上帝不存在，是否還會有所謂的罪過。」

「我確定是有的。」

「為什麼？」

「我不知道。我想造成傷害就是犯下罪過，你同意嗎？每一件東西都是脆弱的，都能以某一種方式受到傷害。每一個人也都是脆弱的。想一想，這有點可怕。傷害多半都不是有意造成的。那些誘人的脆弱。」他笑了。「也許那算不上罪過，那我想就也不會有所謂的赦免。坦白說，那會是種解脫。在我看來。」但願他沒有笑，而且眞心希望他沒有提到誘人的脆弱。他第一次在自己身上注意到這一點是什麼時候？對於傷害及其後果的小小迷戀？他可能會使她驚慌，也許甚至有意使她驚慌。破壞這個脆弱的夜晚，因爲它是如此孤立的事件，一樁意外，看似具有意義，卻絲毫沒有意義。她挽著他的手臂，他引領著她的腳步，避開大果櫟的樹影，它們的橡實歲歲年年在那裡落下。任何旁觀的幽靈也許會以爲他們來此是因爲擁有多日或多年的親密友誼，穿過墓地，迎向人們通常會有的未來，心碎或是婚姻或是別的什麼，而事實上他們不僅是陌生人，而且是疏遠的，她和他說話就只是爲了打發時間，這漫長的幾個鐘頭。

終於她說：「有時候我的確想知道，假如我們是世界終結後唯一剩下的人，而規則由我們來制訂，這些規則可能眞的一樣有用，至少是對我們來說。」

「我們。所以你認爲我們能夠達成共識？可以想出一套新的戒律，就在我們兩個之間？我們仍舊會記得安息日，我想。」

她聳聳肩。「要忘記安息日會很難。」

「我試過，試過幾次。」

「沒成功？」

「我忘記過一、兩次。很難忘記：不賣酒，不賣菸，還有那些鐘聲。我試過事先計畫，以度過那一天，但那實在不符合我的天性。如果我能弄到菸，我就抽菸，做這一類的事。總之，那也是一種記得，只是提早了一點罷了。」

她說：「不，我們必須要保留安息日。沒有安息日，我父親就活不下去。」

「喔，我以爲世界已經終結了。」

「在某種意義上。」

「我必須提出異議，麥爾斯小姐。如果我們要繼續尊重我們的父母，你知道那就不會有任何新的規則。所以我們如果要讓這番討論有趣一點，就必須假設這個世界眞的終結了。」

「我想我並不願意想像這個世界上沒有他們。這似乎像是在誘惑命運。」

「好吧。誘惑命運。所以就連命運也能被誘離它的意圖。」

不過，這也是事實。如果老先生走了，在他每個念頭的邊緣令他苦惱的虔誠擔憂就也隨之而去。你會傷害你自己，爲什麼你要爲難自己？你必須要照顧自己，說你的禱辭，傑克。他的禱辭！它們會是什麼內容？如果我在覺醒之前死去。如果我在死去之前覺醒。更加不可能。但他認爲他可能會回家最後一趟。應該說是倒數第二趟。振作起來，去搭巴士。

她說：「那麼，就當作假設吧。假定世界終結了，而我們無須忠於以前的方式。我們會做什麼不同的事呢？」

他笑了。「一件也不會做！我們還是會做我們現在做的事。如果我能讓你同意我的作法。」

「我的意思是，等到早晨來臨之後。」

「噢。所以仍然會有早晨？」

「對，會有。夜晚和早晨。我們終結了這個世界，並沒有終結太陽系。」

「好吧，不過我納悶，終結這個世界是否値得。」

「你怎麼知道？你又不去嘗試。你一直提出異議。」

她說：「你得稍微放輕鬆一點。單是談論這件事並不會造成任何損害。」

「你的父親不在其中？」

「假設如此。」

「我父親也一樣，我想。」

「是的，他也一樣。」

「然後呢？」

「你先說。」

「爲什麼是我？」

「因爲我認爲你或許已經想過這些事，至少比我想得多。我不認爲在今夜之前，我曾經針對這件事深思過。你曉得的，沒有這麼明確地去想。」

「我想，我可以試一試。我們談的是哪一種規則呢？不可偷盜？還是我們一生的年日是七十歲？[17]」

「我想你是對的，偷竊會變得像是拾取。而我們一生的年日——就我所知，大多數人都沒有活那麼久。一般而言，那只是你所能期望的最好結果，所以其實不能算是一個規則。我父親有個姑婆活到一百零一歲。」

「我的曾祖母九十二歲過世。我父親常說：『後人永遠無法見到那麼多，也無法活那麼久。』[18]她搭乘輪船的統艙過來，終其一生都為了此事而責怪我們。我們沒有讓她覺得受這種折騰是值得的。」

「你父親多大年紀了？」

「到一月四日就滿六十五歲了。三個廿年再加五年。《聖經》裡有『若是強壯可到八十歲』那一條。他可以活到八十歲而不會讓摩西相形失色。我很確定他知道這一點。」

「他特別健壯嗎？」

「不，一點也不。但他特別有決心。他在等我。」

沉默。由於夜已幽深，他只能看出她垂下了頭，思索他剛才說的話，思索著她能說些什麼，溫柔地思考這一切。他說：「我知道，我該回家。」然後他笑了。「我擔心這可能會害他送命。」

「眞的嗎？你眞的這樣想？」

「他靠著希望而活著，的確如此。他一向都是這樣。那麼，我出現了，證實了他最擔心的事，我脫帽致敬，然後就再離開。我沒法留在那裡，反正他可能也不想要我留下。否則，他還有什麼可盼望的呢？」

「你有兄弟姊妹。他們會回家去，不是嗎？」

「喔，是的，但我們所盼望的是見不到的東西。在這件事情上，也就是我。」

「你說過你不會再用這種口氣說話。」

「對不起，但這是事實。我將會回家。貨到付款。地址在我口袋裡。但我得算好時機，我必須要活得比他久。這也許是我人生的首要目標！」他笑了。「我知道，他不會讓我輕鬆如意。」他心想這番話聽起來一定很怪，但是她沒有抽開她的手。她在思考。

她說：「思考這件事很有趣。見不到的東西。實際的情況總是不同。」

「更糟。」

「不同。不一樣。未必更糟，也未必更好。」

他說：「我在沒被見到的時候狀態最好。我是黑暗王子、缺席王子——就這一點而言。你不會回答這個問題，但只是爲了說明這一點——過去這幾個月你對我的看法——如果你曾經想起我，假定你曾經想起我。我知道這不是我該假定的事。算了。」

「我記得的你……應當如何？」

「喔，要更體面一點，我想。」

「我從來沒想過。」

「你當然沒想過。我本來也以爲你要更高一點。」

「我打著赤腳，別忘了。」

「的確。剛剛在那兒，你其實不確定我是誰，你最初看見我的時候。」

「噢，我知道你是誰。」

「但是你想過要跑走。」

「我是想過。那只是下意識的反應？」

「了解。」

他們沉默下來。然後她說：「也許此刻我正在想起你，因爲我沒法眞的看見你。」

「好吧。你想起的是哪一個我呢？有這道疤痕嗎？」

「疤痕是有的，我很抱歉。除此之外，就只有你的……氣息。」

「廉價的刮鬍水。倒不是說我刮了鬍子。好幾個星期以前，我不小心翻倒在衣袖上了。另外還有菸味之類的。肯定是有點氣味……抱歉。」

「你知道我不是這個意思。」

「那麼是什麼意思呢？我的氣質（spirit）？」

「你說過我們就像幽靈（spirits）。」

「我應該說鬼魂的。靈氣。」

「鬼魂是幽靈。」

「我的不是。」

「我的是。」

「既然你這麼說。」

「我的確這麼說。」

「這有關係嗎？」

「你似乎認爲有關係。」

「的確如此。你對自己很有把握，在自己的身體裡感到自在。而我……」

她停下來。「其實你說過了。」

「嗄？喔，好吧，我想我是說過了。我……並不真感到抱歉。這可能會給你錯誤的印象。這是人們習慣說的話，不是嗎？還是他們說的是反話。視情況而定。非常抱歉我冒犯了你。但實情如此，不是嗎？」

「不。大多數時候這並非實情。當我發現自己困在一座白人墓園裡，這肯定不是實情。」

他說：「你可能不相信，但我也有過同樣的經驗。好幾次。」

她笑了。「抱歉，但我的確相信你。」

「對，這裡有個例子。我收到了徵兵令。我很驚訝他們居然找到了我，所以我認爲這一定是個預兆。我應該要振作起來，學著過有紀律的生活等等。於是我不再喝酒，甚至養成吃早餐的習慣這一類的事。至少有一個星期，我心裡就只想著這件事。我去郵局報到，還提早了五分鐘。輪到我的時候，那個人就只從筆記本上抬起頭來瞄了我一眼，然後說了一句在我看來輕蔑得沒有必要的話。」

「他說了什麼？」

「他鉛筆都沒放下，只說了一句『下一位』，比了個手勢，那個手勢也一樣輕蔑。我決定我應該把這整件事也視爲一個預兆，一個信號，亦即我的過去將也是我的未來。雖然他可能就只是會在某個地方見過我。」

「嗯，這很悲哀。」

「是的，很丟人。我不知道我爲什麼告訴你這件事。通常我會說謊，告訴別人我靠著撒謊才不必當兵，而他們都會相信我。我會說我心臟不好，有扁平足，或是以宗教爲理由拒絕服役。」然後他說：「但是我想讓你知道我有能力展現出值得尊敬的意圖，所以我才告訴你。」

「我原本就知道了。」

「你原本就知道？」他笑了。「我浪費了一個好故事！我應該要留到更好的時機再說。」

她說：「不會有更好的時機了。」

沉默。還是說那是緘默。通常他會知道。

那兒有張長椅，於是他們坐下。她曲起雙腿側坐，好讓大衣下襬稍微遮住雙腿。這麼一來，她的肩膀倚著他的。如果他把手臂環在她身後的椅背上，兩人都會比較舒適。他想著要提議這樣做。但他們不是朋友，只是點頭之交，關係不同，以他們的情況來說更是如此。尤其她起初看見他的時候，還想過要跑走。假如他們是朋友，他可以說，如果他伸手環住她，兩個人都會暖和些。他可以開個小玩笑，喊她女朋友，而她會說「你想得美」之類的話，然後倚著他坐好。他沒有動彈，手臂和肩膀變得僵硬，接著是頸部，因爲他努力不要動彈，也可能是因為他一心想著不要動。過了一會兒，他感覺到她的頭滑向他的肩膀。她驚醒過來。「天還是黑的，還沒亮。」又過了一會兒，他感覺到她的臉頰貼著他的肩膀，頭髮貼著他的臉頰。他的肩膀在痛。一個他常有的念頭浮現：如果他的生活更有秩序，他至少能夠掌握債務情況，稍微控制在一個範圍之內。他的信譽欠佳，這表示他的債主會毫不遲疑地採取極端手段。如果對方夠體諒，先給他一個警告，哪怕是嚴重的警告，他通常會湊出一點錢來延緩更可怕的威脅，這意謂著從他身上通常都能抖出幾個錢來，不管是誰認定傑克欠了他的錢，還是欠了他某個朋友的錢。有時他懷疑這一切都是玩笑，其他人都參與其中。住在他所住的地方，過著他所過的生活，他很難想像能有任何未來。如果他能澈底戒酒，就能省下一些錢，也能省卻許多麻煩和難堪。他將遠離酒館，再去找一份差事。然後他會碰巧路過黛拉的住處，而她將會獨坐在門階上，聽著風聲，看著螢火蟲；他想著，他將揣著那本《橡樹與常春藤》回家，而他的牧師父親會迎接他，拿過那本書，嶄新的，附著夾書絲帶，就像一本《聖經》，說道：「一個好女人的愛！太好了！」傑克的頭一偏，臉頰貼到她頭髮上，嗯，其實是她的帽子上。他醒過來，但沒有動彈。他猜想她或許醒了，但是她也沒有動彈。好吧，這已經夠愉快了。他何苦用洗心革面的念頭來自尋煩惱，既然只靠著機運就能帶給他這一刻，無須費工夫，也無須預先計畫，少了期盼的痛苦。是的，那頂小帽子很討厭，是用某種僵硬的材質做成的，扎人，而且似乎綴著珠子，在她頭髮上歪向一邊，拿下來會是再簡單不過的事，但她可能醒著，而他更加緊張，怕會顯得狎暱，當她對他如此信賴。當然，他不是故意的，但事實如此，而事實才是重要的。除此之外，還沒有下雨，也沒有人來打擾。他認爲他們至少在那裡坐了一個鐘頭。他習慣留意美好的時光，否則就會被乏善可陳的日子淹沒。這樣說來，大概是一刻鐘吧。

她輕輕地說：「你知道，你不該這樣跟我說話的。」一股不安的震驚通過他全身，幾分羞愧，幾分驚慌，幾分惱怒，還有幾分不知所措的困惑和重新評估。他爲了將來而貯存的記憶，也許稍微美化了，頓時化爲懊悔和難堪，他甚至還不知道這些記憶中有哪件不可饒恕的事很可能將在他臨終前糾纏他。他的嘴唇忽然變得很乾，於是他就只說了：「抱歉。」

「我們就只是一起走走。你沒有義務告訴我你做過的每一件壞事。」

他笑了，鬆了一口氣。「我沒有！我以名譽保證！不過你這樣想很好心，麥爾斯小姐。」

她說：「當世界終結，除了你看重的事情之外，什麼都不重要了。」她對著黑暗說話。「不再走到哪裡都拖著所有的懊悔。單是去懊悔這些事就會將之抹滅。」她做了個手勢，就像捏破一個泡泡。「這是一條新規則。」

「你不像是需要爲許多事感到懊悔的人。我的意思是，我有像你這樣的姊妹。我跟你說過，一共是四個。她們教書，彈琴，記得每個人的生日，並且會寄送感謝函。在我小時候，看著她們一個接一個地從幼稚變得完美，我認爲是件神奇的事。當然，那是很久以前的事了，可是像她們那樣的人不會改變。我想我的姊妹也認爲她們懷有懊悔。認爲她們了解『懊悔』這個字眼的意義。」

「嗯，我的確了解這個字眼的意義。」

「我並沒有要你招認什麼。」

「很好。」她坐直了，然後站起來。「我聽見有個人在唱歌。」由於那一小時的休息，他們兩個都又冷又僵，苦中有樂。他們走上山坡，走進更深的夜色中，暗中嘲笑自己的笨拙。她倚著他的手臂。*告訴黃金大門前的聖彼得，說你討厭讓他等待。*她說：「我猜他就只會唱這首歌。」

「我猜想他這樣唱歌，是想讓我們這些見不得人的傢伙避開他。」

「非常體貼。」

「的確有人會這樣做。我注意到了，偶爾。」

他們一起等待，靜止不動，一聲不吭，直到那人走過。按照我們的習慣，傑克心想。有時候對事情的理解是如此之快。「先前你應該經過了一座湖？那兒很難錯過。人們說是池塘。」

「我見到了。」

「在這樣的夜裡眞的是最好，你看不見它，只聽見它在呼吸，而你在皮膚上感覺到那呼吸。當然，這必須是在一個寧靜的夜裡。就像此刻。」

「是啊，我看見了那些小禮拜堂，我猜想是陵墓，可是有著彩繪玻璃窗之類的裝飾，俯瞰著湖面，彷彿在那裡會有任何人欣賞似的。」

「除了我。」

「還有我。我在其中一座的臺階上坐了一會兒，欣賞那些柳樹。很有詩意。」她笑了。「那時我還指望著能夠找到離開這裡的路。」

傑克說：「那絕對是我最喜歡的一座陵墓。看起來像薑餅屋的那一座？我在臺階上度過了許多並非不愉快的時光。」

「一座薑餅屋……看起來像是有個巫婆會開門邀請你進去。」

「的確。到目前爲止還沒有這個運氣。」

她搖搖頭。「傑克・鮑頓，你怎麼這麼說話。」

「我的意思是，她可能會端出一盤餅乾。我記得那個故事是這樣說的，不是嗎？你可以拿個一、兩片就走：悲劇得以避免。」

「我不這麼想。和女巫打交道可沒這麼簡單。」

「你這話是經驗之談？」

「我認爲是的。」

「也許我認識那個巫婆。」

「你不認識。你有你們自己的巫婆。」

「無庸置疑。我並沒有想要侵占你的巫婆。」

「不要緊。」

「總之，我們可以往那邊走。」

「我們已經朝那個方向走了好一會兒，應該就快到了。」

「嗯，這倒是的。我在想著那座湖，還有那些柳樹，和那座秀色可餐的陵墓。想著你可能會想要休息一下。我想我並沒有眞正意識到我要帶你去哪裡。這樣說吧，不是每個人都喜歡在死亡的門廊上度過夜半時分。最後審判的門檻，如果你比較喜歡這個說法。至少沒有任何對象徵主義感興趣的人喜歡這麼做。我應該要先問過你的。」他笑了，而她沉默不語。他但願能收回說出的每一句話。

「你注意過嗎？它的雨漏是小天使的模樣，雨水從它們捧著的罐子裡流出來。我認爲這是個巧思。有些雨漏的模樣相當怪誕。」她仍舊沉默。

然後她說：「我參加過許多的喪禮和葬禮。我父親總是引用某人的話說：『那匹白馬正馱著一個小孩回到天家。』陵墓並不會令我感到不自在。」

「我也一樣，這是實話。我只是想開個玩笑。」這並不完全是實話。實話是，他感興趣的是陵墓**何以**令他感到不自在。

又是那個人，唱著歌。「我……**但願**我不是這麼愛你，我對你的愛**應該**早已淡去。」他們非常安靜。「我……**但願**我不需要你的吻[19]。」

傑克說：「他說得像是眞心的。」說完就後悔自己開了口，因爲她似乎在專心聆聽那首歌，之後又專注於歌聲之後的寂靜。

最後她說：「你沒辦法唱那首歌而聽起來不像是眞心的，你甚至沒辦法說出口。」

「那是一首好歌。」

「那是一首要命的歌。我討厭『但願』這個字眼。聽起來像是某個人臨終的最後一口氣！像是它讓你整個洩了氣。」

「是啊，但仍然是一首很不錯的歌。」

然後她說：「我做了一件蠢事，試圖把這首歌用在課堂上。從收音機裡就聽得到的表達性語言，完全普通的用語，我以爲如果用這種例子，也許有助於使學生更喜歡詩歌。」

「我猜那沒有效果。」

「喔，他們覺得尷尬。有些人竊竊私語，掩住嘴巴偷笑，有些人在傳紙條。以他們的年紀，我不知道我怎麼會期望他們有別種表現。」

「他們懷疑你有思春情懷？」

「我試著替自己解圍，不管他們懷疑的是什麼。歌裡的這些字句是實際上說出來的話呢？或者只是某個人的心聲？你在許願的時候有什麼感覺？我打算談一談歌裡的『這麼』那個詞。通常我們會說『這麼多』、『這麼好』，用來結束我們的思緒。但像這首歌裡就只說了『這麼』，一個詞同時表示了一百種感受。」

「這麼溫柔，這麼無奈。」

「我打算要問他們若是有這種感受，他們會感到難過還是高興。我不懂當時自以爲在做什麼。」

「這麼深，這麼澈底，這麼不理性，這麼熱情，這麼徒勞。」

「這麼溫柔。」

過了一分鐘，他問她：「你會怎麼說呢？是難過，還是高興？」

她靜默不語，然後說：「我不知道。有時候很難區分。」

「牽涉到柔情的時候，肯定是這樣。」

「肯定是。」

他帶她走上一座小丘。「我們可愛的小陵墓，還有湖邊的美景。」他居然帶著手帕，遵照他父親對每個孩子的叮囑。絕佳的忠告。他用手帕擦拭了臺階，把手帕抖了抖，再摺起來。太濕了，無法塞回口袋，也沒有別的地方可放。「請坐，不用拘束。」

她在最上面那級臺階的一側坐下。「那你也坐下來。位置夠大，我可以再挪過去一點。」

「其實我忘了……我以爲這兒更寬敞，眞的。這是我第一次帶客人來。」他父親會用「登徒子」這個字眼。一個男人用了心機謀畫親近的機會。一個登徒子心裡會想「我眞聰明」。

她說：「沒關係。但是你不能一直站在那裡。如果你想，我們可以去找張長椅坐。」

他說：「如果下雨的話，在這裡我們還能稍微避點雨。」她往旁邊再多挪了一點，把大衣裹緊。他在第二級臺階上坐下，手臂在膝頭交抱，望向那座湖。他們靜默無語。

然後她說：「我們最好還是說說話，打發時間。」

「是啊，我正打算這麼說。」

他們靜默著。湖水比夜色更黑，因爲完全看不見，反而又變得可見。就像沒有月亮的清澈夜空，是一種濃烈的黑色。他曾經在這樣一個夜裡朝著路燈扔了一塊石頭，只爲了看看他知道在那上方的天空。他甚至並沒有醉得特別厲害。他向警察解釋，他是在維護人類的一項基本權利。警察說他是「酒醉鬧事」。這在他意料之中。那是一年前嗎？還是五年前？全都混在一起了。

他說：「『湖』（lake）這個字和『缺乏』（lack）這個字有關。是一種缺少。沒開玩笑，我查過的。我常待在公共圖書館，那裡可以遮風避雨。如果沒記錯的話，有人說過，『才智的財富不會因爲分享而減少』，所以我在裡頭總是感覺比較自在。我可以取用他們最好的東西，而不會有人因此蒙受損失。你曉得的，我指的是思想，而不是眞正的書籍。呃，我的確會迷戀上某些東西，書本，但我遲早會歸還。」然後他說：「我欠你一本保羅‧鄧巴的詩集。現在要加上利息了，我想。」

她說：「把那首小詩寫完，再把書擱在門廊上，我們就扯平了。」

「一派老師的口吻。」

過了片刻，她說：「無論發生什麼事，我的餘生可能都是這樣，都會用這種口吻說話。以某種特定的方式思考，認爲總有些話想對別人說，認爲他們應該要聽你說話。」

「就像個傳教士。」

「比那更糟。傳教士即使被最後一所教堂趕了出去，並且將他拒在門外，他仍然具有一種氣質，仍然可以引用經文。世人從來不會完全忽視這一點。」

「也許不會有事。你可能會向青少年講述押韻詩句講上幾十年，那會是很棒的一生。這是眞心話，眞的。」

「嗯，的確是的。尤其是因爲我似乎是在回顧。」

「嗯，你聽聽。我可是花了好大心力才背起來。如果大聲朗誦，效果會更好，但是你也知道，現在時地不宜。我得想想是怎麼開頭的……有了：『在他們眼前驀地出現／這蒼莽深淵的奧祕，漆黑一片／無窮的海洋，無邊無際／寬廣難測：沒有長寬高／也沒有時間與空間／資歷最老的黑夜和混沌／大自然的祖先／在無休無止的爭戰聲中／保持永恆的混亂』[20]。約翰・米爾頓的作品。我父親說，他是最偉大的長老教會詩人。」

「他不是長老教會的。」

「的確，不過他也不屬於其他教會。我父親覺得他所寫的一切都非常具有說服力，這表示他一定是長老教會的，不管他自己知不知道。我父親會說這是個玩笑，但是如果有人追問，他就會不太高興。不過，我要說的是，我背下這段詩，是爲了讓我短暫愛上的英文老師留下好印象。當時我十四歲。我從來沒有眞的背給她聽過。做我該做的事從來就不是我的天性，即使是爲了我自己好。她本來說不定會對我有更好的印象。但偶爾我會想起這段詩，而我很高興我還記得，連同爲數不多的其他東西。所以，你永遠不知道你可能造成了什麼樣的影響。」

「我永遠不會知道了。我可能再也不會站在那間教室裡，甚至沒有機會向他們說聲再見。我開始意識到我比我所以爲的更喜歡他們。」

「嗯，這多少是種安慰。」

「我最後的記憶將是他們爲了那首歌而笑我。」

「也許什麼事都沒有。我想，在黑暗中坐在這裡會讓人覺得這似乎不太可能。但你永遠不會知道事情會怎麼樣。」他笑了。「而我也永遠不會知道。我的意思是，這個奇怪故事的結局。事情會如何解決。這使我擔心，這麼地擔心。」

他們沉默無語。

她說：「我會在窗臺上放一本書。」

「哪一扇窗戶？」

「前門旁邊那一扇。」

「好的。那將意謂著好消息還是壞消息？」

「好消息。」

「好，別忘了。」

「我保證。」

「如果你要過一段時間才能確定呢？如果他們要慎重討論之類的？那可能會花好幾個星期。窗臺上沒有書……」

「我會擺一盆植物，一小株常春藤。那你就會知道我還不知道。」

「但是不放書。」

「也放書，如果事情似乎還算順利。」

「否則的話，就只放小盆栽。」

「對。」

他點點頭。「你的室友……是叫羅蘭嗎？她也許會看見那本書，覺得放在那裡很奇怪，於是把書放到別處去，或是把書拿走。」

「我會小心地挑一本她已經讀過的書。」

「好。我想這行得通。」

「我會確保它行得通。」

「你很好心。」

「你也很好心地替我擔心。」

「這麼地擔心。」

「是的。」她說。兩人靜默。然後她說：「『這麼地』是人們在世界終結之後會用的字眼。也可能不再需要用到，因爲他們知道那意謂著什麼。一切都會如你所想的那樣。」

「天這麼地黑，夜這麼地長。我們越過了某種門檻。澈底的黑暗和無盡的時間。這就是萬物的規律。不再說『這麼地』。」

「有時候我覺得我們就只靠著提示過日子，透過一個鑰匙孔看世界。當我們回顧一生，我們的感覺就是如此。」

他點點頭。「這就是我此刻的感覺。」

她俯下身子，雙手包住她可憐的腳趾，臉頰貼著膝蓋，在黑暗中面對著他。這姿態異樣動人。爲什麼他認爲她看起來心滿意足？他確定她閉著眼睛。如果我的心是一條未斷之弦，你的碰觸將使它顫動。他差點就用鉛筆把這一句寫進她的書裡，後來決定還是算了。那並不是一句很好的詩，「顫動」（trembling）這個詞並非眞的有三個音節。還有「碰觸」。她可能會認爲這個字眼在暗示什麼。我會搞砸這一切，他想。我差點就做了，差點就把那幾個字寫了進去，甚至在我想像到這會發生之前。我絕對想像不到。假如此刻他摸了她的臉，哪怕是很輕很輕，情況在這之後就會有所不同。這個世界就是這樣，觸摸了什麼，就改變了一切。

謹慎是必要的。這意謂著那個疑問已經在他心中：假如那個易碎物受到考驗，被推到架子邊緣，如果那股緊張一觸即發，而那個易碎物的本質被破壞了，將會留下什麼？這奇特的一夜毀掉了，淪爲尷尬、懷疑和懊悔的碎片。他想到，如果他在這個黑夜裡觸摸她黝黑的臉頰，一道優雅的曲線，沒有軀體，就像幾何線條，客觀地說，如果他只用指尖去追隨那道曲線，在這個實驗中將會有一種微妙，是她能夠理解的，如果他能解釋給她聽。純粹的觸摸，幾乎心無旁鶩。他說：「說點什麼吧。」這話太突兀了。「我們說說話吧，談點什麼。」

她抬起頭來。「我好像睡著了。我在作夢。」

「抱歉。」

「犯不著。很普通的夢。我找不到我需要的某件東西，甚至不知道那是個什麼，弄得我很激動。而現在我在這裡，在黑暗中，坐在一座陵墓的臺階上，旁邊坐著一個我看不清楚的陌生男子。這更像是一場夢。」

「嗯，聽起來像是一個很糟的夢。」

「是啊，但是感覺起來並不像。讓一個夢變糟的是我們的感覺。我剛剛明白了這一點。」

他點點頭。「很有意思。」然後他說：「其實我有點享受我的生活。我知道我不該，我的生活有許多可以改進之處。但是，也許是我們的感覺讓一種生活變糟，或是在大多數時候差強人意。我立志做到澈底無害。這是我和自己的一場比賽。我缺少眞正的天賦去做到無害，這使得事情變得有趣。蜘蛛和蒼蠅在我身邊是十分安全的。還有老鼠。一般說來是所有的害蟲。我了解到這當中有一種樂趣，去想所有那些我不曾傷害過的人與物，甚至不曾讓他們注意到我在掂量他們的脆弱。我承認，這就是我會做的事。」然後他說：「有時候。」眞是一番蠢話。「我們換個話題吧。」

「喔，好的。臺階眞硬。」

「又冷。」

「又潮濕。」

「抱歉我吵醒了你。要打發時間，最好的方式莫過於睡覺。」

「你應該來我家過感恩節。」

他笑了。「我何德何能，配得上去過節？」

「過感恩節沒有配不配的問題，過節的意義就在這裡。總之，你已經竭盡所能地做到無害了。我很感激。我並不把這件事情視爲理所當然。」她趴在膝蓋上，看著他所在的位置，面露微笑。他從她的聲音聽出她在微笑。

「你可以把我介紹給你父親。『爸爸，這位是黑暗王子。我在一座墓園裡發現了他。他說他是無害的。『壓傷的蘆葦，他不折斷』[21]，可能吧，雖然壓傷蘆葦的人可能就是他。』」

「別開這種玩笑。總之，今年我不會回家過節。我的意思是，你可以到我住的地方來。你曉得的，就是你擺放你決定要歸還的書本的地方。」

「那地方我很熟。」

「這一次請敲門。不要那樣偷偷摸摸的。」

「你們不知道所求的是什麼。[22]豹豈能改變斑點呢？[23]何況，我總是忘記感恩節是哪一天。每年感恩節的日期都不一樣，不是給生活混亂的人過的。」

她聳聳肩。「或許你可以費點心，就這麼一次。」

「我什麼都無法保證。」

她說：「噢，這我知道。」

所以我在這裡，他想。而她在這裡，黛拉，他攬進白日夢中的女子，以彌補意義的匱乏，彌補有時令他感到壓抑的事件。這無傷大雅。在他的白日夢裡她是安全的。其實是被珍藏著。他經常回想那令人遺憾的一夜，或是回想那個原本美好的夜裡幾乎令人遺憾的那一個鐘頭，在想像中把事情改正，雖然並非在記憶中，這是當然。一種依依不捨的告別。更像是道聲晚安而非說再見。那也不錯。

她的衣袖動了一下，碰到了他。她的大衣是紫紅色的。他曾經思忖哪些顏色最容易沒入黑暗，哪些顏色則會在黑暗中漂浮一段時間。暮色不帶一點黑色，所以黑色會比紫紅色更慢被吸收。她被裹在暮色裡。等到這一切結束，而她走了，這就是我將會有的念頭。那些我從未寫下的可笑詩句。事實上，她會是個受人敬重的女性，有正當職業，居有定所，在晨光裡邊吃早餐邊看報。我將會路過，而她不會看見我；她也可能會在駛往孟斐斯的火車上排練要對父母親說的話，或者在說盡了藉口和道歉之後，接受恥辱，因爲這比較容易，需要說的話比較少。沒有一次提到我，但願她從未見過我，把這一夜澈底拋到腦後。

雖然他覺得冷，身上的襯衫卻汗濕了。他根本保護不了她。伴護她行走在墓碑之間是個騙局，事實上，當她看起來還算體面，她手裡的花尚未完全凋萎，如果她和警衛說一聲，把她那個念舊的小謊言告訴對方，那人就會替她打開大門，即使免不了先數落她一番，談起個人責任之類的話——這也不好怪他，因爲這只是對他徹夜四處巡視的一個小小補償。在那裡看見她令傑克太過驚訝，乃至於他沒有想清楚，偏偏他又欣然扮演起紳士的角色。這種角色的確經常落在他身上，只要他穿著乾淨的襯衫，而挽著這一位女士尤其使他不得不去扮演紳士，而且這片黑暗仁慈地隱藏了他活得並不像個紳士的痕跡。他其實可以使她脫困，只要告訴她坐在那張長椅上等待警衛經過，自己遠遠地站在後面守護她，不管那有沒有用。那樣一來，她就得摸黑走路回家，雖然不太妙，但可能不比在拂曉時走路回家那麼糟。他有他的藉口，其中一大部分是由於驚訝。但藉口只意謂著在無意中造成了傷害，這又證明了他免不了會造成傷害，不管是有意還是無意。

他說：「我其實相信預定論。我是認真的。」

「我卻不相信。」

「嗯，你當然不相信。命運讓你是衛理公會的教徒。」

「所以你只是在自言自語？」

「老習慣了。」

「你說你是無害的，儘管你並沒有天賦去當個無害的人。難道這表示你注定要成為你天生並不是的那種人？這有點說不通。」

「我說的是我表現得無害，盡我所能。這不表示我就能成功地做到無害。我往往會猜錯，比如說，在某種情況下要怎麼樣才能做到無害。這甚至不表示我不會在某個時候放棄這番努力，乾脆放輕鬆，任由自己當個壞胚子。」

她沉默不語。

他說：「這下子我嚇著你了。你明白我的意思。在這世上我最無意去做的事就是嚇到你。」

「你沒有特別嚇到我。你只是跟其他人一樣。你似乎不認爲別人也或多或少做著和你一樣的事。我可以告訴你，我不會逢人就透露自己內心深處的想法。如果我那麼做，恐怕你也會被我嚇到。」

他笑了。

「不准笑！」

他說：「對不起。我太罔顧你的感受了。」

他們笑了。

她說：「其實我充滿了怒氣。憤怒。我想我的感覺有點像是上帝在祂即將放棄並且降下硫磺之前[24]那一瞬間的感覺。我曾聽過有人爲此責怪祂！我不怪祂。我能想像那份滿足。我不得不去想，最終的憤慨何時會來到，何時我將會爆發。不是某件特別的事，整體而言是每一件事，再加上一件，也許是件微不足道的事。咻！」

「眞的嗎？」

「我聽起來像在開玩笑嗎？」

「一點也不。事實上你嚇到我了。」

「別太擔心。我這輩子都是個完美的基督徒。這我也無能爲力。或許是件值得感謝的事。這令我母親開心，我打算維持下去。」

有一會兒他們靜默無語，然後她說：「有時候我把自己關在房間裡，把自己扔到床上，讓所有的憤怒貫穿全身，在我的每一塊骨頭裡。然後它似乎會漸漸平息，我就能去散個步或做點別的事，但它從未消逝。」然後她說：「你很安靜。」

「是的。我只是在想我加進清單裡的那些會惹惱你的大事。我會用下個月的時間來把會惹惱你的小事加進去，在我看來是小事的那一些。當然，我無法判定。」

她說：「我沒有把它想成一張清單。那更像是一團東西，一股重量。你曉得的，當一片雲變得非常沉重，有了自己的生命，在內部起了騷動，咆哮著，發出閃電。也許一顆雨滴就使它從一片根本不會有人注意的尋常灰雲起了變化，只要幾顆雨滴就能造成差別。某個人的呼吸急促起來，某個人說了句刻薄的話，說了個惡毒的故事。」她的聲音非常輕柔。

他說：「從現在起我將會戰戰兢兢。」

「把我的書還來。」

「噢，女士！我會竭盡所能儘快還你！」

她笑了。「我其實不太相信。這也沒太大關係，反正你可能已經把它給糟蹋了。」她把臉轉過去，不再看著他。「抱歉，我不該告訴你這些事的。我沒辦法述說自己生氣的事而不同時感到生氣。但現在我沒事了。」

「嗯，我猜我們有了共同點。」

「什麼？什麼共同點？」

他沉默不語。他所指的事那麼不痛不癢，無須往下說，讓他稍微鬆了一口氣。我們都和我們表現出來的樣子不同。基督徒女士和無害的男子。黑暗王子和鬱結的神怒。這當中有些道理。

夜晚可以顯得無盡悠長，他想。昆蟲忙著過牠們的生活，非常專注。所有這些唧唧嗚叫是爲了什麼？有一次他父親看見他拿著一個美乃滋罐子，裡面放了些草和一隻毛毛蟲，蓋子上照規矩鑽了幾個洞。他的確打算要灌點水進去，想看看會不會有氣泡，因爲他一直想知道毛毛蟲是否眞的會呼吸。但是他還沒有去做這個實驗。他父親站在那兒，雙手插在口袋裡，遙望遠方的樹木，說道：「生物的確想要活下去，就連最醜陋的小生物也一樣。人們有時候沒有注意到，但這是眞的。」對，這是眞的。這樣的生命，總是懷著目的，總是在前往某處的路上。你不得不佩服。也許一聲唧唧意謂著「我存在！」，然後再一聲「我存在！」，彷彿這很重要似的。但這想必很重要，既然牠們全都這麼做。

她的書並沒有怎麼受損，不該在他口袋裡待了那麼久。書本一舊，就容易生褐斑。有一次他差點想把它賣了。其實他只是在跟書店的店員聊天，那天他特別想跟別人聊聊。他並非眞想賣掉，對方也沒有出個像樣的價錢。幸好沒有，考慮到這一切。有一段時間，他認爲他可能會在什麼時候經過她家門口，於是他把書帶在身上。可是在他有了那個傷口、那道疤痕之後，他知道他永遠不會經過她家門口了。現在她在這裡，而他一句話也說不出來。

最後她說：「你在想什麼？」

「我在想 bugs。」

「那個歹徒？還是兔寶寶？[25]」

「蟲。你看過蜘蛛游泳嗎？牠們出人意料地擅長游泳，讓我很驚訝。」

她搖搖頭。「我想我從來沒注意到。」他心想，蜘蛛並不是昆蟲。雖然他並沒有說蜘蛛是昆蟲，但聽起來想必是這樣。她說：「你是第一個聽我說起我心中那種憤怒的人。你是唯一一個，可能也會是最後一個。」

在這種情況下，一般人會說些什麼？「你想談一談嗎？也許你會覺得好過一點……」

「不，我不會覺得好過一點，而且我也沒有覺得好過一點。對不起，這跟你沒有關係。我想就只是因爲這個夜晚和這些墓碑。」她站起來，走下山坡，往那座湖走去。他看著她走，直到能依稀辨識出她。黑暗中一股輕微的擾動，她所在之處是一片更溫暖的黑暗。那件紫紅色大衣。她可能是厭倦了他，從他身旁走開。他想他不妨跟著。有什麼關係呢？只要有一絲跡象表明他不受歡迎，他就會走開。事實上，那會是第二個暗示，如果她走開是第一個暗示。他的自尊微微受損，無所謂。但她想必聽見了他走在草地上的腳步聲，因爲她停了下來，等他走到她身旁，然後挽著他臂彎。他們走到水邊，那裡寒氣逼人，而且有許多石頭，無論如何，他們一起在那裡站了一會兒，然後她說：「你得對自己好一點。」

「爲什麼？」

「因爲我這麼說。因爲你瘦成了皮包骨。因爲你在墓園裡過生日。」

「那是個玩笑。」

「不，那不是。如果我何時想起了你，我不希望想到你在這裡。」

他說：「我不會在這裡。我口袋裡有老家的地址，寫了指示，還有幾個電話號碼。也提到了一點酬勞。我的家人會處理的，他們非常可靠。」她沉默不語，於是他重新思索她剛才說的話。「噢，我懂了。你的意思是我應該要改善我的生活。也有人向我這麼建議過。事實上，就在今天早上。我向某人借個火，就只是這麼一件小事，可是並不怎麼順利。他把整隻火柴都留給他自己。我心想，這就是那種日子，贖罪的日子。可是你希望我改變我的生活，好讓你在偶然想起我的時候……」

「我想要你活著。如此而已。並不複雜。」

他笑了。「對你來說也許並不複雜。我父親說的對。有一次他跟我說，生物都想要活下去。每一個生物。肚子一餓，就會想辦法找點食物塞進去。所以，沒必要擔心。」只要沿著碼頭走，幾乎總是能找到一個地方剛好缺個洗碗工。

她只是搖頭。

於是他說：「你讓我有點措手不及。起初我認爲你那樣說非比尋常，我應該不曾聽任何人這樣直截了當地說過。然後我意識到我對你也有同樣的感覺。我的意思是，我很高興你活著，並且希望你繼續活著……我想這種心情相當普遍，我相信大多數人對別人都有這種感覺。這是件好事。當然，失望也是難免的。我沒有這麼明確地想過這件事，但我明白你的意思。事實上，謝謝你。」說著他緊張起來。

她笑了。

但他覺得他應該說「你實在不知道你在要求什麼」。改變他的生活意謂著改變他自己。難道是某種愚蠢的忠誠使他成了如此冥頑不靈的傑克・鮑頓？當他明明有那麼多更好的選擇？

她說：「總之，這是我的請求。」

「那我就會試試看。」

她搖搖頭。「這還不夠。」

「欸，你必須要了解某些事。讓我想一想。」

「我在聽。」

「這也許是問題所在。」

「認真一點。」

「我會試試看。」

她搖搖頭。

「好吧，我其實並沒有選擇這種生活。阻力最小的道路並不是一種選擇，就『選擇』這個詞的一般意義而言。我知道它看起來像是一種選擇，可是當你在所有其他路徑上遇到的阻力似乎無法克服，你就只能走在這條路上了。我很確定是我太容易感到氣餒，但我知道我在說什麼，或多或少。」

她說：「這樣不行。阻力最小的道路讓你臉上有了那道疤。」

「還有更糟的，相信我。不過也有阻力次小的道路，而情況並沒有什麼改善。那條路讓我斷了一根肋骨。」

「別告訴我。那不關我的事。我不想聽。」

「我是開玩笑的。」

「你不是在開玩笑，至少在這一點上你要誠實。」她從他身旁走開，轉過去背向著他。

「噢。」

其實是兩根肋骨。這並不重要。最後他說：「麥爾斯小姐，你湊巧和一個流浪漢共度了幾個鐘頭，我相信這對你來說是個不尋常的經驗。其實對大多數人來說都是，對我的任何一個家人來說肯定也是。」她背對著他站在那裡。黎明遲早會來臨，到時候事情反正就會結束。「這種生活有其代價，這我同意，但基本上我是無害的。我們大多數人都是。如果我們無可救藥，那也許就只是一種知足的表現。」他也可以說「一種認命的表現」。這兩者並非不相關。他是在告訴她別再這樣對他說話，彷彿她有權對他有所要求，要她別再用那種主人的口氣，幸運之人對不幸之人所用的那種口氣，名聲好的人對名聲差的人所用的那種口氣。不，他並非眞的在和她說話。衛理公會的教徒擅長經營慈善廚房，而自從她長大到足以明白「慈善」這個詞的意義，她想必就曾在其中一間幫忙，面帶微笑，用湯杓舀湯施食。他並非常客，而且這裡是聖路易，但是想到她可能曾經在那裡見過他，在赤裸裸的光線下，手裡捧著碗，這個念頭令他震驚。他又給自己留下了另一個難以忍受的記憶，一個鮮明的幻覺，關於一件不曾發生但很可能發生的事，他不由得掏出手帕擦了擦額頭。這樣的記憶半是衝動。他將會設法避開所有與衛理公會有關的地方——非裔美以美教會、衛斯理宗和聯合循道會[26]。在他犯傻的時刻，曾想像過他可以對任何似乎得罪了他的人說些什麼。對那個把火柴甩熄而不願意借火給他的人，或是對自己的任一個兄弟姊妹——如果他們當中有人找到了他。但是聽見自己大聲說出這些話，而且是對著她說，令人震驚。他說：「對，我應該要努力做得更好。」

「我不是這個意思。」

嗯，他也不是這個意思。也許最好是保持沉默，等到話題轉變。每當雙方都不說話的時候，話題就會轉變。只要有一點時間，它們就會像天氣一樣改變，烏雲散去，微風吹起。無法預測，但只要有改變，通常都是好的。他但願有一根菸。這種羞恥感是他永遠無法說服自己擺脫的。坦率無濟於事。他沿著湖邊走，距離她只有幾步之遙，但足以表達出某種意念。一會兒之後，她走過來站在他身邊，在那片黑暗和靜默中，他們腳邊的湖水發出輕柔、慵懶的聲音，從卵石上篩過。她很安靜。沒有言語，只有寂靜，就像存在於夢中。

最後他說：「你並無意評斷我。」

她說：「對。」

「也許你應該。」

「為什麼呢？」

「嗯，如果生活不順利……陷入不幸的境地，可能只在一瞬之間。在你還不知道發生了什麼事之前，可能就發現自己淪落到這個世界比較不幸的那一邊。我想別人看著我的時候看出了這一點。他們會喊我牧師或教授，這通常表示他們想找我麻煩。我令他們感到不自在，因為他們認為我不是應該淪落到這種地步的人。我知道可能還有別的原因，當然還有。我只是說這種事可能會發生。你不應該扯上關係。相信我的話。」

寂靜。存在於夢中的東西似乎總是意謂著什麼，帶著威脅、內疚或是悲痛，像是圍繞著它的一種氛圍。說也奇怪，她的寂靜感覺上像是保證。如果他沒有弄錯的話，感覺上很像是忠誠。那彷彿像是她在說：我們終結了這個世界，你不記得了嗎？現在就只剩下我們兩個。

他想起了某件事，「心靈若是擁抱，比空氣與空氣的擁抱更容易，它們全然融合，純淨與純淨的結合」。[27]不是這個。這不是作業的一部分。老師叫他帶著一張紙條回家。他把紙條塞進那套從愛丁堡特別訂購的書籍裡頭。出於對其權威的尊敬，尊敬他父親稱之為縝密論證的那種東西，那套古老的神學書籍從來無人翻閱。

她說的其實是「你活得像個已經死去的人」。

嗯，這句話很有幾分道理。反正他也不時在想，他是否眞的把自己嚇死了，或是嚇個半死。無害。一面奇特的旗幟。他說：「麥爾斯小姐，我幾乎從來不會在這裡。我通常不會在墓園裡過夜，相信我。你剛好在這裡遇到我，因而有了這個印象，這是完全可以理解的。我的意思是，你不會明白我們所面對的是個多麼不尋常的巧合。我們的人生竟然在此交會……如果你想一想，我幾乎同樣有理由認爲你經常在這裡過夜——當然，並非眞是如此。當我說我們的人生，我並不是那個意思。不過，從邏輯上來講，你明白我的意思。」聽，這個傻瓜說個不停。

她說：「我想，墓園是其中一部分。也許。」

「所以你是在說什麼呢？我是我自己的鬼魂？就只是一個影子——然後月亮西沉。」

「對。」

「不。這很令人沮喪。我必須抗議。」

她輕聲地說：「我不認爲這令人沮喪。我認爲這有一種……美。」

「你說了『美』嗎？」

她點點頭。「美。在某種程度上。」

他笑了。「喔，這倒是令人驚訝。」

她說：「因爲某件事，你覺得你受夠了人生，於是你在那個時候拋棄了你的生活。只不過你得爲了你父親繼續活下去。」她的語氣十分接近那種惱人的領悟，當人們陷入自認爲的深刻見解，就變得無法接受常識，甚至無法分心他顧。她說：「你覺得自己不再屬於這個世界。也許你比你想像中跟大多數人沒兩樣。」

「我很難這樣說服自己，也肯定無法說服別人。如果你認爲這當中有任何東西可稱之爲美，我也無所謂。但這並不表示你應該這麼做，我一定是不知怎麼誤導了你。我很確定我告訴過你我會說謊，我還是個口齒不清的小毛頭時就會說謊。所以不管你認爲我跟你說過什麼，那可能都不是實話。如果我的確說過的話。」

她點點頭。「很有意思。」

「不，並不。這是個該死的麻煩，在大多數時候。」

沉默。

她說：「我想大多數人都感覺到自己的眞實生活不同於他們在這世上的生活。但他們忽視了自己的靈魂，或是隱藏了自己的靈魂，好讓他們能夠維持現狀，維持一種普通的生活。你沒有這麼做。以你自己的方式，你有幾分……純潔。」

他嘆了一口氣。「不，不，不，不，不。你的詩意衝動壓倒了你的理智，麥爾斯小姐，我不能讓這種誤解發生。在五分鐘之內，我就會想出辦法來使你的幻想破滅，屆時我們兩個都不會開心。」

她點點頭。「這是你自衛的方式，藉此跟你自己保持距離。反正以目前的情況，我們兩個都不開心，所以我並不特別信任我的幻想，如果那是幻想的話。我只是想告訴你，你有理由保持身體和心靈的一致。」

「來美化，不，來賜福這個乏味的世界。我無法告訴你有多少人不爲所動。」

「喔，有耶穌啊。」她說，這句話令他驚愕。

「那是我費盡心思要避開的一位先生。」他想，親愛的耶穌，可別讓她試圖要我皈依。

「抱歉。我知道這話聽起來什麼感覺。我的意思其實就只是——一邊是某個人，任何一個人，另一邊是此人的眞實生活，所有那些他們並非有意爲之、無法說出、但願得到的一切，或是爲之感到悲傷的事物。這是現實。所以，似乎不可避免地，會有個人、某種靈，藉此來了解這個世界。這是我的想法。這麼多的現實，大部分的現實怎麼可能毫無意義呢？在我看來是這樣。」

「那個靈不總是會被打動，這要視情況而定。」

她搖搖頭。「我只是認爲必須要有一個耶穌，來把別人都不會看見的東西稱之爲『美』。

寶貴的東西應該被珍惜，不管其餘的部分變成什麼樣子。我希望這話聽起來不會刺耳。」

誰能反對呢？但是她非常認真。要如何結束這個話題，而不至於以令他後悔的方式得罪她？「一點也不刺耳」，他說。比刺耳更糟，他找不出話語來形容。

沉默。天空的黑色在光線中漸漸變淡，襯得樹木的黑色輪廓和湖水的黑在天空下漸漸突顯出來。群鳥在晨光中騷動。他身旁的身影此刻似乎蒙上了面紗，若隱若現。他無法鼓起勇氣去直視她，而她也沒有看著他，兩人都靜止不動，彷彿那仁慈的黑暗並未逐漸離他們而去。在日光的洪流席捲他們之前，在他們的世界即將終結之時，該說些什麼好呢？阿們，他想。他沒有丟臉，她也沒有被得罪，一份虔誠的盼望或多或少實現了。

他們走回山坡上那座陵墓。他們的鞋子整齊地擺在門邊，她的手提包倚著鞋子而放。兩人一起坐下，他穿上他破舊的襪子，她撫平那撫不平的頭髮，髮夾重新別上，帽子重新戴好。她在手提包裡找到一隻口紅。他們試圖修補自己狼狽的外貌，卻無濟於事。我們一起醒來，他想，就像亞當和夏娃。日光將會使一切顯得更糟。他知道鬍碴使他顯得憔悴，戴著帽子時更糟，而他若是脫掉帽子，頭髮就會顯得稀疏。他站起來，背對著她，彷彿這樣就能解決任何問題。他聽見她從身旁走過，看見她往下走到草地深處，彎下腰，用露水沾濕雙手。她用露水洗臉，抬起頭來看著他，笑著，一張臉閃閃發亮。她說：「我在一本書裡讀到過。他們正準備進入煉獄。」

他說：「那我想我最好也這麼做。我知道煉獄的規矩。」

他往下走到她所在之處，但是站在那裡，帶著臉上的疤痕和鬍碴，他感覺到神經抽動，肩頸緊繃，他把頭向後仰，偏了偏。只有一點點，但足以使他顯得傲慢自大——他的姊妹這麼說，或是彷彿他正準備挨上一拳——他的兄弟這麼說。白晝就是煉獄。被人瞧著是件可怕的事。他一向這麼認為，甚至是在他身上寫滿了人生滄桑之前。她看起來非常年輕，陽光灑在她蓬亂的頭髮上，她再怎麼撫平並且用髮夾夾住也沒能管住的頭髮。她溫和的眼神和溫柔的面孔讓人沒法說她一句壞話，沒法對她有一點苛刻的想法，這無庸置疑。他和她能有什麼關係？就連他都有點被這個疑問觸怒了。她父親會怎麼想？任何關心她的人會怎麼想？他必須讓她離開這裡，回歸正確的生活，那種生活裡當然不會有他的位置。所以他們應該要保持安靜。「別再笑了，會有人聽見的。」

她說：「對，我眞笨。」一邊點了點頭。

並不笨，其實很令人開心。她的笑聲意謂著：看看我，傑克！瞧我的臉上灑滿了陽光！

但他說：「現在我們有個問題得要解決。我們眞的不能被人看見我們在一起。等到大門打開，我們必須要分別離開。你先走。如果你需要我，我會在附近，能聽見你的呼喚。」說完他就走開了，比他原本的打算更為突然，甚至沒有回頭看。他躲到一座大型紀念碑後面，是他先前忘了指給她看的，上面有個石雕的鵜鶘，由於日曬雨淋而斑駁，但它費力拱起的脖子弧度優美。他等待著，從它的翅膀探出頭去張望了一、兩次，看看她在哪裡。她還在那座陵墓旁，從手提包裡拿出了點東西，一本小筆記簿和一枝鉛筆。他想他應該走回去，跟她說他很抱歉，如果他先前那樣拋下她顯得無禮。這樣做很愚蠢。他的確想說些告別的話，但這樣做並不明智，而且也許顯得親暱。想到他差點就要去冒這個險，他的掌心冒汗。

這時警衛從下面的一條小徑上走過來，還沒有近到能看見她，喊道：「早安，各位！天亮了！趁著能走的時候趕快走吧！我可不想把警察叫來！」她留在原地。一些男子似乎平空冒了出來，從睡夢中復活，步履蹣跚，衣衫凌亂，揉著眼睛。他想：這一幕在她眼中想必十分怪異，不過，仔細想想，引人注意的是他對這一幕卻見怪不怪。她等他們走開，然後把筆記簿收起來，再一次調整帽子，拂拭大衣，鼓起勇氣。她四下張望，沒有顯示出她看見了他，穿著高跟鞋跌跌撞撞地走下草坡，在軟弱的人類的道路上站定。等她走到一段距離之外，他就跟在她後面。

她將會先走出去，獨自一人，等她有足夠的時間走遠，他才會離開。這就是他的打算。他在那些墳墓之間走走停停，彷彿先前掉了什麼東西，此刻正在尋找，盡可能表現得令人信服，然後他聽見了她的聲音和警衛的聲音。他必須走過去看看發生了什麼事。不管那是怎麼回事，都持續得太久了。他一走到路上就看見了。住在他衣服裡的赤裸男子冒起汗來，襯衫黏在背上。那不僅是羞愧。不，那就只是羞愧。她歪著頭，看著地面，偶爾點點頭，等著警衛住口。噢，天哪，那個警衛竟然把手搭在她身上，抓住了她的手臂。他搖晃她的手臂，要她抬起頭來看著他，看著鴨舌帽底下那張由於擁有一丁點公權力而神情堅決的臉，而她會聽他說話，並且說出任何他要求她說的話：「是的，先生，我很抱歉，我不會再犯了，先生。」那操之過急了，但是傑克決定，他這個赤裸的男子要緩步走下去，朝著大門走去，走到靠近警衛背後的地方，讓對方把目光從她身上移開，這樣她就能夠走開。他試著吹口哨，但沒有成功，可是他把手插在口袋裡，似模似樣地往下蹓躂，走到他們所站的地方，當然完全沒有表現出他認識她。

警衛果真朝他轉過身來。「別想跟我耍花招！」

別人經常對傑克說這句話，全然陌生的人，他壓根沒想過要對他們耍什麼花招。所以這番對話的開頭並不算太糟。他說：「早安。」聲音有點嘶啞。他認爲自己在微笑。**快走，黛拉！**

「你！我受夠了看見你，小子！我早該叫警察來抓你了！都有上百次了！這一次我一定會這麼做！別以爲我不曉得這是怎麼回事。喝醉了在這裡睡覺是一回事，可是帶個黑人女孩一起來——這裡可是死者安息的地方！」他瞪著傑克，正義凜然。老天，別讓我笑出來。黛拉還逗留著沒走，看著他們。他想告訴她「並非眞的有上百次」，因爲那會給人留下很差的印象。可能頂多十幾次吧。去擔心這種事眞是愚蠢。她爲什麼站在那裡看著？他自願承受這番屈辱，好讓她能夠走開，而她卻看著他低頭盯著自己的鞋子，冒著汗，或多或少在央求，「請再給我一次機會，先生」。如果她待得再久一點，他就只好給那個警衛一拳，讓她有機會離開，那麼他恐怕得去坐牢，說不定她也得去，如果有目擊證人的話。他無法把目光抬起來確認。親愛的耶穌，別讓我對這個警衛出拳。然後她走了，三步就走遠了。他感到一股情緒湧上來，也許是喜悅，時機正好，因爲他能夠由衷地同意警衛再三反覆的每一句諫言——這是他父親的用語。是的，他一定會反省自己的人生。他眞的會。他知道給社會帶來負擔而毫無貢獻是件可恥的事。他深深感受到這一點。是的，他還夠年輕，還可以改變這一切。在某個時刻，他脫下了帽子以示敬意。

喜悅是一種嚴肅的情感，而且是看得見的。警衛想必在他眼中看見了一絲光芒，一份覺悟，是的，在他前方可能會有受人尊敬的美好生活。事實上那是如釋重負，因爲她離開了，而他沒有被逼得使用暴力，使用暴力從來沒給他帶來好處。壓傷的蘆葦他不折斷。不是因爲他沒試過。別這樣說話。警衛承認他也曾經自暴自棄，雖然聽起來不可思議：「交了壞朋友！遇上了就是一生最糟的事！」傑克差點就要說壞敵人比壞朋友更糟，然後決定還是算了。警衛打量傑克的臉，看看是否有任何跡象顯示他言不由衷。然後他說：「我警告過了，老兄。你走吧，我不想再在這裡看見你，聽懂了嗎？」警衛已經分了心，有另一個流浪漢搖搖晃晃地走過來，需要教訓一番。傑克心想，這是我的幸運日。他不得不留下他的毯子，以這警衛的暴躁，他也不可能再回去拿，但這也許正好會使他改變自己的生活。

而事實也是如此。等他刮了鬍子，盥洗過，睡了幾個鐘頭，再穿上那件保持得還算體面的襯衫，他果眞走進那家掛著黃色徵人告示的鞋店，表示願意效勞。坐在櫃檯後方的老婦人說：「沒有人想在這裡工作，就連我也不想。薪水很差，也沒有客人上門。如果你想要這份差事，歡迎你來，至少可以讓你免於日曬雨淋。我只能說這麼多了。」

這顯然不會對他的生活方式造成太突然的改變，乃至於無法持續。「我叫傑克．鮑頓。」他說，合理地認爲老婦人對這個資訊也許感興趣。

「沒關係，滑頭小子，把帽子掛起來。」說完，她就繼續怨恨地盯著窗外，一個被留在商業神壇上等待的婦人，被路過的世人拋棄了。「這世上每一個該死的人都需要鞋子。」她咕噥著，彷彿這件事實證明了在大衆的冷漠背後藏有惡意。「鞋子就是鞋子。」她說，彷彿想要擋下那個暗示，說已經過了不知多少個季節，擺在櫥窗裡的仍然是同樣那六雙鞋子。「順便說一下，你打結的鞋帶看起來很糟。去拿兩條新的吧，我會從你的工資裡扣掉。」她說著就笑了。

在某個時刻，她說了含有「貝弗利」這個名字的某句話，用她那種半是咆哮的語氣。他不確定那是前名還是姓氏[28]，不管是當成前名還是姓氏來喊都可能顯得失禮。於是他在心裡喊她「那個婦人」。

好吧。沒有顧客意謂著要應付的人比較少。沒有人會想到要來這裡找他。問題在於他該拿自己怎麼辦，如何讓別人覺得他有點用處，以免湊巧有人看進櫥窗裡。他提議拿掉那個徵人告示，但是婦人搖搖頭。「那我又還得再做一個。」所以，他待在這裡的時間可能不會長到足以抵銷鞋帶的金額。這些年來，他曾想過，藉由工作契約的約束，他可以近距離觀察實際情況，去學習具有生產力的生活的教訓和儀式。聖路易是個百業興盛的熱鬧大城，雜貨商、理髮師、酒吧服務生做著他們所擅長的工作，讓他們日復一日、年復一年都待在那裡。他在這座城市裡的遊蕩見證了這一點。然而他卻設法找到了一家一點也不忙碌的商店，乃至於每天早上當他發現店門已開、燈光已亮，總是感到驚訝。而每天早晨見到他走進店裡，婦人似乎也有點驚訝。有一次她說：「你又來了！」他頓了一會兒才確定那是句玩笑，所以那很糟，更糟的是她注意到他的猶豫，並且道了歉——其實她只多說了一句：「開玩笑的。」他退縮了一下，那是種反射動作，由於頑固的自尊和不抱期望，曾經讓他在其他地方奪門而出，拋下了一些個人物品——幾本書，兩頂帽子——他損失不起，卻又無法勉強自己回去拿，它們突顯出他當下的困惑，和他在乎的那一丁點東西總是不成比例。他的自尊！這個該死的東西怎麼能夠在招致了千百次難堪之後還倖存下來？嗯，那個婦人又說了一次「開玩笑的」充作道歉，而他點點頭，把帽子掛起來。他提醒自己要把帽架移到門邊，萬一哪一天要倉皇離去，也許他會記得拿帽子。

一星期後，那個婦人遞給他一個信封，裡面裝了錢。這似乎更像是施捨，而非誠實掙來的收入，因爲他只服務過兩個顧客，而且對方什麼都沒買。如果說從宇宙令人費解的運作中突然出現了一些好處，那就是適度補償了宇宙運作的任意勒索、擾亂和打擊。或者說他是這樣告訴自己的，雖然那個婦人顯然幾乎跟他一樣迫切需要這筆錢。事實上，他可能會是使他們這艘小船沉沒的負擔。有好幾個星期，他在下班之後還在碼頭附近蹓躂，避開他以前曾遇過麻煩的地方，看看有沒有洗碗、拖地的零工可打。他想像著那個婦人可能會需要借貸來讓他保住工作，而他將會提供這筆貸款。他買了兩盒香菸，一盒給她。

而且他沒有喝酒！甚至沒想過要喝酒。他又恢復了舊日的習慣，想像著黛拉也許會在街上和他擦肩而過。這家鞋店不服務有色人種，但是黛拉占據了他的心頭，於是每當門上的鈴鐺叮咚響起，他會稍微慢一點抬起頭來，看著某個不是她的人走進來。離開墓園的時候，他望向她會走的那條路，而她杳無蹤跡。那是在他花了五分鐘來接受警衛的訓斥之後，頂多六分鐘。這使他驚慌失措，他無法想像這可能意謂著什麼。於是在他睡了一覺、刮了鬍子、把這第一天剩下的時間消磨在鞋店之後，他還四處蹓躂，直到確信她已經回家，不太可能在路上遇見，才步行穿過市區，經過她門前。窗裡擺著一本書，封面對著街道。是她姊姊那本《哈姆雷特》。

一股如釋重負帶來的震動穿過他全身，有如觸電一般。他忍不住想知道，在那半秒鐘裡他看起來是什麼模樣，當他驚愕的身體的每一條神經都由於喜悅而振奮，大概是喜悅吧，雖然那份感覺的強度蓋過了其細節。但是街上無人。謝謝你，耶穌。他繼續走，然後又倒回來再次經過她門前，藉由預期和熟悉來減弱那種體驗的力道。這的確發生了效果，雖然輕微，但足夠明顯，足以使他說服自己不要第三次走過她家門口，那將免不了會帶來第四次。眞是個傻瓜。**認識你自己吧**，鮑頓。往回家的方向走了大約一英里，他不禁懷疑先前看得是否仔細，足以確定窗裡沒有也擺著一小株常春藤。他曉得放鬆心情的危險，有時他是如此樂於放鬆，乃至於他衝動地放任自己，沒能掌握到現實情況。他倒回去朝著她的住處走了半英里，想想還是算了，於是返回寄宿之處。在最壞的情況下，事情並不太糟。他睡得著。

黛拉曾說他比他所以爲的更像大多數人，因此，當一、兩週過後，生意好轉，足以使「生意」這個字眼與櫥窗後面發生的事漸漸相稱，他覺得這其實可以歸功於有他在，沖淡了那個婦人由於一再失望而流露出的刻薄。也許還增添了一點人情味。路人想必看見了他們一起從她每天帶來的小籃子裡拿三明治吃，生意最清淡的時候甚至一起讀一份報紙。單是他的存在也許就打破了某種魔咒，打破了唯恐寂寞會傳染的那份原始恐懼，這種恐懼使得孤立成爲定局。這就是他得出的結論。於是他們在那兒，讓世人看見他們在聊天。如果有顧客上門，就得要完成那一整套卑躬屈膝的儀式。這是做這門生意的代價。他可以說服自己：這當中有種殷勤的風度，也可以視之爲一種尊重，對那些除此之外不可能享受到這種尊重的人，哪怕只是類似於尊重的表象。他父親會喜歡這個想法。

黛拉有時會在他的腦海裡對他說話，或者她靜默著，只待在他的視線邊緣。以她的溫柔，她使一切變得比較容易。她會在他身上發現什麼變化？這就是他所做的事。直言不諱地說，藉由把自己置於生存的道路上，他正在做她如此直截了當地要求他做的事。這些骸骨能復活嗎？主耶和華啊，你是知道的。[29]可是爲了你，麥爾斯小姐，我吃這個三明治，爲了你，我對這個陌生人微笑，爲了你，我試圖入睡。他想像不出她可能會在什麼場合注意到他的這些改變。無所謂。他們的生活是兩條不會相遇的平行線，他曉得，也將確保他們不會相遇。但他們以某種方式定義了彼此。等距就像沉默，必須小心地維持方能存在。事實上，他允許自己有這些念頭，無中生有，從實際上不存在的想像出來，他成功地禁止自己走到她住的那條街，禁止自己經過她家門口，從這件事中找到一種安慰。沉默是他幾乎從未打破的易碎物。距離則是另一件。

天氣轉冷。不是老家那種多風的乾冷。剛來到聖路易的時候，壞消息尚未傳來的時候，他覺得這個地方看起來就像伊甸園的一角。植物油亮亮的，生意盎然，沒有受到天氣的考驗。在老家，冬天帶來了一種高潔的嚴謹，凡是分散注意力的東西都被掃蕩殆盡，冷冷的光線穿過光禿禿的樹木傾洩而下。他仍然覺得秋天彷彿帶來了一種強人所難的要求，然後是冬天。一種憂懼的習慣從他早年所受的教育持續至今，始於他成爲逃學高手之前的那幾年。他很早就開始了虛度光陰的生活。

他總是從屋後門廊的臺階走進廚房後門；屋內總是那張漆成黃色的餐桌，連同圍著餐桌的那些不相配的椅子；一進門時顯得太亮的燈光和太溫暖的空氣，聞起來像是蒸汽，由吋吋作響的散熱器以及晾在上面的手套散發出來，也像是肉桂或酵母的氣味，或該說像是晚餐，如果他進來晚了，不管那天煮的是什麼，留給他的那一盤總擱在爐子裡保溫。他感覺得出屋裡人那股如釋重負的氣氛，但他們學到了不要問他去了哪裡，做了什麼。就連泰迪也不會問。他們爲了他進屋裡來避開了寒冷而心存感激。他母親會走進廚房，把他的晚餐端上桌，替他倒牛奶。

「你從來沒談過你母親。」

「對，我沒談過。」

母親顫抖的雙手。他本來可以說：「我發現了一條小溪，結了冰，但是還不夠結實，一塊塊的冰像玻璃一樣透明。」他甚至可以說他喜歡靴子踩著那些冰塊的聲音，喜歡看見冰塊扔下時裂成碎片。她知道他對易碎物品的興趣，會樂意聽到這一次沒有造成損害。但她是脆弱的，所以他不忍心去安慰她。半數時候他會把晚餐儘量夾進麵包裡，又帶著出門去。寧可待在寒冷中，寧可待在黑暗裡。這是為什麼呢？他知道他離開時她是什麼感受，他自己也感受到了。親愛的耶穌，讓我保持無害。他知道那意謂著什麼。讓我獨自一人。

於是，去圖書館。他把《哈姆雷特》讀了好幾次，有了一些看法。它可能真的是關於克勞迪和葛簇特之間的愛情，他覺得那份愛情十分深刻，相較之下，可能使得所有的罪行和罪過都變得不重要。這種詮釋會是極端的，可是除了在書裡或夢中，你還能在哪裡想到這種事？那是一段深刻的友誼，這齣劇中唯一的一段。哈姆雷特弄錯了，當他喋喋不休地說著「惡臭的吻」[30]。他是這世上最孤獨的人，所以他看不出是什麼把他推到一邊，使他變得無足輕重，遑論習俗、宗教、道德和其他。或許可以寫一封信來告訴黛拉，他在思考她曾經思考的事，也能讓她知道他健康平安，遵照她的指示。那會是件需要謹慎處理的事，向一個牧師的女兒說明，在某些情況下，道德規範可能會由於其他考量而黯然失色，假設性地說。《哈姆雷特》談的也許是愛與孤獨之間的差別，以及在愛之中的人無法理解在孤獨之中的人，反之亦然。他知道如果寫了這封信，就可能想把信寄出，那麼他就得要思索，如此衝動而行是否可能得罪她。她或許會回信，或者不會。若她眞的寄了信來，他甚至可能憂懼拆開。最好還是保持原狀。

日子一天天過去，一週週過去。他買了一件新襯衫、一把新刮鬍刀。那個婦人說：「嘿，滑頭小子，該理髮了。」她說的有道理。他還買了鞋油，以折扣價——她手一揮，沒有接受他給的那幾枚銅板。他睡不好，因爲空氣中的寒意使他憶起了一些事。於是他在夜裡散步，雖然不像他以前在早上無處可去時那樣。聖路易是座相當可觀的城市。他想知道黛拉是否曾經從水邊仰望過伊茲橋[31]。它看起來就像特洛伊古城的城牆。巨大的黃褐色石塊，高高的橋拱。當然，那些石塊本身就像特洛伊古城的石塊一樣古老，而其中的化石更爲古老——從顏色看來，那些小生物應該是掉進了黏土裡頭。它們花了億萬年來演化，最終來到這裡。他想像著，下一次跟黛拉在橋邊散步的時候，他會有許多非比尋常而且引人入勝的故事可說。

太常失眠，他就會顯得憔悴。所以暫時別再四處遊蕩。爲了分散心思，他訂定了計畫，並且付諸行動。理髮，這是第一件事。店裡有一捲牛皮紙，他拿了一張，用來包裹黛拉那本書，好揣在口袋裡且不至於讓書上產生更多褐斑。他把鞋子擦得晶亮，又再擦了一次。這些都很容易做到。然後貝弗利太太說：「鞋店明天不營業。這是當然的。」說完遞給他一個信封，裡面有五美元。下班後，他在花店門口駐足，看著櫥窗裡的玫瑰花。半價。店員說如果在節日之前沒有賣掉，就只能扔掉了。於是傑克帶著一大束紅玫瑰回家，花朵已經盛開，但還差強人意。他把花束擱在衣櫃上，放在桶子裡，因爲這是唯一裝得下那束花的容器，而在那個房間裡，襯著褪色壁紙上的玫瑰，這束花顯得那麼荒謬，於是他又把花擱在角落的地板上。然後出於某種原因，他認爲給自己買一小瓶酒也無妨，而他買的酒比原先想買的更大瓶。蘭姆酒。喝個幾口能幫助入睡。

他醒來的時候，感覺相當難受。他四下搜尋那個酒瓶，想看看究竟喝了多少。在衣櫃的抽屜裡找到了，空了整整一半，瓶蓋旋得很緊。他知道每當自己醉得不記得爲什麼要做某些事，他總是變得異常審愼。但他猜得出來原本在想什麼：今晚半瓶，明天半瓶，然後一切就都解決了。每一種可能性都已破滅，他甚至不會在腦海中瞥見那最糟的狀況。他永遠不會確切地知道自己會有什麼遺憾，這使他鬆了一口氣。

於是，當他再度醒來，已經是晚上。他沒有穿上新襯衫，也沒有刮鬍子。如果他就只是以他向來的模樣出現在她家門口，而非以爲她也許會請他進去，但是帶著要還給她的那本書，並且提出某種道歉，那麼他就守住了一個承諾。也許她並不記得她說過的每一句話，但她當然會樂意拿回她的書。有幾朵玫瑰的花瓣已經掉落，有幾朵尚可。他會假裝玩笑，送這些花給她，作爲道歉的一部分，可是，天哪，他甚至下不了決心離開房間。他喝了一口蘭姆酒，足以對正要做的事感到麻木，然後把那些尚可的玫瑰弄成一束，繫上領帶，穿上外套，戴上帽子，出門走進夜色裡，沒有帶那束玫瑰。但是他又折回來拿。是的，那本書他帶了。

他第一次走過時，看見燈光亮著：她可能在家。他幾乎感到失望。在這個情況下，只把書和玫瑰留在臺階上也許是最好的辦法。一個貼心的表示，而她也無須面對他。當然，在任何情況下他都可以這麼做。第二次再走過她家門口，有人打開了門廊的燈，也許是她，也許是別人。這使他但願自己刮了鬍子，使得他臉上的疤痕發癢。他走到離她所住街道很遠的地方，幾乎像是已決定要放棄。然後他又走回來，心想時間也許已經夠晚，就算他去敲門，也不會有人回應。屆時他就能留下那本書，或許也留下那束玫瑰。但後來他把那些玫瑰扔進她們前臺階旁的灌木叢裡。假如他像個追求者一樣手持花束站在那裡，看起來會很可笑，彷彿自以爲能夠討好她，三更半夜出現在她家門口。儘管他知道夜已經深了，儘管他知道自己看起來想必有失體面，儘管他假定她會不高興，他終究還是去敲了她的門，因爲他只想看看她的臉。

她開了門，猛地一顫。他看見她眼中的淚水。「所以你終究還是記得過來。在半夜裡，帶著酒氣。已經過了午夜，所以你遲了一天。」

眞是夠糟了。他幾乎不認識她，卻差點把她弄哭了。但至少現在知道了，她一直在等他來，這件事非比尋常。他把包著她那本書的小包裹遞給她，說：「我剛好在這附近。」那是他打算要說的話，如果她似乎並不記得她的邀請，或是並非出自眞心。「對不起。我的道歉是眞心眞意的。」他掀了掀帽子致意——本來他會脫掉帽子，卻害怕顯得像是在討好。他的確看著她的臉——這樣做沒有害處；在懊悔眞正孳生之前，他不妨享受一下能夠享受的喜悅。

於是他離開了她的門廊，踏上回家或是去別處的漫漫長路。他感覺到他是多麼地傻，居然會告訴自己他是爲了她而活著，感覺到自己是多麼失落，對自己無話可說。可是他聽見了她的腳步聲。她來找他了，接著把手塞進他的臂彎。「鮑頓先生，我留了一根雞腿給你，還有一些餡料和一塊派。羅蘭把其餘的食物拿到教會去了，但是屋裡還有很多。我只是不希望你這樣悲傷地走開。」

一間客廳，和街頭相比十分溫暖。一張樸素的沙發擺在鮮豔的小地毯上，一個小書架，兩邊堆滿了書，一架直立式鋼琴，鋪著一條蕾絲巾，上面擺滿了家人的照片，其中一張是耶穌。他在沙發上坐下，把帽子擱在身旁，而她走進廚房，去替他弄一盤食物。他聽見前門開了又關上，感覺到一陣冷風。那個叫羅蘭的女子說：「我想你知道有個老白人在沙發上打瞌睡。我想你可以解釋一下。」

而黛拉說：「噢，隨他去吧。他就只是太疲倦了。」

他醒來的時候心想，枕頭套是件令人愉快的東西。這一個十分完美，洗過之後有點硬挺，但是用起來很柔軟。他蜷縮著躺在沙發上，頭擱在枕頭上，身上蓋著一條毯子。**什麼！**他坐起來，困惑不解，在一個亮著燈的房間裡，一個黑人女子穿著家居長袍和拖鞋，從角落裡的扶手椅上看著他。蕾諾兒。不，是羅蘭。他的帽子在伸手可及之處。「我該走了。謝謝這一切。非常感謝。」說著就拿起了帽子。

她說：「你還不能走。你不能在天亮之前偷偷溜出去。」

「我懂了。」他說，基於某種原因。他想問黛拉在哪裡，但決定還是別問。他想也許他該試著聊個幾句。「我聽說你和麥爾斯小姐一起教書。」

「代數。」她拋出這個詞就像打出一張王牌，而談話就這樣結束了。過了一會兒，她的確開口了：「過了廚房就是洗手間。你最好盥洗一下。她要替你做煎餅。」

最後那一句她用的是那種不敢置信的訓斥口吻，人們用這種口吻來宣布一份對方完全不配領受的好意。他只回道：「謝謝。」因爲這句話一般而言似乎不會冒犯別人，然後就去找洗手間。他扯動細繩，電燈亮起，而他看見了自己，沒刮鬍子，帶著疤痕，面容憔悴，在一個有薰衣草氣味的小房間裡。小櫃子裡擺著瓶瓶罐罐、髮捲、髮夾，但沒有刮鬍刀。他找到一把寬齒梳。還有牙粉，他用指尖蘸了些。他覺得實在不該看著這些東西，不該碰觸。但他允許自己心中湧現某種他必須面對的絕望。他聽見黛拉在廚房裡的聲音。他又洗了臉，掬水漱漱口，再拉動繩子關掉電燈，站在黑暗中，感覺到陌生人家居生活那種令人難以忍受的純眞無邪。他絕對不應該在這裡。他不由得注意到窗臺上那只彩繪杯子，插著一束人造花，是紫羅蘭。在黑暗中，他仍舊意識到人們對於租用的空間那種暫時的擁有權，人們主張這種權利時甚至不假思索。他可以順手把那束假花塞進口袋，可能好幾個星期都不會有人注意到。那束花感覺上還會在那兒，直到有人注意到它不見了。他只掐下了一朵小花，然後走出浴室到走道上。而黛拉就在那兒，從爐子轉過身來對他微笑。天哪，更多的家居生活。她繫著圍裙——帶有花朵圖案的黃色圍裙，底下那件天藍色洋裝，他認爲他曾經見過。那個小房間十分明亮，在非夜行動物的眼中、對一個不是穿著身上這套衣服過夜的人來說，也許是宜人的。

他說：「我該走了。你非常好心。我……」他打算要說些複雜的話，關於他想要歸還她的書，並且遺憾他所造成的任何不便，然而他只說：「我上班不能遲到。」聽起來像是謊言，卻眞實得令他感到驚愕。

她說：「現在才早上五點，我想你會有時間吃點早餐。」

煎餅麵糊在熱鍋裡滋滋作響，滲濾式咖啡壺正煮著咖啡。他在這兒，距離他朝思暮想的女子只有一臂之遙，在他的腦海中她是那麼可愛，乃至於他畏懼著她。

她笑了。「所以，我在這兒，替黑暗王子做早餐。他想吃哪種作法的雞蛋？」

「半熟荷包蛋。」一般是這樣說的嗎？聽起來怪怪的。我眞是個傻瓜。

她說：「如果你可以去餐桌旁坐下……」意思是：如果你可以不要擋在廚房門口——她站在他面前，兩手各端著一個盤子。他接過一個盤子，讓她通過。窗邊有張小桌，還有兩把椅子。羅蘭坐在其中一張椅子上。黛拉朝另一張椅子點點頭，示意他坐下，這樣一來她就得站著。他說：「你……」而她笑了。

「我們不常有客人。廚房裡還有另一張椅子。吃你的早餐吧。」

「『客人』！這附近的人替他起了個名字，叫他『那個白人』，是『那個老是在這條街上走來走去的白人』的簡稱。」羅蘭說。

他猛地一顫。黛拉按著他肩膀，讓他不要站起來。「羅蘭，你眞的想要他現在離開嗎？這是你現在的想法嗎？就只過了五分鐘。」

「我從一開始就不希望他在這裡。沒有人問過我。」

「沒有理由不近人情。要記得，這也不是他的主意。」

「他也可以離開，了結這件事。不管怎麼樣，左鄰右舍都會知道他在這裡過夜。」

他想要找到手帕來擦臉。他一臉紅就會流汗。別人當然會注意到他，他從她門前經過不知多少次。他眞的沒有想到這一點。笨蛋。可是用他口袋裡那塊繡有姓名縮寫的破布來擦拭額頭會有點難堪，那甚至不是他的姓名縮寫。

「那就讓他吃了煎餅再走吧。如果他什麼時候離開都無所謂，他可以一個鐘頭之後再走。」

羅蘭說：「這太荒謬了。我坐了一整夜，好盯著他。現在我只想要他離開。我要去睡一下，等我醒來的時候，他最好是已經走了。如果出了什麼差錯，那就是你的問題！」她說最後這句話時把椅子往後蹭，然後就走出了房間。

黛拉說：「她人很好的，大多數時候。」她在他對面坐下，雙手托著頭。

他說：「這一切都太令人尷尬了。你應該叫醒我的。」

「把你送進外面的黑暗和寒冷中，我知道。那也解決不了什麼問題。」

他無法留下，也無法離開。就是這樣。他的人生故事。

「假如世界在那一夜終結，我就可以讓你在我的沙發上睡著，在早晨給你早餐，沒有人會說一句話。他們也許會說這樣很好。我怎麼能夠叫醒你，讓你三更半夜在寒冷中走路回家？」

一個非常認真的問題。

「這種事我做過不知道多少次。我並不算脆弱。」

她搖搖頭。「沒有人會想要那樣醒來。你甚至連晚餐也沒吃。」

「我的錯。」

她點點頭。「的確是的。如果你吃掉早餐，我就原諒你。」

「不過，說真的，也許我還是現在就走比較好。再多一個鐘頭，更多人會醒來。那時候可能天也亮了。」

「對，我想最好是等上兩小時，免得看起來像是偷偷溜走。」

他笑了。「我想別人向來就是這樣看我的。我老闆叫我滑頭小子，她認識我還不到五分鐘就這樣叫我了。」

她看著他。「我明白她的意思。這算是一種恭維。」
「不，不算。但是她人還不錯，我們會聊一點棒球。」
「很好。」她說，不再掩著臉。「所以說，你過得還好。」
一句關懷。於是他說：「當然。我想你最好是給自己另外找個流浪漢。」這話聽起來很無禮，他還沒從猛然一驚裡恢復過來。
「噢。」
他說：「我的意思是，我是個麻煩。我可能會給你造成真正的傷害，即使我絕非有意。」
她說：「這我知道。」
「我無法離開，也無法留下。」
「那你就不妨留下。」
「就留你給我的那兩小時。現在也許剩下一個半鐘頭。」
她說：「我替你弄了吃的，而你碰都沒碰。」
「我只是覺得應該先和你談一談。昨晚的事我很抱歉。」
「我知道。」
「要割捨那本書對我來說很難。幾個星期前就該拿來還你了。幾個月前。」

「我再借另一本給你。」

他笑了。「我會很感激。而且我想讓你知道，我並沒有想出什麼邪惡的詭計好故意在墓園裡遇見你。那實在是……出乎意料。我相信你一定很納悶。」

「不，我從來沒納悶過。」

「那，好吧。我犯了嚴重的錯誤——不，讓我坦白承認吧。只要你跟那個警衛說一下，他會讓你出去的。他會替你打開大門的門鎖。你很可能不必在那裡度過一整夜。」

「你以爲我不知道嗎？」

好吧。

她說：「我給自己惹來麻煩。有些麻煩是值得的。」她看著他，冷靜而坦率。

他說：「你鬆開了我的領帶。」

她點點頭。「我解開了你衣領的鈕釦。」

他感覺到臉紅了。一會兒後，他說：「你知道，世界並沒有在那一夜終結。那個點子不錯，但是沒有什麼結果。」

「我注意到了。」

「我只是在說你父親會說的話：不要收容流浪漢。」

「我父親絕對不會這麼說。」

「我父親也不會。」

「他們總是說得好像世界已經終結了。連左臉也轉過去由他打。要接納陌生人。好吧。然後又說：欸，你還是要多懂一些世事。」

「對，你的確應該。」

她看著他。「你卻不。」

他笑了。「我是個特例。對我來說，連左臉也轉過去就只是審慎行事。這世上每一個人都是陌生人，而我是另一個，所以『接納陌生人』這條規矩並不眞的適用。並沒有人來負責歡迎。」

他把椅子轉了個方向，以便伸直雙腿，腳踝交叉，雙手插在口袋裡。滑頭小子。他的確想吃那些煎餅，而禮貌也使他有義務去吃，但整件事帶有一點行乞的味道。他不太能把念頭轉爲行動。

她站起來，端起他的盤子。「沒有人喜歡吃冷掉的蛋。」

「其實我……」

「其實你更喜歡吃冷的？傑克・鮑頓，你這樣說謊眞是丟臉。」一手端著盤子，她走到茶几旁，拿起他的帽子。「現在我有個人質了。」她說，帶著他的帽子走進廚房。

的確，沒有帽子他不會離開。假如它擺在那裡更久一點，以它的殘舊落魄提醒了他自己究竟是什麼人，或者說通常是什麼人，他早已揚長而去。沒有什麼符合紳士風度的作法能從她手裡拿走帽子。嗯，他聽見煎餅麵糊落在煎鍋上的聲音，所以，不管有沒有帽子，他都不可能離開。

他想著或許應該走到人行道上，看看能否在灌木叢裡找回幾朵玫瑰。見到桌上有玫瑰，她或許會覺得有點神奇：就算正在凋萎，花朵仍舊帶點優雅。這會是他可以給她的東西，那麼他就可以接受早餐而不至於覺得像是行乞。她會看見那些玫瑰，會很開心，也許會笑。可是他隨即想到，如果有人看見「那個白人」在天亮之前在灌木叢中摸索，那會顯得多麼怪誕，如果他果真找到了一、兩朵玫瑰，那只會顯得更加怪異。然後他意識到，凡是在早晨從她門前經過的人都會看見那些玫瑰，並且納悶是怎麼回事，這會增添人們對那些傳言的興趣，不管針對可愛的黛拉流傳著什麼樣的故事，而她就只是一番好意。他感覺到厄運附身，不管那是怎麼發生的。厄運是他的老伙伴，早在他自己知道之前，就知道他最壞的情況。但是這事發生了。因此，當黛拉再次走進來，他幾乎不敢看她。這一次她替自己也端了一盤，這使得情況略有改善。

「太好了。」他說。

過了一會兒，她笑了。「我想最好有人做一下謝飯禱告。」

「好。」他雙手合十，低下了頭。他聽見自己說：「我將把你帶入墳中，遠離紛爭擾攘，然後你將看見我，認識我——於是死亡不再是死亡，而是生命。[32]」他看著她。「我不知道我爲什麼想到這個。我希望我沒有……有時候我認爲主可能會欣賞幾句詩。抱歉……」

她說：「我知道你爲什麼想到這首詩。你在想世界並未終結的那一夜。」

「我想是吧。日出令人失望，但並不真的令人驚訝。除此之外，我認爲那接近完美。」他應該說這幾句並不是他寫的嗎？嗯，她當然會知道這是保羅・鄧巴寫的詩。他說：「保羅・鄧巴。」這樣她就知道他並沒有想要剽竊。

她點點頭。「『我是憂傷之母，我是終結悲痛的人。』我喜歡這首詩。」

然後他們坐在那裡一起吃煎餅，分享糖漿，攪動咖啡。是他想起來廚房裡有咖啡，於是他去到廚房，找到了杯子和杯碟，把咖啡倒進去，這才想到如果他拿到桌上再倒，比較不容易灑出來；但是他非常小心。

他怎麼有這個膽量？她對他微笑，說「謝謝你」，彷彿這就只是件普普通通、令人愉快的事。她打開一個小瓷盒，裡面裝著方糖，放了兩顆在他的杯子裡，在她的杯子裡也放了兩顆。

過了一會兒，羅蘭穿著睡袍和拖鞋走到門廳，在那兒站了一分鐘，看著他們。「安靜得要命。」她說。

黛拉笑了。「是我們讓你睡不著嗎？」

「對，沒錯。快七點了，太陽就要升起了。你們兩個就只是坐在那裡！」她找不到話說。他們有很長一段時間幾乎沒有說話，他不知道究竟有多久，那有點奇怪。

「現在我眞的該走了。」

「好，我去拿你的帽子。順便說一下，現在是六點一刻。」

他看見帽子就在冰箱上面，看起來說有多怪異就有多怪異。她撢了撢帽簷，才把帽子遞給他。

他說：「恐怕無濟於事。」然後又說：「我有件事得要坦白。」

「你在我的書裡寫了字。」

「其實並沒有。」這不完全是實話。「是另一件事。這有點尷尬。昨天晚上我本來打算帶花來給你，可是在最後一刻我失去了勇氣。它們就快凋謝了，我用便宜的價錢買到的。所以我把花扔進了門前臺階旁邊的灌木叢裡。」

「哪一種花？」

「玫瑰。」

「什麼顏色？」

「紅色。但我的意思是，那些花可能會惹人非議——證實了在半夜裡有個男性訪客。花瓣可能掉得滿地都是。我可以去拾起來……可是在這種情況下，我想這樣做可能並不明智。」

她說：「你在我門口臺階上撒了花瓣。這很有詩意。」

「謝謝你，也謝謝煎餅。還有那一夜好眠。」

她說：「只是努力讓你活著。」

「你不必這麼做。我的意思是，你不必努力，你已經讓我活著了。單是想到你……我不是那個意思。」他沒打算說這麼多的。於是他走出門去，戴上帽子，然後稍微掀了掀帽子向她致意——這種古怪的小殷勤，跳下臺階，走開了。他的確回頭看了一眼，看見她在矇矓的晨光裡優雅地彎腰撿拾玫瑰。

兩星期後來了一封信，寫給傑克·鮑頓先生。公寓管理員緩緩念出這個名字，同時斜眼瞄著他，然後把這個名字再念了一次，彷彿在研究信封上這個名字和傑克本人之間的差距。傑克伸手去拿，對方把信拿開，說道：「我們這裡曾經住過一個姓鮑頓的，但是他欠繳了兩個星期的房租，截至昨天。所以我想這表示他不住在這裡了。」

傑克有繳房租。他沒有喝酒，保住了工作，買了一把新的刮鬍刀和像樣的刮鬍水。也許這就是使對方困惑之處。通常他不得不承認他使自己容易受人奚落。不知道有多少次，他被說服重複繳交房租。然後在他意識到之前，他的錢就用完了，而幾天之後，公寓管理員先是威脅著要把他那一堆襯衫、襪子和偷來的小東西（亦即他們所謂的家當）扔到街上，然後又放過了他。他認為那是種玩笑，當他太過酩酊，無法採取更嚴苛的觀點來看待此事。反正總是有盤子可洗，所以整體而言，他的生活並沒有受到太大的影響。他用一種聽天由命包圍自己，彷彿那是尊嚴。

現在，他算是清醒過來了。那個愚蠢的傢伙有一頭骯髒的黃頭髮，就跟菸草在他手指上留下的汙漬一個顏色，戴著油膩的黃色鏡片眼鏡，把他當成傻瓜一樣對待。傑克抓住他的手臂，從他手裡拿走了那封信，在這種情況下這很可能是正常之舉，他有點得意地想。

信封的封口上寫著「D．麥爾斯」和她的住址，於是他把信塞進口袋。他向公寓管理員掀了掀帽子，只是為了讓對方摸不著頭腦，然後大步走到街上，沿著街道往前走，直到走出對方的視線。我昂首闊步，他心想，還在洋洋得意。可是黛拉為什麼寫信給他？事實是，他把地址寫在她那本書的封底，輕輕地用鉛筆沿著書脊用小小的字母寫的，她可能永遠也不會看見。他削尖了貝弗利太太的一枝鉛筆，再把筆尖在一張報紙上摩擦，直到它變得很細，一不小心，就會劃破紙張。他走到人行道上，抬頭看向他所住的那棟房子的門牌號碼，他在那裡生活、睡覺至少兩年了。他已經很久沒有想過自己是有住址的。他寫下了11N15th（北十五街十一號），用他寫得出的最小字體。而她發現了，知道這想必是什麼，然後寄了封信給他。他本來幾乎不敢奢望。

他得找個地方坐下來讀信。某個隱密的地方。那封信說的不會是「別再從我門前經過」，因爲他已經停止這麼做了，費了一點勁。當然，兩星期的時間尚不足以證明他的決心，而他下了很大的決心，雖然她不可能知道。她不會要他歸還他塞進口袋的任何東西。那一朵小花。

貝弗利太太的店門打開了，鈴鐺響起。儘管從來沒決定要去上班，他還是去上班了，想必大多數人都這麼做，這解釋了這座城市，日復一日不會改變。B太太說：「早，滑頭小子。我需要你幫忙去拿貨架上的東西。」她身材矮小，又有懼高症，一想到要爬上梯子就心有餘悸。

「樂意效勞。」所以那封信得在口袋裡等到中午。他把梯子抵在後室貨架的牆上，爬上去，把一個沾滿灰塵的盒子拉下來。他判斷那是布羅根鞋。一隻是棕色的，另一隻是牛血色——想必還有另一個這樣不成對的盒子，於是他把盒子擱在一邊。六個盒子裡裝著馬鞍牛津鞋，但是第七個盒子裡裝著一隻布羅根鞋和一隻牛津鞋，一隻的尺碼是十二號，另一隻是十一號，這並不重要，只是使他逐一檢查那些顯然成對的鞋子。在那些牛津鞋當中，他發現有一個盒子裡裝著一隻九號鞋和一隻十二號鞋。其他的盒子裡沒有一個裝著一隻十二號鞋和一隻九號鞋。他把這個盒子也擱在一邊。下一個盒子裡裝著一隻鞋子，尺碼九號，是隻翼紋雕花牛津鞋。他把盒子擺在一邊。有十個盒子裡的鞋子是成對的。在第十一個盒子裡他發現了兩個耶誕吊飾，用報紙包著。很普通的紅色圓球，沒有什麼特殊之處能解釋它們爲何被擺在架上。那個盒子上寫著流蘇樂福鞋，白色，十一號。他注意到那兩個吊飾在尺寸和顏色上是成對的一雙。當他注意到自己注意到了這件事，淚水湧進眼中。在他看來，由相同的盒子堆起的那一面牆像是某種古怪費解的東西，就像夢裡的代數測驗。當B太太把三明治拿來給他，他其實正坐在地板上那幾十個難以解釋的鞋盒當中。

她點點頭，說：「庫存處理不當會造成很大的損失。我不會把這事太放在心上。」

「對，我的想法是，如果能湊成對，就會更容易賣掉。至少是有這個可能。」

「我很感謝。不然也不妨燒掉。」

他想像著一堆鞋子悶燒著發出臭味。她肯定不會。爲什麼他似乎很清楚一隻燃燒的鞋子聞起來會是什麼味道？他意識到他閃神了，節節敗退給自我懷疑。天哪，他想，就只是個普通的三明治，尋常的餡料。而的確如此，花生醬和果醬。他意識到他壓抑著一股衝動，想告訴B太太這片混亂不是他的錯。

她說：「我不知道，滑頭小子。你可能對我大有好處。」然後她就動手整理，不加選擇地把那些盒子的蓋子蓋上。

是那封信。他滿心焦慮——也許是被斷然拒絕，或是要他放心他並未造成傷害。要如何看待這封信、看待她、看待他自己？一邊是令人欣喜的可能性，另一邊是來勢洶洶的可能性，信件的本質是它從來不會落在兩者之間。他得要先把手洗乾淨才能去碰那封信。不管信上說什麼，他都會留著。他會把信讀一遍，然後留下來作爲家當。泰迪會說「曾經有一個女孩」，而他們將會把事情想得比實際情況複雜得多。單純得多。

他在用來擦亮鞋子的毛巾上最乾淨的地方抹了抹手指，拆開了那封信。信上說：「鮑頓先生：我的姑媽蒂莉亞來此地作客一週。我希望你能和她見個面。你可以在週六的任何時間或是週日下午過來喝個咖啡嗎？還是任何一個工作天的晚上？如果你能過來小坐幾分鐘，我會非常感激。」然後是署名。

這比他所能想像的最糟情況還要更糟。一個姑媽。姑媽或姨媽從來不會順道來訪。她們會介入。他非去不可，即使他知道那位女士會說什麼。「你好。天氣眞好。別再靠近我侄女。」

這種話當面說無疑比較好。姑媽姨媽一來，很可能叔伯舅舅也接著來。外交是用另一種手段進行的戰爭。他將會赴約，沒有喝酒，在不花錢也不費事的情況下盡可能顯得體面，接受責備，然後告辭。「這是我的榮幸。」黛拉的好名聲有一部分取決於他能否表現得像個紳士。他不能告訴這位姑媽，他鋼鐵般的決心使他有十五天遠離黛拉住的街道，也不能告訴她，在那個不祥的夜晚之前，他就像任何姑媽姨媽所希望的那樣小心保持著距離。他刻在書上的隱晦住址就只是為了向自己保證在他們之間仍存在著一絲聯繫。假如他想得出一聯漂亮的詩句，他就會用鉛筆寫在書裡，某種悲傷而正式的句子，一個告別。這麼地悲傷和正式，乃至於她會看出其中的幽默，並且會心一笑。沒能想出那樣的詩句，他寫上了他的住址，一種「我存在！」的意思。他想，如果她注意到了，那可能也會逗她發笑。嗯，他的確想像著她可能在某個時候由於好奇而漫步經過，而他可能剛好走出大門，於是他們會寒暄一番，也許一起散步走過幾個街區。這樣鮮明的幻想，讓他明白他再也不會拖欠房租。假如他想像得到最後他得要應付一個姑媽，那麼他就不會刻下那個小小的訊息。他已經習慣了因為做了某種微不足道的蠢事被逮，這總是反映出他的性格和前景——無可辯駁，由於其微不足道，很可能令他發笑，天哪。可是這一次更糟。這不是隨便哪個人，藉由在這世上有那麼一丁點地位而自命不凡。這是個重要人物，將會把他至少幾分鐘的嚴重受窘帶回孟斐斯，變成一則茶餘飯後可供笑談的軼事，而後不再提起。

如果他們拿這件事來捉弄黛拉，她也許會笑一笑，聳聳肩。

如果他不聽從這個召喚，就會顯得不夠尊重，彷彿他和黛拉的結識對他而言毫無意義，不管那對她來說有何意義。又或者這將暗示著羞愧或內疚，這會使人對她堅稱他們的關係光明磊落感到懷疑，他們之間既可憐又奇怪的關係。而上天知道，不管鄰居怎麼說，他維持著騎士風度，這份關係高尚無比，如詩如畫。視情況而定，一個外貌寒酸、鬼鬼祟祟的傢伙可以像普通人一樣殷勤有禮。一個念頭從他腦中閃過，甚至使他寒毛直豎：假如他給人留下不好的印象，使人懷疑起黛拉的判斷力，她那個派出姑媽的牧師家庭可能會火速把她帶回孟斐斯，遠離桑訥中學，遠離她原以爲已經實現的夢想。他知道如果他老是想著這個可能性，他就肯定完蛋，而她也一樣。

那封邀請函寫得讓人無法推辭。什麼時間來都可以。它提出了合理的預警：我的家人派了一位特使來審視你。他從未想過她的家人會知道他。他實在算不上男友或追求者。長時間以來，他在無名之輩中感到自在，這類人的行爲也許會引起刑事司法體系的小小注意，但是從家人和朋友口中只會聽到一句「滾開」，假設他們居然注意到了。或許他可以把這樣的留意視爲一種恭維，一種地位的提升，竟然有個姑媽從孟斐斯遠道而來，大概要用一杯鄭重其事的咖啡來打發他。他得要小心，不要說出「我的確離她遠遠的。每天都離她遠遠的，時時刻刻」。他明白決心是可疑的，由於涉及更多的努力而更加可疑。

他將會帶著一份摺起來的報紙，表明他是個有興趣的人，關心著更大的世界，關切著歐洲穩定的和平這類大事。他將會買一份報，刊著最新的新聞報導，不是扔棄在公園長椅上的殘缺報紙，塡字遊戲寫了一半。除此之外，刮個鬍子，理個髮，漫步在那條熟悉的路上，去見蒂莉亞姑媽。

家庭會對子女做出一些奇怪的事——費絲（Faith）、侯璞（Hope）、葛莉絲（Grace）、葛洛莉（Glory），他那些善良樸實的姊妹，名字有如靈命更新的上升音階，一首名副其實的聖歌，如同他們有時所說的，在么女葛洛莉身上達到最高點。身爲八名子女中的老么，她爲了自己的幼稚而苦惱，那種接收兄姊用舊的東西、身爲小跟班的生活。以無害爲志向的他則以一個男子的名字來命名，那人的名字則又來自一個以老派的慷慨激昂和涉及槍砲的英勇事蹟而被人記得的男子，如果他被人記得的話。他擔心蒂莉亞或是黛拉可能會提到有個表親名叫妲莉亞，而他將會忍俊不住。親愛的耶穌，別讓我在不該笑的時候發笑。

他在星期二寫了回信，說他將在週六下午兩點到她住處，好給自己一點時間來考慮這個情況，雖然他知道這並不明智。他得要把自己打理得尙稱體面，這可能要花兩天的時間，這就讓他來到了星期四。星期五他會去上班，之後去圖書館，然後待在房間裡試圖入睡。星期六上午他將會在街上找找看有沒有人賣點吃的，雖然他知道他不會感到飢餓。下午一點時他會再刮一次鬍子，撢一撢帽子，把領帶拉直。他就只能想像到這裡。

他又寫了幾封信，都沒有寄出。他沒有做任何事來促成墓園裡的那次相遇。他會在那裡原本就不尋常。老實說，他從來沒想過黛拉也會在那裡。而且他肯定並非有意在那張沙發上睡著。那一夜他沒有喝醉，雖然在那之前不久他曾喝醉過，那可能是睡著的原因之一。他把這句話劃掉。

他一向不擅長解釋所作所爲。想到他做的事在當時總是很有道理，或者至少是似乎無法避免，這令他驚慌。他懷疑他喝酒是爲了想辦法解釋他目前之情況和使他落入此一情況的意圖之間的巨大差異。到了星期五，他寫滿了他爲了寫那第一封信而買的小筆記本的每一頁。然後就到了星期六。

那個姑媽戴著眼鏡，個子比黛拉矮，膚色也沒那麼深。她是那種肌肉緊繃在骨頭上的人，讓他無法在十歲的誤差之內猜出她的年紀。「鮑頓先生，你能來眞是太好了。」她主動和他握手，然後指向沙發：「請坐。」她自己則在那張扶手椅上坐下。她看著他，一點也不像是在打量他，雖然她當然是在打量他。昔日的那個滑頭小子隨時可能出現，滑頭小子，每一個好姑媽的噩夢。她說：「黛拉提過你的事。她對你的評價很高。」

「她很善良。」

「是的，她的確是。非常善良。」

一陣沉默。他想蒂莉亞也許在等待他說黛拉也曾提起過她，這是那種他很容易說出的善意謊言，那往往是通往地雷區的一扇花園大門。

「嗯，我確定黛拉說過要準備咖啡……」

「請不必麻煩。」他在蒂莉亞站起來時也站了起來。

她說：「一點也不麻煩！只要一分鐘！」和藹可親而且過度殷勤，爲了表示歡迎而流露出小小的慌亂。於是他利用這一分鐘走過去看看擺在鋼琴上的照片。身材頎長的年輕人和硬朗的老年人穿著牧師領深色西裝，婦人和小孩穿著上教堂的正式服裝。還有那張耶穌像，和他父親書房裡那一張相同。他們顯然是個健全、殷實的家庭。如果有所謂安全的地方，那就一定是在這樣一個家庭的懷抱裡，他想。就像他自己的家庭。而他在這裡，這個寒酸的外人，自願成爲孤兒，納悶著這一切何以讓他覺得有壓迫感，這個無可指謫的姑媽所表現出的關注何以讓他覺得自己像是犯了錯。爲了黛拉，他原本打算讓自己看起來值得尊重，以支持黛拉可能說過的關於他的任何事，不管她說了些什麼——雖然一想到她曾告訴他們任何事情，他就感到不安。

蒂莉亞回到房間裡。「請坐下吧。」她也可以說「坐下，親愛的」，而她的語氣不會有絲毫改變。「我想花幾分鐘和你談一談。」

「是的，夫人，我了解。」

「你知道黛拉是個非常出色的年輕小姐。」

「是的，我知道。」

「她從小就聰明伶俐，總是待在角落裡看書。她還沒上學就會讀字了！老是說她想要當老師。然後她讀到了有關桑訥中學的報導，就夢想著到聖路易來。」

「是的，她跟我說過。」

「嗯，她當然說過。這件事對她來說意義重大。她爸爸希望她離家近一點，我們都這樣希望，但是她一心想到這裡來。」一陣沉默，然後她說：「我想咖啡應該煮好了。」

這個和藹可親的婦人正在爲難，想從他們同意黛拉是個可貴的人這一點把話題轉到要傑克別再打擾她，估量著如何委婉地擺脫他，好避免傷害他。他不妨告訴她，他知道她想說什麼，明白她所說的乃是實情，說他自己也得出結論，認爲應該要結束他和黛拉的友誼，爲了她好，說他今天下午過來是要讓她的家人知道他了解並尊重他們的擔憂——他其實也有同感。

但是她替他端來了咖啡，杯碟上放了兩片餅乾，她的手在顫抖，手腕上鬆鬆地戴著一個細細的手鐲，而他意識到他決定不要終結她這番有趣的掙扎。她又在那張扶手椅上坐下，幾分鐘後她說：「黛拉的父親要我來看看她。我們的確很擔心。我不會說她任性，她並不倔強，只是忍受不了……某些限制。有時候她表現得好像這些限制根本不存在。雖然她很聰明，我認爲她可能並不眞的明白像她這樣的女子，可能會因此要承受怎樣的後果、可能會失去多少東西，哪怕就只是有流言蜚語。我向她提起過這些事，而她就只是低下頭，等著我說完。」

可愛的黛拉，低著頭，斟酌著，把想法藏在心裡。

蒂莉亞說：「我當然是來告訴你不要再和她見面。我相信你也知道。而她也知道。她跟我說要是我侮辱了你，她就再也不跟我說話！所以我非常努力地不要那麼做，你大概也看得出來。我也的確想見你一面。我知道她跟你談過許多事，許多她從來沒跟任何人說過的事。她告訴我有一次你們兩個聊了一整夜，說你對她有多好，有多麼尊重。」這是眞的。儘管如此，他還是臉紅了。他感覺得到額頭在冒汗。

「我想向您保證……」

「沒有必要。她已經向我保證過了。」

過了一會兒，他說：「我向您保證，我知道我應該離她遠一點。我是個聲名狼籍的人——

啊，不該這麼說，聽起來反而像個有趣的人。我是個流浪漢，既沒有抱負，也沒有任何幻想。我父親是個牧師，我知道她在我身上看出了這一點，從舉止的禮貌之類的，而這使得她對我比起其他的流浪漢更放心。但是我對她一直都很誠實。」他檢視記憶，確定這是實話。如果說他沒有提起他曾經入獄，那是因爲他始終沒有找到適當的時機，也沒有刻意去尋找適當的時機，而此刻也不適合開口。

她說：「你不欠我任何交代。我相信你，你說你會離她遠一點，我就只需要知道這個。那麼我就可以替她向她父親求情。」

他說：「可以請問是誰讓她父親注意到我嗎？蕾諾兒？」

她點點頭。「羅蘭。她很保護黛拉。」

他笑了。「我引發了別人的這種態度。」

她說：「嗯，親愛的，也許是這樣，也可能是你對自己太苛刻了。我很高興我們有機會說說話，我覺得好多了。」她瞄向時鐘。距離三點還有五分鐘。她站起來，端起他的咖啡杯，把他的帽子和報紙遞給他，展開了送客的那番小忙亂。「非常謝謝你的來訪。」她正試圖不要太唐突地下逐客令，這時前門打開，黛拉走了進來，恰好置身在午後的一道光線中。「鮑頓先生。」她輕輕地說，稍微端詳了一下他的臉。她姑媽看著她，流露出不加掩飾的惱怒。而他站在那兒，帽子拿在手裡，想知道別人會期待他怎麼做。他說：「麥爾斯小姐。」然後是一陣沉默。黛拉朝他走近一步，幾乎站在他身旁，而他的確能感覺到她對他的忠誠，像一種無熱的溫暖從她身上散發出來。他必須離開，但是他無法移動。蒂莉亞看著他們，仰起了頭，雙手扠腰，宣布道：「鮑頓先生正要離開。」於是他走了一步，然後又走了一步，並且轉身再次道謝，姑媽正送他朝門走去。走到門口臺階時，她說：「我想你應該是他的曾孫。這可能不像我所希望的那樣不痛苦，但將來會沒事的。我們不會忘記我們的朋友，即使是很久以前的朋友。」他本來想要澄清，彷彿這件事有什麼要緊似的。

§

他下定決心，重新思考他的人生。他坐在河邊的長椅上，看著鴨子、海鷗、鴿子，還有偶爾出現的松鼠。牠們看著他，審視著他，彷彿他欠牠們什麼。他拒絕受到脅迫，扔出去的一向就只有菸蒂，但是每一次他來到這張他認為屬於他的長椅，牠們就在那兒，像是期望落空。視季節和時辰，長椅位在大橋的陰影之外。如今他得要顧慮到貝弗利太太，只在週日才來。他待在那裡，從噹噹的鐘聲那令人畏懼的召喚不再在空氣中迴盪，到一群群衣衫整潔、活潑好動的小孩來到，他們跑著穿過那一列緩步而行的家長，超越他們，然後重新加入那個行列，成年人散發出轉瞬即逝的教堂氣氛，針對生命意義的某個面向又一次接受了教誨。他打著領帶，鞋子也擦亮了，有種想要融入其中的衝動。他父親會說：你不是為了你自己而當個好人。那也許甚至是不可能的。你當個好人是作為對你周圍每一個人的禮貌。遵守承諾或是違背承諾，說實話還是謊話，對你周圍的人來說有關緊要。因此，你能夠做一些好事，而且可以一做再做。要在任何具體的情況下行善，你無須認為你是個好人。你永遠都有這個選擇。

他父親從講道壇上說這番話，但卻是說給傑克聽的，傑克幾乎向父親坦承他對自己的靈魂有某種懷疑，以轉移父親對他新近某些頑皮行徑的解析。這種近乎招認的坦白可能是想激起父親的微慍，這意謂著父親將為他煩惱一整週，並在週日向他講道——其實那就只是孩子氣的又一次惡作劇，雖然他對父親所說的倒是實話。當他父親說有禮貌是個好的開始、是一種紀律，假以時日，就能養成真正的美德，全體教眾都明白這番話的用意。傑克當然也能彬彬有禮。在那座教堂裡的每一個人，只要年紀夠大，稍微懂得冷嘲熱諷，就會想著：那男孩裝得一副老實相！他非常擅長惹惱別人。教眾也明白，牧師就跟其他人一樣，必須竭盡所能地找到希望。有時候傑克會風度翩翩、甚至過於嘻皮笑臉地站在父親身旁，在教堂會眾魚貫而出時跟他們握手，而父親摟著他的手臂會一陣顫抖，流露出惱怒和困窘。傑克開始在週日拂曉之前溜出家門，部分原因是出於對父親的尊重。如果他夠誠實，在寒冷和黑暗中置身於其他任何地方也吸引著他。

話雖如此。他可以不帶遺憾地想起他和黛拉共處的時光，撇開從餐廳裡逃走那一次不算。他覺得這要歸功於他父親談到禮貌之價值的那番講道，即使並未提及禮貌在特定情況下可能會具有或缺乏的意義。導出這個眞理的論證太不穩固，即使掄起拳頭在半空中揮動，慷慨激昂地作出結論，也無濟於事，而根本上又過於渴望，唱詩班裡的幾聲嘲笑也無從詆毀。在他父親的用心指導中，這是傑克謹記的教誨。因此，在那個寶貴的日子，看見一位女士走在大雨中，臂彎裡的一疊紙張散落在人行道上，他自然不由得穿過街道去幫忙。疾風吹走了幾張，於是他把自己的雨傘交給她，跑了幾步去抓住它們。那個過程中摻雜了笑聲。她說「謝謝你，牧師先生」，出於對他身上那套黑色西裝的敬意。他夠誠實，一旦衣服乾了就立刻賣掉，免得引起誤解而欺騙了別人。他知道自己無法回家參加葬禮了，此外，他也有所顧忌。他想到這個字眼，是因爲他不願意玩弄人們的天良。無論如何，那都不會有什麼好處。穿著這樣一套西裝而去向人討個一毛錢或是一根菸，有點不倫不類。沒刮鬍子會使情況更糟。有幾次他聽見對方痛罵神職人員的腐化，誤以爲他眞實的普通生活乃是他的祕密生活——一個淪落到城市底層的牧師，由於酗酒和沉淪而陷入貧困。那套西裝使他成了僞君子。然而，當他殷勤以禮相待的那位女士說「謝謝你，牧師先生」，那就彷彿是她以爲她認識他，彷彿她對他另眼相看，不限於他借傘給她這件事——他將得把傘要回來，她表情的溫柔眞誠使他確定他必須擺脫那套每分每秒都在貶值的西裝。於是他從她手裡接過雨傘，陪她走回住處門口，享受著此舉的紳士風度，在表裡之間巧妙地維持著平衡。他無須向她索回就拿回了他的傘。走到她住處門口時，她邀請他進去。「雨勢可能會漸漸變小，如果你有時間喝杯茶……」她這樣做有點大膽。他想像他的一個姊妹，也許是葛洛莉，會由於對方貌似神職人員並且表達出一份小小的善意，而從街上邀請一個陌生人進門，從來沒想過要問一問，比如說，他是否剛剛出獄。在那二十幾個月裡，他養成了他自知可能永遠也改不了的一些習慣。即使在當時，當他在窗邊的一張小桌旁坐下，被她公寓裡的井然有序和一派教師氣息所圍繞，他一直在記憶中搜尋一個能和 scruple（「顧忌」）押韻的詞。Quadruple（「四倍」）。他在使自己冷靜下來，這表示他很緊張。直立式鋼琴上的相片裡有一幅耶穌像，是唯一的彩色圖像。Quintuple（「五倍」）並不協韻。怎麼會呢？親愛的耶穌，別讓我說出什麼奇怪的話。

她用一個老式瓷壺端了茶來，壺嘴有個缺口，遞過一個以某種方式紀念著孟斐斯的茶杯和杯碟。星期天用的東西，因爲他是個牧師。他看不出她的杯子紀念著什麼，但那個杯子小而精緻，就和他的杯子一樣。就像老家廚房裡排放在一層窄架上的杯子，刻意擺在他拿不到的地方，但卻是徒勞。那些小巧的把手很容易弄斷，而且很難再黏回去。他的姊妹們試過不知多少次。侯璞，有音樂天分的那個姊姊，有一雙修長而活潑的手，就像她的手。他問：「你彈琴嗎？」

「不怎麼彈，彈得也不是很好。你呢？」

「〈基督精兵前進〉（"Onward Christian Soldiers"）。」她笑了。事實上，除了按時供給的午餐之外，監獄唯一讓他想念的，就是在禮拜儀式中彈琴，有時是喪禮。他把幾首十分莊嚴的聖歌漸漸彈成了帶有酒店風格的版本。

她說：「這架鋼琴是我室友的，她母親的遺物。她其實也不怎麼彈。」

出於某種理由，他說：「我常遺憾……」然後心想最好別往下說。

她點點頭。「他們費了很大的工夫想要我練琴。我說我想成爲詩人！」

這很有意思。「你可曾斷過想成爲詩人的念頭？」

她聳聳肩。「我還沒有斷念，也許有一天會吧。我還沒有什麼可以示人的成績。我祖母見過保羅．鄧巴一次，我猜那讓我有了這個念頭。我有一本他簽名給我祖母的書，這本書曾是她的寶貝，現在則是我的寶貝。」

他說：「眞好。」心裡想著：別拿給我看，別放在靠近我的地方。那個在長椅上打盹的老人把雨傘和枴杖鉤在椅背上，下起雨來的時候，他將會醒過來，蹣跚地走向某處，很可能咒罵自己過於信賴別人。接著是那個困難的算數問題：傑克所引起的惱怒是否能抵銷他在一把漂亮雨傘的鼓勵之下所行的善舉？向這位女士所行的善舉，因爲他樂於享受這份他湊巧能夠再次展現的禮貌？她的確有張甜美的臉，笑聲親切，而他希望他無論如何都會替她拾起那些紙張。但是那把雨傘使之成爲一場演出。當他急忙走回她身旁，她把傘稍微舉高一點，把他納入傘下。然後他替她撐傘，陪她走回住處門口。她喊他牧師先生，並且請他喝茶，而他跨過了一道門檻，進入一個世界，在那裡當然會有一本翻開的聖歌曲集擺在鋼琴上，會有祖母留下的各色瓷器，毫無疑問會有上百件根本不值得去偷的小東西，是他一有機會就可以順手塞進口袋的。她說：「我把那本書拿給你看。」他差點就說：請別去拿。可是片刻之後那本書就在那兒了，她用雙手捧著，翻到有簽名的那一頁，然後把書擱在沙發前面的茶几上，再回來坐在她的椅子上。「我總是擔心會把什麼東西灑在上面。」

「小心一點準沒錯。」他又接著說：「最近我讀了一些詩。」這倒是眞話。大多時候他都去圖書館。詩集那一區通常沒有人，他可以在那裡一直坐到閉館，試圖想像該拿自己怎麼辦，既然可以說整個世界都在他面前。年老和藹的圖書管理員注意到他，當然，因爲他面前總是擺著一本攤開的書。管理員帶餅乾來給他，放在一條餐巾上，上面繡著一朵花，已經殘舊。她叮嚀「記得把手指擦乾淨」，他也照辦了，離館時就把餐巾留在前面櫃檯上。後來有一次，她把一本《裴特森》[33]擱在他面前，微笑著向他推薦，隨即消失在那些大書架之間，腳步看來似乎患有關節炎。他似乎總是引發老太太的天使心腸。那本書眞好！它使得坐在長椅上看河、看船、看海鷗顯得饒具深意，是他消磨時間的另一種方式。他喜歡那本書，但出於對老太太的尊重而沒有偸走，只是把它放在書架後面、別人不會發現的地方。他說：「你讀過《裴特森》嗎？W．C．威廉斯的作品。」他眞心想知道答案，因爲他希望她讀過。「沒有，但我聽說過。我的口味相當傳統。」

「你得讀一讀。你會明白我的意思。我在河邊坐著的時候……那座橋就像古代的龐然大物，帶著黏土和化石，突然從地底下蹦了出來，彷彿要前往某處——每一件東西都像是個隱喻，你不必知道是在隱喻什麼。等你讀過那本書。」

她對著他笑，眼神閃閃發亮。「我明天就去找一本來，我保證。而你得要讀奧登。[34]」

「他在我的書單上！」那像是一個約定！他們笑了，接著安靜下來，然後他說：「我該走了，既然雨勢小一點了。」雨勢並沒有變小。「以我的工作，時間總是不夠用。謝謝你的茶，也謝謝你讓我避雨，請問小姐貴姓……」

「我叫黛拉．麥爾斯。」

她向他伸出手，而他握了她的手。

「我叫約翰．艾姆斯．鮑頓。」這個版本的他感覺上就只是個謊言，是那壺茶和那些瓷器喚出了這個謊言，還有一種興奮，由於這個下午過得相當順利。他本想忘記帶走雨傘，作爲再次順道來訪的藉口，但是她把傘遞給了他。他得想出別的花招，在他擺脫這套西裝之前。

他心知肚明。他不會在她門階上留下書本，裡面夾著字條，簡短但具有巧思，那將會使她偶爾想起他。一方面，假如他這麼做，那會讓他有件愉快的事情可想，在腦中琢磨那些簡短的訊息，也許花上幾個星期，然後找到合適的書籍來偷。另一方面，人們做這種事是因爲他們想像著這可能會發展出什麼結果。被人看見和他一起走在街上必定損及她的名譽，身爲教師，她承擔不起。對他來說則不然，因爲他幾乎沒什麼名譽可言。他一有機會就忍不住要造成損害的老毛病確保了這一點。就算他還有什麼可稱之爲名譽的東西，和她一起走在街上就會毀於一旦。他感覺到衝動的那股忽冷忽熱，事實上，他這麼容易、或該說這麼無辜地就能造成損害，這個念頭有點嚇到了他自己，他知道對她造成的損害將會是多麼嚴重而且無法挽回。一陣罪惡感使他全身戰慄，當然也挑起了其他的內疚。他在晨光裡坐在公園的長椅上，聽著鳥叫蟲鳴、嘈雜人聲、教堂鐘聲，在他內心的眼中，他審視著像亞當一樣赤裸的自己。離她遠一點，傻瓜。事情再簡單不過。

於是隔天他去到買下黑西裝的商店，或者也稱不上是商店，那是個刺眼的光線從窗戶照進來的房間，懸掛著捕蠅紙，桌上堆著丟棄的東西。他把西裝連同帽子和雨傘拿來交換了另外一頂帽子和一套雙排釦棕色粗呢西裝，帶著已經滲入布料的菸味，左邊的翻領上有一小塊汗漬。他在後面的房間裡換了衣服，出來時多少比較像他自己了。把所有的佯裝假扮都擱在櫃檯上是種解脫。這筆交易對他來說並不划算，但他如願找到了一件便宜而且略顯粗俗的衣服。給別人合理的警告，他想。不再穿著一套黑西裝配棕色皮鞋也讓他鬆了一口氣。站櫃檯的人說：「我這兒永遠都有你能穿的衣服。寡婦會把衣服送來。」很好笑。

他不會讓心情受到影響。他在陰暗的小店買了一份報紙、一盒香菸，店裡擺滿了菸斗架、禮品雪茄盒、菸灰缸、一罐罐菸草和雪茄，聞起來像焦油和甘草。在所有這些東西當中，有一架收音機從某處高聲轉播一場棒球比賽。收銀機旁那個矮小的男子一直盯著他，彷彿偷竊是一種紙牌戲法，而這一次會把賊兒逮個正著。他認爲這是身上的西裝造成的效果，因爲他很確定自己不曾來過這家店。他掏出一張一美元紙鈔，出乎那人意料，把找回的零錢塞進口袋，然後走到街上。那場棒球賽的比數很接近，這時打到了第八局，於是他在陽光下倚著牆壁聽轉播，並且把報紙摺到填字遊戲那一頁。他把頭上的帽子往後推，斜叼著一根菸，玩著填字遊戲，心想如果有人注意到他，會以爲他是在賭馬。衣服的確會決定一個人的身分。

他抬起頭來，因爲他在思索：有六個字母，第二個字母是d的那個字是……然後黛拉出現了。她愣了一下，眼中流露出驚訝、恍然大悟、也許還有責備。她和另一個年輕女子同行。他覺得她似乎停了一剎那，足以讓另一個女子瞥了他一眼，對於他們兩人之間似有若無、幾乎沒發生的事感到一絲困惑。然後她們就往前走，手挽著手，頭湊得很近，笑著。天哪，但願她們不是在笑他，也不是因爲他而笑。

那夠慘了，足以讓他去喝一杯，事實上是喝個爛醉。但是基於某種理由，那天夜裡大部分的時間他都躺在床上，感覺到原始的孤獨鑽進骨頭裡，萬物自生自滅時固有的那份寒意。例如，當心臟歇息，停止工作，不再辛苦地推送血液。雖然發生的事正符合他的本意，但他沒有料到來得猝不及防，一切都在剎那之間，讓他沒能爲自己說一句話，雖然他無法想像他能爲自己說些什麼。他一點也沒有傷害到她。那個謊言主要是她的錯，而不是他的錯。不，不是她的錯。她用善意回報了他的善意。假如她知道他是個什麼樣的人，她就不會這麼做。假如她知道他是個什麼玩意兒。當性格缺陷**就是**你的性格，你就成了個玩意兒。這一點他注意到了。從來沒有人說「你這個騙人的人」，或是「你這個手腳不乾淨的人」。他是個玩意兒，一點也沒錯。

他穿上一套衣服，就成了個冒牌貨；他穿上另一套衣服，就是個混混，是個騙子。他是個逃避兵役的玩意兒。就連這也是個謊言。他的名字是個謊言，不管是誰在替他施洗時給了他這個名字。他的舉止也一樣，還有他使用的詞彙以及他腦中改變不了的習慣。天哪，這沒完沒了，最終他對自己也無話可說。他熟悉絕望。這個念頭使他發笑。他不得不承認他覺得這很有趣，這是種解脫，使得事情變得不像絕望那麼嚴重，儘管事情很糟。

我是個熟悉黑夜的人
我曾冒雨出去——又冒雨回來[35]

大多數時候這是他最喜歡的一首詩。第二行在他看來就像純粹的事實。由絕望帶來的微妙鼓舞，讓他立定了新的志向：做個無害的人——即使不符合他的性格，卻符合他的習慣。對那些很可能因爲與他接近而在某種程度上變窮的陌生人來說，與他們保持距離是一份好意、一種禮貌。他能一眼看出他人微乎其微的弱點，這是他的心魔。他做得相當不錯，直到看見那把雨傘。這並非實情。他買了那套西裝，打算穿著回家爲母親送葬。他弟弟泰迪找到了他待過的寄宿公寓，留下了一個信封，裝著錢和一張紙條。這使得傑克不得不設法另外再找個地方住。泰迪似乎滿足於櫃檯那人並非完全不老實，每過一段時間就會留點錢在他那裡，金額足以讓那人挪用一半，而傑克也還有點錢勉強度日。現金意謂著泰迪來過，又一次風塵僕僕跑了不知多遠，不論晴雨寒暑，相隔的時間雖長卻很規律，當那輛棕色的轎車停下，傑克有可能會在那裡，坐在門階上。擁抱，落淚。傑克想像過，但這並不表示他考慮過這麼做。無論如何，泰迪向來是個紳士，有可能是想讓傑克輕易避開他。而他持續前來，留下錢，懷著希望，希望傑克還活著，並且拿到那些錢的一部分，接受那個公寓管理員給他的保證。

有兩年的時間，那個管理員也許並不知道傑克在哪裡，也不知道他是否還活著，但是他把泰迪留下的錢替傑克留下一半，這相當高尚。當傑克再次出現，管理員遞給他一張他父親寫的短箋，上面寫著「你親愛的母親身體愈來愈差，她渴望見你一面」等等，而他弟弟的短箋上則寫著：「我可以來接你，或是你也可以買張車票。至少設法及時回家來參加葬禮，我們預料爲期不遠了。」於是，他買了那套黑西裝。他有一半的意願打算回家，這半個意願和十幾個考量打成平手，最主要的考量是他身上無疑還有坐牢留下的影響，不情願的服從以及其他。他們可能期望他去瞻仰躺在棺材裡的母親，父親可能會在旁邊看著，那將會迫使他思考自己人生的意義，而他的人生毫無意義，卻有著可怕的後果。他學到了在面對指責時表現得強硬，而在這種情況下，別人恐怕難以接受。

可怕的念頭會使他下床，走出戶外，去到有樹木和人群的地方，所有這一切都對他的罪過和疏失不感興趣。何必洗臉，何必刮鬍子。他走到橋邊常坐的那張長椅，在陽光下打起瞌睡，沒有作夢。有人從他身後經過，在長椅的另一端坐下。是黛拉。他尚未睜開眼睛就知道是她，而真的看見她安靜地坐在那裡，讀著一本書，他簡直不敢相信自己的眼睛。真是不能再糟了。她瞥了他一眼，看見了她所看見的，不管那是什麼，又把目光移回書上。

他說：「我想要道歉。」

而她說：「不需要。」他們必須要表現得他們並非在一起，於是她稍微轉過身去，離他遠一點。「我很失禮。」

一對白人男女手挽著手從旁經過，談著話，用的是那種似乎想讓別人聽見的聲量。女子說：「我會告訴你我怎麼想！」男子說：「我想我已經知道了！」他們邊說邊笑。

然後傑克輕輕地說：「不，一點也不會。」

鐘聲敲響那鏗鏗鏘鏘的偉大音樂，等鐘聲響完，她說：「我得走了。」她把書擱在長椅上，把一枝筆放進手提袋，然後就走開了。他等了幾分鐘，才探身到長椅的另一端，拾起那本書。他才把書拿到手裡，就有個戴著棒球帽的黑人男孩把書搶了過去。「你想偷那位女士的書！」說玩便追在黛拉身後，把書交給她。他看見黛拉向男孩道謝，看見那個男孩揮手拒絕她從錢包裡掏出來要給他的東西，看見她走開而沒有再回頭看一眼。

他必須把這件事想個清楚。她知道該去哪裡找他，是因為他說過這座橋。她帶了一本書來給他。他認為他可以相信是這樣。這樣一來，他就可以去敲她的門，說：麥爾斯小姐，我想這是你的書？或者書裡有一張紙條，還是某個圈起來或畫了線的字句。他但願自己看見了那本書的書名。那本書薄薄的，苔綠色，樣子破舊，有可能是本詩集，被某個人讀過一遍又一遍。她在星期天上午來找他，這表示她知道他不是會上教堂的那種人。這也表示她可能無法及時趕去參加她自己教會的最後一場禮拜。她遠道而來，就只是為了讓他知道一切都好，不管「一切」是什麼，不管「都好」是什麼意思，他們幾乎沒能說上幾句話。她會知道她對他的印象幻滅使他感到悲傷——這就是他的感受，因為不及於悲傷的感覺不會使她走這麼遠的路前來，只為了安慰他。這就是她此舉的意義。假如書裡有張紙條說「你是個卑鄙的騙子」，或是類似的話，這也意謂著即使她對他的看法破滅了，他對她而言仍有意義。這實在非比尋常。然後她發現他在一張長椅上打瞌睡，就像任何一個流浪漢，衣衫凌亂，蓬頭垢面，而她那樣平靜地看著他的臉，在這種情況下那意謂著善良，然後她表達了歉意，留下了她的書。

她居然會覺得需要道歉，這實在令人難以置信，可是感謝上帝她覺得有需要，因爲還有什麼別的藉口會把她帶到這兒來。那是個藉口嗎？天哪，他多麼喜歡這個想法。

接下來會發生什麼事？「接下來」，這是個有因果關係的詞彙，在這一刻對他來說是可愛的，因爲這意謂著他們之間的確有一絲連結。他以他特有的方式了解她，也知道該如何回應她。接下來他該怎麼做？他認爲這需要時間，也需要思考，但是一個回應立刻浮現在他腦海，因爲像這樣的事他已經想像過不知多少次。他要請她吃晚餐。有幾家餐廳他很熟——他在那裡洗過碗、擦過地板，去那裡用餐的主要是黑人，但也有些白人會去吃炸雞或是豬排，或爲了在餐廳演奏的鋼琴師而來。對信仰衛理公會的女士來說，這些餐廳可能都過於嘈雜。但是她不會在意！這一點他知道！

當他又一次去領回泰迪留下的錢，把自己打點整齊，而天氣也允許，他走到黛拉住處附近，在那裡徘徊，等著她從學校下班回來。一看見她，他穿越街道，與她並肩而行。她只瞥了他一眼，但是她在微笑。他說：「麥爾斯小姐，我想請你出去吃晚餐。」

她笑了。「哦，這倒是個主意。」

「說眞的。我知道一個地方，那裡的客人混雜，白人黑人都有。你可能未必會爲了那裡的食物而去，但是，你曉得的，那可以是個愉快的夜晚。」

她搖搖頭。

他說：「我了解。」

「你可能並不了解。」

「我的意思是沒有關係。不傷和氣。」

她停下腳步，看著他。「我會在那裡和你碰面。你不該再到這兒來。如果我的家人聽到風聲，你會害我搭上返回孟斐斯的火車。」

「好，好的。我想過我們應該在那裡碰面，所以我做了一張類似地圖的東西。」他從口袋裡掏出那張摺起來的紙。「你看，在這一邊清楚標明了每一條街道。而在另一邊……」他翻過紙張。「是那家餐廳。從對街看過去。」她笑了。「有些地方不夠精確，我大部分是靠記憶畫的。」

「我想是你加上了那些天使。」

「天使，喇叭，豎琴。它們普遍象徵著非凡的幸福，所以我也畫進去。你可以留著，如果你想。就算不接受我的邀請也無妨。」

她搖搖頭。「我怎麼能說不？」

「平日的晚上？不像週末那麼吵鬧。」

「好。星期四。」

「八點？」

「七點。隔天還要上課。」

「好，到時候見。」

「好。你該走了。如果我沒有出現，那就是有某種原因使我無法赴約。」

「了解。」他掀了掀帽子，然後往前走。一切都如他所願，他知道在這種情況下，他的希望必須要容許幾分躊躇，幾分謹愼。他短暫地想到這件事可能爲她帶來什麼麻煩，這是他們始終都意識到的，然後他把這個念頭擱在一旁。毫無疑問，在星期四之前，在那個超乎想像的夜晚之前，他將會跌進下水道，或是被一列電車撞上，命運將會爲了她而出手干預。

§

可是星期四晚上他依約出現，在距離餐廳幾間房子之外的地方徘徊，看著街道。然後她來了，戴著一頂相當漂亮的帽子——考慮到她是個衛理公會教徒，還是個學校老師，而且對於引人注目感到非常不自在。

「麥爾斯小姐。」他招呼道，於是她停下來，露出微笑，然後他替她開了門。服務生是個黑人，他認識傑克，揚起了眉毛，但是帶他們去到一張桌旁，裝得正經八百的，挺令人愉快。

「今晚進城來玩？還帶著一位可愛的女士呢。你最好把這位漂亮的女士照顧好。」傑克試圖回想此人是否見過他沒喝醉的樣子，在這一方面他考慮得不夠周到。那個服務生笑了。「別理我。我只是來說一聲：希望你們喜歡豬排，因爲今天晚上我們就只有豬排。」

「豬排很好。」

他們幾乎獨占了那個地方，可以用普通的方式來交談，至少是在鋼琴聲響起、人群湧進來之前。他在圖書館裡想了好幾天，想著他要跟她說些什麼，在一本大部頭旅遊書的扉頁上畫了那張地圖和那群天使。大戰之前，那本書已經許多年無人借閱，戰後也只借出過兩次。他把那一頁從書上乾淨俐落地撕下來。每次父親發現他畫的素描，就會說：「他是個聰明的孩子，有一天他會讓我們喜出望外。」有一次他聽見母親說：「我想你永遠不會放棄他。」他父親似乎在思考這句話，然後說：「我只是不確定放棄他會有什麼意義。」而那些天使畫得很好，胖嘟嘟的，姿態活潑，在雲朵上。他想，黛拉一定會喜歡，而她的確喜歡。從失敗者磨損的衣袖裡綻放出的靈巧令人格外耳目一新。這是他的經驗，是他在必要時通常可以使用的妙招。

而她就在這裡。「新領帶。」察覺到自己正在把領帶撫平，他說道。

她露出微笑，說：「新帽子。」

他愛上她了。這就夠了。這頂帽子使她溫暖的黑色皮膚上泛出了玫瑰色的光澤。女人懂得這種事。她，黛拉，想要他，傑克，見到她身上特有的美。這些念頭大大干擾了他本該用於交談的努力。

「你說的那座橋的確很漂亮。那些巨大的石塊。特洛伊的城牆看起來想必就像那樣。」

「是啊，希律王的聖殿。」然後他問：「你去過貝爾方丹[36]嗎？」

「那座白人墓園？喔，沒有。我沒有什麼機會去。」

當然。他這問題眞蠢。他說：「我之所以問，是因爲那裡有一棵樹，一棵非常巨大的老樹。我從它旁邊走過可能有上百次了，都沒有注意到有什麼特別。可是有一次我剛好回頭看，結果看見整棵樹上開滿了花。眞的。都是些金黃色的花，花朵很大，每一朵都直立著，像是漂浮在什麼東西上面，實在驚人。樹葉遮住了花朵，可是隔著一段距離，就顯露出來了。我覺得很有趣。」現在聽著自己說起這件事，他覺得一點也不有趣了。那個令人驚豔、渾然忘我、靈魂自由的時刻，當下聽到的人可能眞的會說：「我懂了！」但當時他沒有可述說的對象。這個安靜、面帶微笑的女子在他的腦海中盤據了好幾個星期，而此刻她的話點醒了他：他所去的地方和他看見的東西，雖然很少，卻並非兩人共有的經驗。他幾乎像是住在圖書館那個有霉味的、乏人問津的角落，這是他想像過要告訴她的一個地方，而此刻他意識到，提起那個地方將有失厚道。那裡是貧窮又無所事事的他的避難所，他躲藏在被人遺忘的書籍當中，期盼那個老太太在帶午餐時會想到他。天哪，這是什麼生活！而這個可愛的女子，她的帽子毫無疑問的確是新的，她不會有那份榮幸去讀遍所有的悲愴和浮誇，在其中找到一行值得讀給某人聽的文字——在他的思緒中，那個某人就是她，這感覺已經很久很久。

她看著他，平靜而和善。她說：「那可能是一棵鬱金香樹。[37]的確是叫這個名字。原生於北美洲！」她笑了。「小時候，我哥哥給了我一本關於樹木的書。有一段時間我對樹木瞭如指掌，然後他給了我一本關於狗的書。」

「我有一個弟弟。事實上，我有三個兄弟。但是泰迪——他年紀比我稍微小一點，我們以前很親。現在他是個醫生。」

「你多常見到他？」

「從不。」她愣了一下。「很少見到，感覺上像是從不。」如果他不小心，可能會在某個時候告訴她眞相。

她研究著他的表情，然後說：「我一直聽說貝爾方丹很美。」

「如果你喜歡那一類的東西。」服務生把盤子擱在他們面前。豬排，一堆馬鈴薯泥，用湯匙背面壓出了一個凹洞，裡面塡滿了那種說不出是什麼的怪異肉汁。在〈利未記〉裡可能有十條戒律禁止食用這種肉汁。他說：「那裡有些紀念碑相當驚人，還有整整一小區的希臘神廟，可能每個細節都一絲不苟，大小跟柴房差不多。其中一座有著墓中女子的雕像，躺在頂棚之下，全是大理石做的，非常典雅。上面刻的銘文寫著：『她爲了美而死。』」

「眞的嗎！她是怎麼做到的？」

「砒霜。園丁告訴我的。她每天服用一點砒霜好讓皮膚變得格外白皙，然後有一次她服用過量了。」天哪，這是什麼故事。

黛拉說：「眞可憐！」他能看得出來她的眼中不僅帶有笑意，可能還有好感。

然後他聽見了一個人的聲音，是他再熟悉不過的。有幾個人，不總是同一批，把向他索討金錢當成一種玩笑，他們說那是他欠下的債務，始終無法還清。他可能的確欠某人一些錢，而且通常他反正也喝得太醉，無法反駁。他轉身往後瞄。果然有兩個這樣的人。黛拉看著他們。

「失陪一下，請稍等。」他說完就穿過廚房離開，慶幸他對這個地方很熟。如果當著黛拉的面被當成酒鬼和賴債的人來奚落，被迫掏出錢來放在桌上，還得把褲袋翻出來，那不僅僅是難堪而已。何況他還得在清醒的狀態下這麼做。他會馬上屈服，或嘗試某種自衛，那只會下場堪虞，因爲對方有兩個人。不管是哪一種情況，那番騷動只有在對方願意罷手時才會結束，到了那個時候警察可能也來了。人們將會議論紛紛，而黛拉的名字可能會被提起——在任何其他情況下，溜之大吉都會是偷偷摸摸而且沒有骨氣，而儘管他曾在各種情況下溜走過，這一次他很確定自己這樣做是正確的。

糟糕透頂。她再也不會原諒他。他使她不必有更好的理由來討厭他，他給她的理由就夠好了。這是什麼樣的人生。

他在門口徘徊，等著看那兩人離開，或是黛拉。唉，天哪，她等了那麼久才放棄他。他終於看見她了，遠遠看著她走回住處門口，離開時沒有預期中那麼淒涼。他在腦中回想兩人的對話。是的，不算太糟。

那是個暖和的夜晚。他鬆開領帶，把外套摺起來搭在手臂上，抄近路穿過一條巷子，只要有所警覺，平常在夜裡他絕對不走這條路。他又聽見了那個人的聲音，就在他身後。他們在笑。「哦，原來是教授啊！嘿，你別走啊，我一直想和你談談。老闆說你欠他的，他想要回他的錢。你最好把口袋裡的錢掏出來。」

傑克說：「什麼老闆？誰是……」

而另一個人朝他肚子揍了一拳，那麼俐落而且卑鄙，令他吃了一驚。他差點要說：等一下，這不上道吧！對方卻又揍了他一拳，痛得他必須撐著牆才不至於倒下。他身上帶著泰迪給他的錢，除了買那條領帶和刮鬍子所花的錢之外，全都還在。他把錢從口袋裡掏出來，放在第一個人的手裡。

「這是全部嗎？最好是。」那人問道，傑克果眞檢查了一下，找到了幾枚硬幣，交給他。

那人笑了。「好，我想我們暫時扯平了。」

然後另外那個人又打了他，這一次打在他臉上。那人想必戴著一枚戒指，傑克感覺到硬物劃過顴骨，鑿出了一個口子。他不能伸手去摸。手上若是沾了血，馬上就會弄得到處都是。他們正要走開，一個人對另一個人說：「我受不了這傢伙。他的某些方面。」

「我明白你的意思。」另一個人說，把零錢扔在地上，平分了那些紙鈔。

他的外套可能沒事。他把外套擱在一個地窖的門上，再把帽子擱在旁邊。在黑暗中他看不出哪些東西毀了。他把襯衫從褲腰拉出來，用襯衫下襬按住臉，然後在外套和帽子旁邊躺下來，等待呼吸恢復正常，等到傷口不再流血。他仰望著那一線天空，腦中浮現的第一個念頭是：現在我永遠不能回家了。我不能再和黛拉見面，也不能再去圖書館了，我得把外套的翻領合攏，遮住襯衫，就像流浪漢一樣，這一切都糟糕透頂。可是想到父親將會爲了臉上這個無法遮掩的傷口而悲傷難過，這才是他最難以承受的念頭。

於是他去了貝爾方丹。儘管肋骨疼痛，他設法拾起了那個可惡的傢伙扔在地上的銅板。那至少足夠買幾條巧克力。他會在一張長椅上待到天亮，等到墓園的大門打開，入口對面那家販售口香糖、香菸和糖果的小店開始營業。店員若是對他的血跡斑斑皺起眉頭，他就也會對他皺起眉頭，讓對方知道沒有必要發表評論。然後他會加入走進墓園大門的任何一條人流，走到湖邊某個僻靜之處，脫下襯衫，浸在水裡，壓一塊石頭在上面固定，像個流浪漢把外套翻領合攏，在一座墳墓上躺下，然後吃點巧克力。天哪，這是什麼人生。湖水洗不掉血漬，但他也只能量力而爲。他將把襯衫掛在灌木或是墓碑上，但要等到天黑，因爲在公共場所洗滌衣物難免使別人感到驚慌。就像拉斯科尼科夫。[38]他可以假裝他是壞人，在湮滅可怕的罪證。這會把人趕走，讓他有幾分鐘的時間考慮該怎麼做，如何庇護自尊心那條顫動的神經，它總是會加劇任何時刻的痛苦。不，更好的辦法是去找到一束花，把花束擺在胸口，一動也不動躺著。如果有人走近，他就忽然直挺挺地坐起來，兩眼發直。這是小孩子才想得出來的辦法，但也可能會給他幾分鐘的餘裕，而且比較不會招來警察。他蹲在水邊，用雙手洗臉，確切地說，就像第一個曾經活過而後死去的人類。沒有人看見他。他很小心不讓人看見。在公共場所清潔身體會使別人感到困擾。他得溜回那個房間去拿梳子和刮鬍刀。梳理過的頭髮使別人感到放心。他的家當連一個紙袋都裝不滿，可能已經被扔到路邊了。

問題在於讓身體和靈魂不要分家，直到泰迪帶著他的津貼前來。那會是在大約一個月之後，冬天即將來臨，他弟弟應該會惦念起他。他找到一座夠古老的墳墓，不至於嚇到還在世的遺屬，然後他就睡著了。

到目前為止，運氣從不曾完全令他失望。一個穿著淺綠色工作服的大塊頭，口袋上的名條寫著布雷蕭，用靴尖輕輕把他推醒，問他是否在找工作。那時天還沒亮，那句問話是低聲說出的，這本該啟人疑竇。可是傑克驚覺自己睡著了，正在消化這份驚訝，後來才想到這一點。布雷蕭正費勁地脫掉那件工作服，說他討厭得要栽種一堆該死的球莖，討厭這整件該死的事，但是必須保住這份差事直到找到別的工作，所以他會給傑克幾塊錢，讓傑克來頂替。「這個地方害我作噩夢，在碼頭上我隨時能賺到更多的錢。是我姊夫替我弄到這份工作，那個王八蛋。他說這是個鐵飯碗。在這裡我可能會發瘋，我討厭死人。」在下定決心的激動中，他掏出一捲鈔票，抽了一張遞給傑克。

「我……」正當傑克還在遲疑，布雷蕭說：「我沒有時間跟你玩這套。」又給了傑克一張鈔票，同時轉身去看背後。「只要穿上這套該死的制服幾天就好！這有那麼難嗎？」他又給了傑克一張紙鈔。「還有，什麼也別說。也犯不著為那些球莖賣命，隨便倒在哪個角落就行了。」

傑克還沒有來得及弄清楚是什麼情況，那人已經邁開大步走了。他不討厭死人，也不討厭花卉球莖。他可以換上那套制服，一個誠實勞工的制服，有一個可靠的名字，布雷蕭。他有了錢，或許有三美元，雖然沒有足夠的光線能看清鈔票的面額。如果完美曾經紆尊降貴地爲傑克·鮑頓這種人著想，來處理這種芝麻小事，那他就可以把這出乎意料的新處境稱之爲完美，或者說當時他是這麼想的。

稍早快睡著的時候，他正想著該如何了結自己。有那座湖，另外，到處都是低垂的枝椏，簡直有如樹林，他可以用領帶。兩者都怪誕嚇人，如果消息傳到父親耳中，肯定令他心碎。他想像著泰迪以某種方式最先得知此事，以溫和務實的機智絞盡腦汁想出個辦法，使事情看起來不是原本那回事。然後他醒了過來，那人的靴子抵著肋骨，還好是他沒受傷的那一側，接著布雷蕭費勁地脫下制服，替傑克眼前的未來訂出一個倉促的計畫，這意謂著那另一個決定可以延後。

也許吧。傑克穿上那件偌大的工作服，罩在外套上還綽綽有餘，至少在天氣變暖之前，解決了該如何處理外套的問題。袖口鬆垮，衣袖得要捲起，但是他願意試一試布雷蕭這份工作，既然除了那兩個他實在不願意考慮的選項之外，沒有其他選擇。服裝決定了一個人的樣態。他看見山坡上有個大麻袋，裡面的確裝著球莖。附近的草地上有把鏟子。上工了。

他沿著小徑走，尋找種植球莖的地方，從一個人身旁經過，對方刻意停下來讀他口袋上的名條，說道：「居然能在這裡看到你！」那人明顯的厭惡之情意謂著傑克若請他說明這是怎麼回事，他不會欣然從命。

所以，還有另一件事得細想。三更半夜，布雷蕭穿著工作服在墓園裡做什麼？而且如此匆忙，甚至沒有問傑克爲什麼睡在一座墳墓上，胸前還擱著一束凋萎的花。也有其他人在墓園裡過夜，但是在正常的情況下，那束花會讓人覺得不尋常。可能很難向別人解釋這類自嘲的舉動，但是那人沒有寒暄，就只是用靴子戳著他。還有那倉促的給錢，就像是不讓人有任何猶豫。那人甚至匆匆遁入尚未天明的夜色。他蛻去了布雷蕭的身分，使自己變成無名氏，無疑是有很好的理由，甚而留下了另一個布雷蕭等著警察到來。

如果不是這樣，如果那人是做了某件可憎而應受指責的事，違反了墓園園丁的同業守則，他只會受到同事的輕蔑和排斥，這將符合傑克的目的。起初他以爲小徑上遇見的那個人注意到口袋上的名字和便帽底下那張傷痕累累的臉不相符，因此他想到這個名字在此地雖然可能是惡名昭彰，但這個名字所屬之人在某種程度上卻是個陌生人，成功地隱去了身分，這個念頭使他鬆了一口氣。就一個身形巨大的人來說，這的確很不簡單。值得仿效，以傑克的情況來說，由於布雷蕭給人留下的反感而變得更加容易。

天哪。傑克快速思索著一長串可能的罪行，看見自己被控告然後被定罪。他寧可淹死，比起吊死比較不帶有司法意味，比較不會被視爲隱含著懺悔之意，數不清第幾次，他想不透他怎麼會把自己困在這麼荒謬的生活中。無害不適合膽小的人。

如果他決定淹死自己，也許最好是在捲入「布雷蕭事件」之前搞定。可是如果布雷蕭眞的犯了重罪，也許他應該等著替自己辯護。這一切都將是徒勞，但勝過看似認罪後，讓家鄉那嚴謹的講道壇、那棟家風端正的屋子、那座與人無爭的小鎮、那個嚴肅的州蒙上某種程度的陰影。他在這裡流汗、顫抖，爲了一樁也許並未發生的不明罪行，一樁無論如何不是他所犯下的罪行。他甚至無法想到黛拉。

可是如果有人看見他把一件沾血的襯衫從湖裡撈出來呢？另一方面，如果他把襯衫留在湖裡，若是有人在這一帶搜索，免不了被人發現。被人看見在夜裡取回那件襯衫會不會更糟？雖然乘夜或許比較不容易被人看見，而這當然也是在夜裡做任何事都會被推定有罪的原因。他忽然想到，他沒有檢查布雷蕭急於脫掉的這套軋別丁布料制服。有血跡嗎？或是毛髮？於是他脫下制服檢查：上面有上百個汙漬，看不出端倪。乾掉的汗水，當然有，足以證明由於內疚和隱瞞而起的絕望。他正在仔細察看那頂便帽，一個看似在執行公務的男子對著他喊：「你看見布雷蕭了嗎？」

「今天沒有。」傑克回喊，剝下來的巨人皮囊在腳邊縮成一團，他又莫名其妙把自己捲入了不明的事端裡，這正是他會做的事。

到底爲什麼想留著那件該死的襯衫？他想像著襯衫袖口漂浮起來，就像某種最後的祈求。領帶繫在光溜溜的脖子上看起來很可笑。別管那條該死的領帶了。西裝外套下只見赤裸的胸膛也很可笑。他沒有想清楚。他有沒有欠布雷蕭什麼？他們有過某種協議嗎？幾塊錢，或是等值的時間，用來協助一樁罪行。如果那樁罪行眞的很嚴重，有鑑於所涉及的風險，時效也已屆滿。這一個上午，他所承受的內疚和屈辱（即使不是死亡），是一個有想像力的人在沒有實際經歷的情況下所能接近的極致，而他口袋裡有錢，這似乎很公平。有那麼一瞬間，他以爲他把錢放在那件制服的口袋裡，而此刻在光天化日之下，在到處都有工人的情況下，他將不得不走回去翻查制服的口袋。但事情並非如此。他掏出那幾張紙鈔，看了看。三張廿美元的紙鈔。更令人驚奇的是，它們是嶄新的，是他這輩子見過最新的鈔票。這眞是令人心力交瘁。銀行搶案，防彈車。製造僞鈔。後者可以說明爲何對方願意從那捲鈔票裡抽出幾張來，以便擋下傑克因爲太睏而無法提出的異議。忽然他又想到了警察可能的盤問：老兄，這錢是你從哪裡弄來的？有人付給你的？爲了什麼？在黑夜中？在墓園裡？布雷蕭這個名字你有印象嗎？

他將回去他的房間。才只過了兩夜。是最近這一連串事情使他確信房租逾期未繳，但他並沒有。走在街上是種解脫。他的刮鬍刀和梳子將會在衣櫃上，在他之前留下的位置。他心想，我先前是在時間和聖路易之外，我是在一場夢裡，在一部俄國小說裡。他決定把那三張廿美元紙鈔塞進鞋子裡，好藉由走路使它們漸漸磨損，使它們不那麼可疑。這樣做還有另一個好處，走回家的這趟長路上，萬一遇上勒索，他可以說他沒錢而逃過一劫。一個女子在電車站等車，看著他，露出人們試圖理解某件事情時的那種表情。他回以苦笑，女子就移開了目光。他想到布雷蕭花這筆錢可能是值得的。在小巷裡挨了幾拳的好處在於：如果問那個目擊證人布雷蕭長什麼樣子，那人會說他的眼睛被打得烏青，腫得厲害。這是每個人都會注意到的。傑克會避避風頭，而布雷蕭太過高大，不可能被打中臉部，所以很快就不會再有人符合那番描述，或者說，只要傑克記住避開小巷，就不會有人符合。

他進門的時候，公寓管理員瞅了他一眼，說道：「哎喲！」

傑克說：「對方的模樣更慘。」

公寓管理員笑了。「那個可憐的傢伙一定是天生就醜。」

很好笑。

他在床上躺下，回想剛度過的那一夜。究竟有沒有布雷蕭這個人呢？他顯然是宇宙的一個詭計，是一種手段，事實上是一個笑點：把傑克無法花用的錢塞進他手裡。這個布雷蕭會吃飯和睡覺嗎？還是說他只是被召喚出來幾分鐘，來撥弄標本罐子裡的他——正在試圖理解自己和普通生活之間的透明障礙。確實有那些錢，他檢查過好幾次了，二十元在左腳鞋子裡，四十元在右腳。就他所知，步行範圍內沒有一家商店能夠找開一張廿元美鈔而不至於掏空錢箱裡的所有零錢，也沒有一家商店能讓他合理花用廿美元而避開找零的問題。[39]然後他有了個主意。他下樓到櫃檯去，對公寓管理員說：「我想要預付幾個星期的房租。找我五塊錢。」

管理員說：「那你得要有錢才行。」

「喔，我有錢。」但是錢在鞋子裡，客觀地說，這可能會減損這筆交易的吸引力。他在口袋裡找了找，說道：「噢，我把錢留在樓上了。」於是他上樓去，從右腳鞋子裡取出一張紙鈔，讓兩邊的金額打平——他想著就笑了，然後下樓去把那張廿元紙鈔擱在櫃檯上。必須非常仔細看，才看得出它並非嶄亮新鈔的痕跡。

管理員把紙鈔拿到窗邊，以便在更明亮的光線裡瞧一瞧。「你從哪裡弄來的？」

傑克就怕他這麼問。除了吐實，沒有更好的選擇。「這是封口費。」

管理員笑了。「我猜這表示你不會說。」

「對，我認為那是個誤會。我其實並沒有目睹任何犯罪現場。我看見一個傢伙跑掉，可能是從犯罪現場離開，我想在那種情況下也算是犯罪。他給了我錢，叫我什麼都不要跟別人說。而我當然不會說。」

管理員搖搖頭，但是打開了錢箱，把一張五元紙鈔擱在櫃檯上。「這是找給你的錢。可是如果這張廿元紙鈔就像它看起來一樣是假的，我就會報警。」

傑克其實想問能否把那張紙鈔要回來，但這樣一來就顯得像是招認。好吧，在最糟的情況下，他口袋裡還有五美元。不，在最糟的情況下，他使用了因協助犯罪而得到的假鈔。而次糟的情況則是管理員會忘了記下傑克預付了房租，而傑克將無法證明他付過了，因為他不可能會有廿元大鈔，若要反駁這一點，他就只好拿出另一張廿元大鈔，而這只會引起並加重每一分懷疑。於是，過了一、二個鐘頭，他又下樓到櫃檯去，說道：「抱歉，我預付的那十五美元可以有張收據嗎？還是你可以記在哪裡？」

公寓管理員聳聳肩膀，說：「也許你給了我十五美元，也許你沒給。」

令人筋疲力盡。一個無足輕重的人怎麼會有這麼多事需要擔心？

他上樓回到房間，在床上躺下，考慮著幾個選項。他可以喝個爛醉，讓世界轉動個幾次，醒來時他的臉會恢復得更像他的臉，所有問題會向後退去，即使那意謂著它們更加脫離了他的掌控。喚醒他的也許會是警察，厚重的鞋子走在樓梯上，然後是那番訊問，關於布雷蕭所做的勾當，不管那是什麼，關於隱匿證據。他決定保持清醒，至少給自己一個機會。

這是在黛拉之後的世界。有幾個鐘頭的時間裡，他不是頭一次承認他無法給任何人任何東西，承認他的人生是一團錯綜複雜的徒勞，靠著泰迪忠誠的手足之情來維持。那個無可挑剔的人，泰迪的好意令他羞愧，因爲他永遠無法回報。他原本可以回家參加母親的葬禮。他的躊躇在多大程度上與一套黑西裝配棕色皮鞋有關？想到這裡，他慘然一笑，這根本是件該死的小事。那將表示他無法維持體面，而他們全都會注意到，並且知道這意謂著什麼。還有待過監獄的事，以及對具有某種權威的人的那種勉強的服從，這種服從對他來說是有道理的，因爲就連公寓管理員都有事情要做，並且達到某種標準。「抱歉，我可以要張收據嗎」，簡直是在請求對方拒絕。鮑頓家的人不會進監獄。他們兢兢業業地工作，繁衍下一代，然後在安享晚年之後去世，如同他父親所說。對他來說，那似乎從來都不怎麼值得嚮往。他仍然並不嚮往，然而，這種生活的任何中庸版本於他都是如此嘲諷地遙不可及。請一個牧師的女兒出去吃飯，怎麼會弄得兩人都受到羞辱？顯然，無害是他無法企及的目標。

另一方面，有時他會做些顯然自私自利的事，雖然他能想到的不多。幾椿小小的偷竊，這個老習慣並無貪婪之意，因爲他所拿的東西對他來說並無價值，對物主則否。他知道他的這個習慣會招致道德審查。他認爲這可能是他的一種嘗試，想把自己編織進另一種人生的情感結構中——聽起來沒錯，這是他父親的一種猜測，在他發現了一個半滿的鞋盒、裡面裝著傑克順手偷來的小東西。「我們應該要談一談。」他父親說，而他們好好談了一下，他父親字斟句酌。「我知道你自己一個人的時候最自在。這沒有關係。但是你可能比你所意識到的更爲孤單。」他喜歡他是在把自己編織進另一種人生的情感結構中這個說法，但是他把這個實驗做得太過火了。他父親說：「這當中有純粹的惡意，你肯定看得出來。」他看得出來，他記得，就像記得一場夢的氣氛。帶著這種衝動，念頭專注在事物的脆弱上——固著在那上面。那當中無疑也有惡意，總是以其自成一格的邏輯互相混合。

啊，無害。這也許眞的是種奢望。想到由於自己愚蠢地在黛拉家門口徘徊而可能爲她招致的傷害——也許她正承受著，他不寒而慄。她要如何向校長或是委員會解釋跟他的關係？他不寒而慄，即使這個念頭在他腦海中反覆了千百次。儘管如此，他想著哪天也許會在放學時間去桑訥中學附近遛遛，只爲了看她一眼，確認她一切都好。他不會這麼做。他無法向自己保證此舉不會造成傷害。

簡化，簡化。禁止自己去想黛拉，他就有了好的開始。一旦把她逐出腦海，他就擺脫了期待和遺憾，這兩者都是源自於某種盤算：起初只是如何能看她一眼，接著變成了如何在街上巧遇，然後是要對她說些什麼、說什麼會使她微笑。或者他會陷入思考，要如何彌補某件事，如何把事情說清楚。例如，他避開她是爲了她好，並且在情感上爲此付出了一些代價。有幾天他會慶幸她的美好生活沒有受到名爲「傑克」這個人的本質、狀態、行徑所威脅。他怎麼可能會被狡猾拖累，乃至於他犯的錯總是以嚴重的損害收場？這對他的形而上學是一種衝擊，因爲他發現當他戒除了惡意，他行動的後果和他的存在都改變得很少，而且未必是往好的方向改變。

如果黛拉讀了《裴特森》，感覺被冒犯了呢？自從他去圖書館畫了那張圖，雞腿加上天使，他不曾再去。他就像那個人說的羞於露面，即使知道如果剛好拐進了不該走的小巷，就算是密蘇里州最受尊敬的人也可能被搶劫。他曾經以爲只要沒有留下明顯的疤痕，他的生活情況基本上不會影響到他，這個想法很可笑。彷彿他可以直接走進那棟老屋，在餐桌旁他的位子上坐下。通常他每天都會把這個念頭逐出腦海一、兩次，但現在他澈底放棄了。這個念頭如今已經消失，連同他肯定會帶來的憂傷，就像夜裡他帶進來的風，當屋裡的人都在溫暖中熟睡。那就像是一件席捲了他的黑色斗篷，在燈罩的水晶吊飾裡掀起騷動，翻動攤開的書本，在其中失落，使寫了一半或讀了一半的信件四處散落。他不能說他沒有做過這些事。如果他們問他爲什麼做這些事，他不能說：「我處於某種亂流的中央。」那聽起來頂多會是輕浮，或是有一點瘋狂，如果他們把他說的話當眞。

他傾向於相信有兩件東西：（一）能量、（二）移位。任何手勢，不管是什麼，都像是從你手中釋放出某種東西，某種活生生的東西，停泊或安頓在移位的浪潮碰巧把它帶去的地方。響聲或斷裂證實了這一點。因此，身爲一個活著的生物，他不適合這個脆弱、易碎的世界。彷彿「能量行星」和「秩序行星」相撞之後融合，留下移位錯置的斷垣殘壁。引申來說，他想，雖然他知道這只是類比，一個小小的手勢，例如向某人推薦一本詩集，變成了移位，擊中它將擊中之處，在半空中轉化爲惡意或愚蠢。人們是如何生活的？他最古老的疑問。

§

儘管如此。但是。然而。於是。他到圖書館去，雖然臉上的淡紫色綠色瘀斑讓他像僵屍一樣，尤其是圍著右眼的一圈，隨著腫脹消了一半，看起來有點像是爬蟲類。他但願那個和藹的老太太不在，然而她就在服務臺，肯定會看見他。一看見她在那裡，他停下腳步，心想也許改個時間再來，改天再來，因爲這件事或其他任何事肯定都並不急迫。可是正當他要走開，她抬起頭來看著他，說了聲「早安」，在這種情況下那很好心，接著她就繼續整理索引卡片，這也很好心。於是他說「早安」，並且露出微笑，在他還能笑得出來的範圍之內，然後走向那些大書架，被一種奇怪的尷尬所籠罩，當你走開時，感覺自己被人注視的那種尷尬。不可告人的意圖總是使情況更糟。

他走到藏起那本《裴特森》的地方，在那本《十字架之夢和其他早期英文宗教詩歌》（*The Dream of the Rood and Other Early English Religious Poems*）後面——他記住了那個書名，但那本書不在那兒，也不在左右兩邊二十本書的後面、上面或下面。他在桌旁坐下，思考這件事，然後取下了羅伯．佛洛斯特，好在承受失望的同時有本書盯著瞧。他的失望太巨大，與這個情況不成比例。他只是想把那本書再讀一遍，以解答心中的疑問：這本書是否會冒犯黛拉。他幾乎不認識她，又如何能在任何情況下確定？他在記憶裡反覆思索，卻還是弄不明白。而且她可能在他提起這本書的那一刻就已經忘了。

那個圖書館員走進來，他並沒有抬頭，但是他聞到了三明治裡夾的臘腸。是的，她把三明治擱在桌上他的手肘旁邊。

「佛洛斯特是好書。威廉斯的書擺在作者姓氏以W開頭的書架上。」

「好的，謝謝。」於是他忠於藉口，讀了一點佛洛斯特，想著這些詩作也許會抵銷威廉斯的作用，如果再讀一次後他判斷《裴特森》可能會讓她覺得粗糙。這個想法是個慰藉，雖然不會有什麼結果。他待的時間夠長，足以讓他合理地希望那位女士輪班的時間已經結束，但是她還在，而他皮帶底下塞著兩本書，一個非常不牢靠的作法，很可能使他難堪致死。

她甚至沒有抬頭看，只說：「改天記得把它帶回來。」它，單數。所以他偷走其中一本其實是得逞了，這個念頭帶給他一種滿足。另一本書她等於是借給了他，而這正是圖書館員的工作。令他困擾的是他不知道哪一本是他偷的、哪一本是她借給他的，但是這並沒有令他太過困擾。

一個星期又兩天過去了。他在腦中想過一千個計畫，想著他該怎麼做，如果寄宿公寓的管理員決定要把他是否收到了錢這件事拿來作文章，還有那張廿元紙鈔是否是法定貨幣。他應該要求找回不止五塊錢。當時他擔心最壞的情況會發生，而他至少要拿出五塊錢來，才能勉強指望能夠安撫那個傢伙。所以他不情願地花掉了所有的錢，乃至於那幾乎等於另一種形式的沒錢。他最後一次想到「安撫」這個詞是什麼時候？「息事寧人」。聯想。如果他用不同的字眼來思考，他的想法會不同嗎？無論如何，他可以把胡言亂語說得很有尊嚴，讓自己滿意。較小的詞彙量會使他走在更狹窄的路上，無疑會稍微限制住這些擾人的歧路。這句話又是打哪兒來的？

有九天的時間他盡可能安靜，閱讀佛洛斯特，只在萬不得已時才下樓；直到公寓管理員上樓來，打開他的門，探頭進來看見他在那裡看書，說了聲「還活著啊」。寄宿公寓裡的喧鬧會誤導人，事實上，許多騷動的靈魂可說正默默地走到盡頭，不管用的是繩索、皮帶還是電線，還是別的什麼。管理員特別討厭這種麻煩。這種事最好是儘快處理。他在一片喧鬧聲中注意到了這一小片寂靜，於是過來查看，對於可能面對的狀況相當有把握，乃至於連門都懶得敲。

傑克說：「還活著。」

公寓管理員笑了。「說實話，我和某人打賭過你是不是戴著帽子睡覺。」說完他就走了。

很好笑。可是這個玩笑使他不自在地意識到，他在某種心情下的確會穿著鞋子睡覺。當他夢見布雷蕭回來，或是警察——警方總是急於證實他們的懷疑，把「警方的關注」這個萬用溶劑用在每一件倒楣的東西上，直到一切都成了證據，顯然證明有罪。可是後來，有一次他夢見警察果真來了，見到他頭上罩著毯子，穿著鞋子的兩隻腳從床尾伸出來。他的床墊稍短了些，在那之前他都認命地接受了這件事實。還有什麼更能激起那種多管閒事的好奇心？警察最糟之處就是他們會忍不住大笑。這在法官身上甚至還要更糟。他必須要稍微能夠掌控他的生活。

爲什麼？這一切的意義在於活下去，按照情理的要求該活多久就活多久。他認爲那是件體貼的事，盡可能減少和徒勞與絕望對抗的痕跡，等到泰迪和其他人來接他回家時，他們就可以說：是的，這絕對是我們的兄弟傑克，這就是他打領帶的方式。戴著帽子睡覺的想法或許有點道理，穿著鞋子睡覺也一樣。那樣他就會顯得栩栩如生，就像他們說的那樣，乃至於他們的悲傷會摻雜著懷疑。泰迪會冷靜而專業地伸手摸摸他的喉頭，只是爲了確定，而同時間，傑克，這個屬於他靈魂的名字，正墜落穿過神祕難測的虛空和星光照耀的深淵，沉入地獄。

與此同時，一個不穿鞋就有一百八十五公分高的大男人無法只靠著偶爾得到的臘腸三明治維持生命。他不想在他替自己設定的目標上失敗，亦即：活下去，直到下一個鑲著黑邊的信封送達，直到泰迪把車子停在他已經不住在那兒的那間寄宿公寓前面，願意載他回家——如果泰迪找得到他。

判斷已經過了夠長的時間，值得去從前那間寄宿公寓瞧一瞧，看看泰迪是否在那裡留了錢給他，他緩步走過幾個街區，去到那個老地方，櫃檯那人從放現金的抽屜裡拿出一個沒有密封的信封，一言不發地遞給他，但是帶著一貫的委屈表情，讓傑克知道他不太贊同這種安排。他對一個小偷還會更尊重一點，他自己無疑就是個小偷。唉，算了。傑克把錢塞進口袋，鄭而重之地向那人道謝，意在激怒對方，然後去給自己買一件新一點的襯衫。

正是因爲他覺得自己稍微有了付帳的能力而且尚稱體面，才使他在一天晚上走進酒吧，去喝一杯酒，聽聽鋼琴演奏。他喝了兩杯，等著鋼琴師來到，然後走到鋼琴前，撥弄起琴鍵。有人喊道：「〈沁涼的水〉（"Cool Water"）！」於是他也彈了這一首，接著是〈我將會見到你〉（"I'll Be Seeing You"），然後又彈了一次〈田納西華爾滋〉。有人把一個杯子擱在鋼琴上，在裡面放了點零錢，再擺上一杯威士忌，而他彈唱了「我的心知道野雁所知道的事」[40]。有人喊道：「〈霍斯特．威塞爾之歌〉！[41]」這首歌借用了他父親喜歡的古老聖歌的曲調，一首很美的聖歌，在醉意中，他欣喜於這個巧合，就彈了幾個小節。頓時鴉雀無聲，接著他後腦勺挨了一拳，打得他倒在地板上。他犯了個錯誤，短暫地站了起來，很確定他是想要解釋，可是在他還沒能整理好思緒之前，臉上就又挨了一拳。等他清醒了一點，他走進廚房，穿過後門走進巷子裡。少了他，酒吧裡的騷動仍未平息。單是那幾個音符就具有足夠的煽動力，足以彌補沒有對手這件事。他聽見那個裝著零錢的杯子砸在地上，銅板四處散落。唉，算了。他在這裡，獨自在一條小巷裡，又流血了。他將得爲了領帶而犧牲手帕。多麼荒謬的人生。

過了一、兩夜，他從《裴特森》裡撕下扉頁，寫了一張便條：「B太太：我之前沒去上班是因爲身體不適。由衷地感到抱歉——J．A．鮑頓（滑頭小子）留」。他把便條放進掛在門邊的小籃子裡，那是用來收取帳單和傳單的，以防它們進入店裡，帶來威脅和令人難過的消息。她不可能看到他的便條，但是如果他需要證明自己有點良心，他就能夠找到它。可是等他自認多少夠體面、能去上班了，他走去那家商店，看見了未營業的標誌，門上還有一張告示，一張打字紙，上面就事論事地寫著：即將歇業，減價出清，貨物出門，恕不退換，我們虧本，您就賺到。

然而那雙褪色的軟皮男鞋仍舊擺在櫥窗裡。這家潦倒的店鋪承受了最後的陣痛，而他沒有在場看著它死去，爲什麼這在某種程度上令他痛苦？嗯，他和普通生活的一絲脆弱聯繫斷了。要如何打發這一天剩餘的時間。啤酒，他想。他可以走得遠遠的，走出他的熟人圈子，走到別人對他不會抱有超乎尋常的懷疑的地方，而且也許可以找開一張廿元大鈔。這值得一試。聖路易是個德裔居民很多的城市，這使得勢況在涉及重大議題時有點難以預測。他會牢記這一點。不過也因此到處買得到營養的啤酒，讓他有藉口拿啤酒當早餐，然後就可以忘了午餐。到了晚上，他就會走到河邊那個類似露天廣場的地方，那兒有樂隊演奏搖擺樂，還有跳舞的人。到了那個時候，他將太過酩酊，不會在乎那兒都是年輕人，而且許多都是士兵或水手，被帶到那裡，將四散到這塊大陸的各個地方，回到爸爸媽媽的土地上。他喝醉的時候通常很安靜。總之，他清醒的時候看起來有點醉，喝醉的時候看起來又有點清醒，所以他的機會差不多總是一半一半。他將站在一旁聆聽音樂，不會眞的有人在意，雖然他身上的一切都說明了他被歸類爲「不適合服役」。

他在一家商店裡找到黑啤酒和勃克啤酒，店裡也販售熟成的乳酪、白香腸、特大扭結餅。他感覺到一種類似食慾的東西隱隱作痛，離開時抱著一個氣味濃烈的大紙袋，口袋裡還有將近十六美元。「你跟那些士兵不同。」櫃檯那人說，朝街上指了指。「我看得出來。他們有時候很粗魯。我沒當過兵。大多數時候我都過得還不錯。」他找零錢就像一種帶有顚覆性質的友好表示，還多放了一顆蘋果到紙袋裡。

傑克走到河邊，坐在長椅上曬太陽，紙袋擱在身邊，像個同伴。他身上帶著菸味和廉價刮鬍水的氣味，那個紙袋則帶著乳酪和扭結餅的味道，兩者皆以本來面目示人。乳酪在陽光下無疑有些冒汗，就像他一樣。延長這一刻吧，他心想，藉著長椅邊緣撬開了啤酒瓶蓋。「牛飲」是個奇怪的字眼，但很完美。他知道他將會從略微心滿意足變得相當心滿意足，再變得沮喪消沉，向下沉淪的每一個階段都以自己的方式帶來滿足。沒有哪個清醒的人能夠承認自己在哀悼一份愚蠢之至的工作。他將凝視著河水，花一個鐘頭思索著逝者如斯，之後的事誰知道呢。

不管食物有什麼好處，它的確減弱了酒精的效果。如果吃掉那個扭結餅，他也許永遠不會進入把心情訴諸言語的那種狀態，並且在內心暗自哭泣，說他想念和貝弗利太太討論球賽的得分紀錄。清醒的時候，他可能會設法看開一點，可是一旦喝醉了，他就無法假裝不在乎他失去了一件微不足道的樂趣。他無處可去，而且他眞心感到難過。

喝醉了，他就是任何一個在長椅上打瞌睡的流浪漢，沒有工作而且不適合服役，浸在啤酒和陽光裡。隨著傍晚來到，空氣涼爽起來，他記起原本打算去看人跳舞、聽音樂。先回家去刮個鬍子，讓自己振作起來吧。不。他掀起帽子，耙順頭髮，拉直領帶，然後朝著鋼琴聲走去。

那兒人群混雜——說得更準確一點，黑人士兵站在廣場的一邊，白人站在另一邊；黑人女孩在一邊，白人女孩在另一邊。雙方羞澀地等著配對來跳一、兩支舞，戲弄打鬧的士兵就像享受著幾分鐘不受權威和秩序管束的男孩。

然後他看見了黛拉，和兩個黑人男子在一起，一個是高個子，另一個更高，兩人都穿著便服，但是流露出人們所說的那種軍旅氣質。黛拉在笑，和幾個從人群中走出來、聚在他們身邊的黑人士兵有說有笑，握手拍肩。他從未見過這樣的黛拉，從來沒有想像過會有這樣的黛拉。嗯，當然了。她年輕漂亮，而他永遠無法像這樣和她站在一起，在公共場所，在人群之中，在一盞路燈下。對他來說，這不會損及什麼，沒有需要切斷的一線聯繫，只有他必須擺脫的習慣，他習慣想著她，而他實在沒有權利去想她。他早該料到會有這種情況，沒有理由感到驚愕，沒有理由僵在那裡，當他恨不得離開。

她不知何故轉過頭來，正好看見了他，而他就只是站在那裡，承受這件事實。她和那兩個男子當中比較高的那一個說話，那人也看著他。傑克碰了碰帽簷，微微露齒一笑，那副表情意謂著：我跟你的女朋友略有交情。我欣賞她的耳垂，不知有多少次，曾想用指尖描摹她臉頰的曲線。這太荒謬了，他差點就笑了出來，雖然他知道他正冒著掀起事端的風險，那對他來說從來都沒有好結果。

黛拉從那群人身邊走開，走到他所站的地方。他專心地點燃香菸，以免失了面子，不管那意謂著什麼。

「沒料到會在這裡見到你。」

「我也一樣。」他說，彈了一下菸。

「我是和哥哥一起來的。他們有幾個軍中的朋友路過這裡。我想讓你見見我哥哥馬庫斯。」

傑克說：「也許下一次吧。等我比較沒那麼醉的時候。」

她點點頭。「他們從孟斐斯過來，只會待上幾天。我不知道下一次會是什麼時候。」

他吸了長長一口菸。「爲什麼要這樣做，麥爾斯小姐？這樣做有什麼意義？」

「嗯，他們聽到了流言。關於某個白人男子。」

他笑了。「所以和我握手會讓他對這件事感覺好一點。我有點懷疑。抱歉，女士。我今天過得很不順利，我不想和你哥哥見面。」

他在試圖徹底結束一切，可是她垂下她可愛的頭，而他爲了自己對她無禮而羞愧難當。

「我了解，下一次。」但是她沒有走開。

這時她哥哥就只是看著他們，雙手扠在腰際。而傑克在他氣味難聞的襯衫裡顫抖，兩個口袋裡各放了一個扭結餅，先前那似乎是個保持平衡的作法，此刻卻似乎總結了他的一生。他吸了一口菸，沒有看著她。

「我很高興我認識你——別人看我們好像是一件應該羞愧的事。我的意思是，我們是偶爾會交談的朋友。但是我不能因爲別人說我應該感到羞愧就感到羞愧，我沒辦法這樣生活。我有件東西要給你。」她打開錢包——老天，可千萬別施捨。她說：「是一首詩。我想知道你的看法。我一直帶在身上，以防何時可能會見到你。不要現在讀。也許我會再見到你，到時候你就可以告訴我。」

傑克說：「他們在等你。」他沒有說：請你走吧；讓哥哥們照顧你；不要只爲了向世人展現你的勇敢而跟某個白人老混混來往。

但是她站在那裡，和他一起，在他身旁，時間長到足以明確表示她是故意的，向她哥哥表示，也向他表示。接著她說「傑克，好好照顧自己」，同時看著他以示強調，然後才走開。

> 人子啊，這些骸骨能復活嗎？主耶和華啊，你是知道的。[42]

他把她的詩摺起來，放進襯衫口袋，那裡不是那些討債的人預料他會放錢的地方。然後他吃了一個扭結餅，這是他重新思考自己人生的第一步。

首先要判斷的是，她這樣和他說話究竟是否出於善意。重新燃起他對她的思念，當他已經準備好相信那些灰燼已冷。另一方面，這又有什麼關係？在黑皮膚的黛拉和窮困潦倒、聲名狼籍的自己之間有著千百種障礙，而單是善意無法降低任何一絲。哪天他也許有機會說：你的那首詩非常如何如何，比如說非常深刻，而世人看見他們在一起，將會輕咳一聲，皺起眉頭，她的哥哥則會搭上前來聖路易的火車。而他將會悄悄躲開，希望沒有損及她的人生和她的好名聲。他應該讓她介紹馬庫斯與他認識的，假設馬庫斯願意。偷偷摸摸、迴避推託更會使人以爲有不恰當的舉止。

§

回到房間後，他決定不妨瞧瞧她那首詩。他雖然披著行爲不檢和困惑迷惘的外衣，體內卻住著一個極其自大的人。這怎麼可能呢？可是當他從無禮和酒醉的悲慘場景走開，搞砸了一樁美事，他不免有點幸災樂禍，預期這篇詩歌習作頂多只是平庸，能使他確信她就像大多數人一般。也許某本三流雜誌還保留著這種無病呻吟的文字風格，而讓她心中燃起了希望，甚至是自豪。再也不見到她會是件好事，免得他帶著無從解釋的自信，忍不住想要說出對她的詩究竟有什麼看法。尖刻地打擊她的幻想來使她難堪。當他想像著，任由自己去感受她的脆弱，昔日那份熟悉的疑慮掠過他心頭。老天，他已經澈底顏面盡失眞是件好事。

他把那張紙攤開。詩的下方寫著「湯瑪斯．特拉赫恩[43]」。噢。這幾個字立刻消除了他的傲慢。這顯出她的靈巧和善良，把自己置於就連他想像中的毀滅性批評也無法觸及之處，雖然她在寫下時幾乎不可能知道他的心態會因此轉變，不可能知道他會希望在心裡竊笑，毀掉他自己對她的幻想，扼殺還在他心中徘徊的任何希望。在這張紙的底端，她寫著：此言不虛。

好吧。

行事有如靈魂的確見到了

永恆的燦爛光明；
行事有如愛的確在天體之上燃燒，
即使是在骨灰甕中。

噢，可惜。「骨灰甕」（urne）太牽強了。能和 burn（燃燒）押韻的字有那麼多。此人可能是在靈感窮盡之前寫的。愛的確會燃燒，燒成灰燼，所以最終會落入骨灰甕中，大概吧。可是現在沒有人這麼說了。「陳腐」這個詞出現在他腦海中，聽起來會很有學問。事實上，她使自己變得脆弱。他可以選擇用這樣一個字眼來否定她的詩。他在這個念頭裡發現了一種喪氣的慰藉。

即使在曠野中，
行事有如的確擁有那無上的歡愉，
頓時證實、驚動了天使，
使之燃燒、完美；所擁有的不同！
這的確使人的行為增添了價值，

這有點道理，如果 perfect（完美）這個字的重音落在第二個音節，而使之成為動詞。他想問她此言哪裡不虛。「無上的歡愉」——如果他膽敢去想，他會想到和她在貝爾方丹度過的那個長夜，那座美麗的墓園。有那麼多天使在場，沒有一個被驚動、發出烈焰、從石身的束縛裡被喚醒，就連那個日日夜夜向一個嬰兒伸出雙手、但從未抱過她的天使也沒有。他笑了，想到那些天使得到解放，欣喜若狂，終於看見他們的存在所承諾的一切得以實現。這想必就是隱藏在那些雕像背後的夢想。那些天使將會打開棺木，抱起年老的甲太太和年輕的乙先生，歡天喜地，使得天使本身遠沒有剛被挖出來的屍體那麼神奇。有雙翅膀固然很好，發出光芒非常之好，可是聽見一陣熟悉的笑聲會是種幾乎承受不了的喜悅，一種屬於人類的喜悅，超過六翼天使所能體會到的任何感受，因為天使不可能識得死亡。所以這一點所言不虛。在這種令人驚愕的巨響和炫目中，哪種冒犯會被銘記？不能盼望的人還能許願。他不會寫信給黛拉告訴她這些，附上手繪的天使。

他把那個星期用來奉獻勞力，以推動商業的巨輪。而他果眞在舞蹈教室找到了短期工作。他理了髮，擦了鞋，又回去他曾遇見黛拉的那個跳舞場地，幾個鐘頭之後，她出現了，這一次是和兩個年輕女子一起。而這一次他朝她走過去，掀了掀帽子，招呼道：「麥爾斯小姐。」她的女伴相視一笑，也對他笑了笑，然後就走開了。考慮到她可能失去的一切，如果她能夠勇敢，那麼他肯定也能。他很慶幸自己鼓起了勇氣去讀她的詩，並且避免了應付一件尷尬的事實，亦即值得敬重的人——尤其是他的姊妹——也可能寫出很差勁的詩。葛洛莉哭過一次。看在老天的分上，當時她還是個小孩，他卻給了相當尖刻的批評。在他以無害爲志向之前，他還眞是個壞蛋。但別人會觀察你的反應，不管你再怎麼努力隱藏，他們很少受騙。監獄裡有個傢伙，在傑克尚未講到重點之前，就給了他一記左上鉤拳。

而黛拉在這兒，站在他旁邊，彷彿他倆不可能置身別處。人群在周圍說說笑笑，似乎一點也不在乎他們，足以讓他們走到人群邊緣，好聽得見對方說話，如果他們決定要說些什麼。

傑克終於開口：「我以爲衛理公會的人不跳舞。」

「長老教會的人跳嗎？」

「這一個跳。」

他們走到燈光照不到的地方，那裡有道臺階，往下走是殘舊的庭園、幾張野餐桌。他握起了她的手，她的手光滑、纖細，握在他手裡比他想像中還要完美。而她在他的臂彎裡感覺也很完美。

「這是一曲華爾滋。」他說。

她說：「我知道。」

他們跳起華爾滋，一連跳了四首曲子，兩首快，兩首慢，在曲子與曲子之間他們也跳著華爾滋，在最後一首曲子結束之後也還跳著。然後她說：「我得去找朋友了。別人會講閒話的！」當她走上第二級臺階，她轉過身來，掀起他的帽子，撫平他的頭髮，親吻了他的額頭，再把他的帽子戴回去。於是他親吻了她的臉頰。純潔，純潔。天上最嚴厲的天使也挑不出過錯。他們一起站在那兒，沒有說話，沒有碰觸。然後她跑上臺階。他跟在後面，確認了她和朋友在一起，才往下走進黑暗中，坐在野餐桌旁思考。

他有一份工作，在這個情況下是件很好的事。他需要練習幾種新舞步，但是這很容易。他的狐步舞非常扎實。他將會拿到酬勞，屆時他會考慮可以做哪些事——更確切地說，是一件事，亦即帶黛拉上樓去他的房間。經過前檯時，他們或許會聽見輕佻的玩笑，還有竊笑和瞪視，如果剛好有其他房客在附近。之後是他的房間，關上房門。他的房間非常整齊，窗戶上掛著類似窗簾的東西，還有他從哪裡弄來的兩張椅子。他可以把床推到一邊，空出位置來放那兩張椅子，再把床邊那張搖晃不穩的小桌子放在兩張椅子之間，這樣一來，如果想請她吃點什麼或喝點什麼，就能夠這麼做。這意謂著要挪動父親給他的那本小本《聖經》，當年他父親在一個週日清晨見到他坐在河邊，告訴他不妨認爲自己受過堅信禮了。「無形教會的正式成員」，說著笑了笑，再搖搖頭。「上帝保佑。」他記得父親的手搭在他肩膀上的那種感覺。那是個平靜安詳的日子，他父親很愉快，享受著那片寧靜，而傑克也一樣。那天是安息日，父親有身爲牧師的職責，但是幾乎捨不得離開。最後他說「嗯，晚餐會有烤牛肉，來慶祝一下」，希望能吸引傑克回家。父親從外套口袋裡掏出那本小書，擱在旁邊那塊石頭上，甚至沒敢放在傑克的手裡。他說「願主賜福於你，保護你」，讓這一刻帶點莊嚴，然後就走了。如果黛拉看見那本《聖經》，她會清楚知道那是什麼，也會知道他把它留在身邊多少年。沒有別的東西可讀時他就去讀它，書頁已然破舊。這必然會使一個牧師的女兒對他多點信任。在他腦海中，他把它放進衣櫃的抽屜裡。哪天也許會讓她看看，等她更了解他的時候。

帶黛拉上樓到他房間，好讓兩人能夠交談，向她展現他所能表示的歡迎和禮數——與要忍受的笑謔和侮辱相比，實在太少，似乎不值得一試。儘管如此，他將四處看看能否找到一具收音機。

隔天是週日，當他充滿了新的決心，卻迫使他無事可做。於是他整理了床鋪，刮了鬍子，出門去散步。城裡家家閉戶，但是教堂的門開著，傳出陣陣音樂和人聲笑語，還有焚香、百樂餐、香水的氣味。如同他父親所說，「齊聚在這些家戶裡那種特殊而正式的親密」。虔誠的義務得到滿足，虔誠的期望得到實現。他忘記了有這麼多教堂，對著冷冷的人行道開放，然後關上門，用他們熟悉的特殊語言來談論絕對的事物，提醒自己他們共有的生活和來世的生活，唱那些古老的歌曲。是的，家戶，在那裡，接納陌生人是個經常出現的議題，彷彿每個陌生人都想要受到包容，彷彿身為陌生人沒有自己的慰藉可言，例如習慣，還有其他一些他尚未想到的事。他察覺自己走下了人行道，避開三五成群聚在這些教堂門口的人。愛倫坡寫得貼切極了：鐘聲，鐘聲，鐘聲，鐘聲，鐘聲，鐘聲，鐘聲。[44]

他感覺到有什麼東西輕輕碰觸後頸，於是伸手去拍。是一條薄薄的布料，是他帽子逐漸解體的內襯。他摘下帽子，看進帽冠——奇怪的字眼，想著是否值得設法修補那磨損的緞面，還是要用膠水黏住，或是乾脆撕掉，一了百了。這時一枚十分錢硬幣落進了帽子裡。他抬起頭來想要解釋這個誤會，但是對方搖了搖手，想來是示意他無須道謝。那是一個黑人。等他移回目光，帽子裡有了更多的五分錢和十分錢硬幣，還有個老太太往手提包裡翻找零錢。「我只是在檢查帽子。」他說。

「當然是，親愛的。」她說著，放了一枚十分錢進去。「你進來吧。我們待會兒有挺不錯的簡餐。食物總是很多，吃不完的。」

那是間黑人教堂，他會覺得自己是個闖入者。那種奇怪的不自在。另一方面，被視爲乞丐令他窘迫難當。不管多麼落魄，一般而言他盡力不要淪落到那種地步，至少是在他沒有喝醉的時候。因此，爲了從屈辱的灰燼中挽救尚能挽救的自尊，他將走進那間教堂，找到奉獻盤之類的，把那些錢放進去。

教衆或是走在長椅之間，或是已經坐下，但有個年輕人站在教堂前廳，帶著低階職位人員的適度莊嚴，一位執事，一個帶位員。傑克向他伸出帽子，讓他看見裡面的東西，然後說：「那是個誤會。我只是在看帽子的內襯。」要眞正說出那是個什麼誤會，他說不出口。

「喔，我明白了。」那個年輕人的得體應對使傑克意識到這樣的揭露多麼可怕：帽子歷任擁有者的生髮水逐漸侵蝕了它，鳥巢般的緞面汙漬斑斑，部分破舊不堪。看起來像是無盡的幻滅，就像具有腐蝕性的念頭一步步鑽透他的腦袋，被習慣性的尷尬和懊悔稍微抑制。還加上了那些五分錢和十分錢銅板。他說：「我只是想把這個給你。」那個年輕人看著他。於是他說：「這些錢。」出於自尊心，同時也想要表明用意，他從自己的口袋裡掏出一美元，也放進帽子裡。「我明白了。」年輕人說，小心翼翼地接過那頂帽子，然後想起了職責所在，說道：「請加入我們的主日崇拜。歡迎你。」說完就拿著帽子走開了。擺脫帽子花了傑克一美元，一美元加上可觀的羞辱。他只是出門散個步，沒有惡意，卻遭遇了這種情境。他想，在宇宙正義的計算中，這些小密碼想必就和那些大哉問一樣難以解答。如果他的錯誤在於想像「無害」等同於「無足輕重」，彷彿他能夠藉由澈底的清靜無爲來逃避生存及其後果，在他踽踽獨行的道路上仍然會長出多刺的薊草，提醒他：意義可以有一個小數點，在數字前面有一千個零，卻仍舊不變，仍舊可以允許某些以「很難說」或「無可否認」開頭的結論。他在最後一排長椅上坐下，離他最近的教區居民坐在幾尺之遙。

牧師是個矮個子，嗓音宏亮溫暖。「親愛的朋友，讓我們一起祈禱，讓我們全心信靠了解我們並且愛著我們的天父。」

上百個人低下了頭。傑克想到這裡可能有人認識黛拉。傻念頭。如果聖路易的居民有半數是黑人，就使任何一個黑人認識她的可能性加倍，但是機率還是很小。這沒有意義。它把黑人拿來和一種想像中的「大眾」相比較，對這種「大眾」而言，「白人」或「有色人種」這些字眼並不適用，而這種大衆並不存在。如果說那裡存在著兩個城市，一個是黑人的，一個是白人的，這話既是眞的，也不是眞的，而且反正不是重點所在。坐在他周圍的這些人似乎是浸信會教徒，他們的親戚朋友可能也是，而黛拉是衛理公會教徒。人們並非隨隨便便就會相識。可是身爲白人，他在黑人的城市裡覺得自己很醒目，或許更可能以某種方式被當成一則軼事提起，乃至於這個愚蠢的小插曲將會餘音繚繞。假定他沒有取回帽子，而他們留下這個可悲的東西，擺在桌子或架子上，以防萬一他再來的時候有人能替他拿來——換句話說，就是擺在不該擺的地方。人們會問：那頂舊帽子是誰的？而回答將是：你還記得那個瘦巴巴的白人嗎？在教堂門口乞討的那一個？上個星期，上個月，去年？而這件事將會流傳下去，最後傳到她耳中。

即使這般擔心受怕，他仍留意著周遭，試著跟衆人一起搖擺、歌唱、拍手，並且偶爾說聲「阿們」。他並非無法裝作是個浸信會教徒，但是他體會到他的確是個長老會教徒，不管這對他來說意謂著什麼。他體會到了這一點，雖然沒有明言，意識到必須換掉那件雙排釦西裝，拿去交換一件更寒酸一點、但不帶著將就意味的西裝。

忽然意識到這兒離桑訥中學不遠，黛拉任教的學校，他憂心忡忡。最近他一直小心地避免從那所學校旁邊經過，也不要走近，一旦心不在焉，他就又或多或少故態復萌。校工或是圖書管理員很可能就住在這附近，並且來上這個教堂。她將會得知一切。一陣羞慚通過他全身。他伸手去找手帕。天哪，他多麼突兀地在用手帕擦臉，眼睛刺痛，坐在他旁邊的人此刻帶著溫柔的關切看著他。

他尷尬得無地自容。牧師不時提到懺悔這字眼，但沒有特別指明對象。然而，他周圍的人想必認為他，傑克，正在苦苦懺悔，重新思考他不潔的生活。而事實上，他在納悶自己為何要如此痛苦地懺悔，尤其他就只是在人行道上停下來檢視帽子的內襯，並沒有做什麼更丟臉的事。如果人的墮落使得罪惡無處不在，無法逃避，那麼懲罰就可能是突然而任意的，並不指涉特定的過錯，以引起世人的注意，以作為最終秩序的保證；在人類墮落之後的世界裡，所有的過錯想必或多或少互相重疊。他用這套說詞來解釋大多數的倒楣意外。這套說詞沒有多大用處，除了在回顧之時，而回顧的時刻尚未到來。先前拿走他帽子的年輕人沿著走道走來，收取奉獻，無益的自尊迫使傑克掏出另外一美元擱在奉獻盤上。他的帽子、他的兩美元、他的個人尊嚴、很可能還有他想在黛拉眼中維持一丁點地位的任何希望都蕩然無存，就只因為他決定出門散個步。難怪他會酗酒。

他差點忘了帽子就離開教堂，於是他逗留了幾分鐘，四下尋找那個年輕人。先前邀請他來共餐的女士帶著不容推卻的親切，挽著他的臂彎，帶他走下樓梯，去到地下室——說得更具體一點，是教堂的地下室；世上所有的教堂地下室都很相似，不像其他任何地方。由於懷舊之情，他的心一沉。桌椅由於無情的使用而殘舊，以《聖經》經文爲主題的兒童創作裝飾著牆壁。一架直立式鋼琴。也有個廚房，爐子上擺著大鍋，還有用火腿骨煮豆子和玉米麵包的氣味。那個女士說：「你坐在這裡，我去替你拿盤食物來。大家都在排隊，排著排著閒聊起來就忘了爲什麼排隊，後面等的人就愈等愈餓。」

傑克說：「這位太太，你眞好心。我好像弄丟了我的帽子。」她說：「一件事一件事來。」然後她的確替他端來了豆子和玉米麵包，動作之迅速，似乎暗示出她把他視爲一個緊急情況。他知道是他削瘦和飢餓的模樣促使老太太採取行動，激起了她們的同情心，使得他在她們眼中成了一個中年孤兒。豆子的味道很好，所以他吃了，雖然這更會使別人把他視爲乞丐，而不僅僅是個遭命運捉弄的紳士。玉米麵包也很好吃。

她又替他盛了一盤。食物安定了他的心緒。被這麼多的人聲笑語包圍，他有了一點交談的興致，雖然想不出能對誰說些什麼。他走到鋼琴旁，摸了摸幾個琴鍵，唱了起來：「眞心摯誠，才不負一切信任；反省潔淨，才不負眾人關心。」[45]這首聖歌來自他懷舊的沉重心情，是他自己並不認同的童年願望。

有人說：「彈彈這首歌吧！」於是他從頭彈起，加上了一些裝飾樂段。眾人鼓掌，一、兩個人說：「不賴！」然後有人說：「瓊斯小姐，換你來彈，讓他見識見識！」那個矮小的婦人搖搖頭，似乎在拒絕，然後坐下來，彈了一首令人嘆爲觀止的〈萬古磐石〉（"Rock of Ages"）。

「輪到你了，小伙子。」她說。

「我沒辦法彈得像你這樣好。」

她笑了。「這兒應該也沒人這麼想。」

於是他彈了〈古舊十架〉（"The Old Rugged Cross"），並不完全像他替那些囚犯的葬禮所彈的，因爲他是在教堂裡，但也夠接近了。衆人鼓掌，然後說：「換你了，瓊斯小姐。」

她搖搖頭。「我還有事要做，我得回家了。」

傑克說：「對，如果我能找到我的帽子，我也要走了。謝謝你。非常感謝。」

「喔，你隨時可以再來。我可以教你幾手！」

她是笑著說的，但是他說：「那就太好了。」

「你的帽子來了。」

那個年輕人走下臺階，指尖捧著那頂倒放的帽子，像個沒有重量的容器，錢還在裡面。看見那些錢，他震驚又難堪，考慮著要解釋「這是個誤會，我是想要歸還這些錢，我不是個乞丐」。但就連想要否認也令他難堪，彷彿聽見了那些客套話穿過他耳中血液的低聲轟鳴——他應該要再來，總是會有一頓豐盛的餐點，那架鋼琴也乏人彈奏。好的，好的，他說，再見。他肯定再也不會踏進這扇門，這裡每個人都認為他是門外人行道上的那個乞丐，那個一聽見牧師提到懺悔就要拭淚的陌生人。也許有人知道他是誰，而把這個可憐的故事講給黛拉聽，沒有一點是眞的，但是他知道聽起來完全可信。

下一個週日，他爲了兩個理由而回來。其實是三個。首先，他可以把那些硬幣擱在奉獻盤上，糾正幾件錯誤，哪怕沒有人注意到他這麼做。要合理化由於良心不安而採取的行動，形而上學大有助益。其次是那頓晚餐。再來就是一整個星期他都感覺到〈救主我們因祢話〉（"Blessed Jesus"）、〈禱告之時〉（"Sweet Hour of Prayer"）、甚至是〈聖哉三一歌〉（"Holy, Holy, Holy"）在他指尖。因此他想不妨再去教堂，讓自己接受一些道德教化。他記得有優美的女高音從信衆中悠揚響起，來壯大唱詩班的歌聲。他甚至對於自己引發了教堂會衆對迷途羔羊的照料和有所節制的熱情而感到欣喜。

在舞蹈教室的工作也相當順利。幾個教練早早抵達，在地板上撒上蠟粉，在上面走動或旋轉，弄得滑滑的，賣弄著優雅，準備好在顧客面前裝裝樣子。他們研究圖譜，照著跳，直到能輕鬆自如地跳出那些舞步。他將摟著搽了香水的女子整天重複這些舞步，一、二、三，一、二、三。這證明了這個世界的怪異，一份完全無害的證明，而且那裡有音樂。一天晚上，在回家的路上，他買了一小株開了一朵紅花的天竺葵，放在窗臺上。這是爲了改善黛拉對他房間的印象所做的第一步，如果有一天他眞的鼓起勇氣把她帶進房間。可是那株植物深深改變了他自己對這個房間的印象。有一夜他甚至夢見了那些厚重的鞋子踩在樓梯上，是警察，但是這一次他們進門時，那株天竺葵分散了他們的注意，彷彿駁斥了懷疑，掃除了警方對於他這種人的反感。這株天竺葵的影響在他感覺上如此之大，即使是在白天的光線裡，乃至於把它留在原處是個眞正的決定。如果放在衣櫃上或是床邊那張桌子上，也能發揮效果。

週六來臨，而他身上有一點錢，於是他去了二手書店，最近他常去，想著也許能找到一本書，可以放在黛拉門前的臺階上。沒有什麼合適的書，沒有《豪華時禱書》。[46]沒有什麼古色古香的希罕東西，沒有令人亮眼的珍本，在那個瀰漫霉味的小小洞穴裡，牆上擺滿了每一種文類的失敗作品，隨著歲月流逝而變得更加單調乏味。然而，那大量的書籍及其氣味總是使他想像著有那一本純粹而完美的書存在——毫無疑問是詩集，勉強從某種古老的語言翻譯過來，帶著一種樸素的陌生。書店老闆是個衣服皺巴巴的大塊頭，不舒服地弓著身子坐在高腳凳上，看著他，顯然提防著他玩什麼花招，摸走某本沒有價值的小冊子或是回憶錄。這成爲傑克對於商業本質的偶發性探究的一部分。此人想必認為自己的時間一文不值，因為世人對他那批藏書的估價大約剛好是零，而此人對他自己來說也是個成本，因為他得要吃三明治，還要嚼菸草，更別提一個人若想維持最低限度的體面所需要的那些零碎東西。再加上一直開著電燈的費用。除了稍微打掃一下，此人的主要工作似乎就是盯著傑克，而為了不要干擾這種奇怪的平衡，傑克從沒偷過任何東西。這打發了時間。

然後就又到了週日。作為準備，傑克給自己買了一頂新一點的帽子。他把那頂舊帽子收進衣櫃抽屜：儘管發生了那一切，因為黛拉曾經碰觸過它，它成了一件神聖的物品。他走到那間教堂，走進門裡，回應了那個年輕帶位員的問候，對方似乎很高興見到他。他在他認為屬於自己的座位上坐下，和鄰座互相點頭致意。

結束禮拜的賜福祈禱之後，他走下樓梯，一群不到他胸口高的孩子嬉笑著跑過，像一群鳥兒般一心一意去做他們打算要做的事。遠處的牆邊有一張空桌，傑克朝那兒走去，經過那些對他微笑、點頭致意和問候的人，他也點頭來回禮。他坐下來。沒有人加入他，這就是他的本意，卻還是令人尷尬，尤其是因為他們都正確地理解了他想獨坐的願望，但無疑沒有注意到其中的矛盾心理。瓊斯小姐不見蹤影。

他坐在那裡，試圖擺出輕鬆隨意的樣子，雙腿交叉，盤起雙臂，轉著腳跟，不知道該看向何處。這沒有意義，他想，使他出汗的那股熱氣就只是熱氣，使他在那個昏暗角落感覺到自己無處可躲的光線就只是光線，如果有一個時間，當散落在宇宙中的萬物都聚集成其本質，這就的確是熱氣，的確是光線，沒有被稀釋成爲溫暖和照明，少了那些哄勸的話語。這股熱氣會熱到足以燒傷，因此地獄的存在是不容爭辯的。如果他能夠看見餐盤堆放在哪裡，他就能走過去排隊，而不至於引起太多注意，不必去問任何人。去加入排隊的行列似乎是種冒昧，在某種程度上要比偷竊更糟。你無法從教堂提供的晚餐偷走食物。太遺憾了。

而果然，牧師來了，端著兩個盤子。他停下來和坐在另一張桌子的一家人說話。教眾總是想和牧師說話。他們談笑了一會兒，然後他走到傑克這桌，把一個盤子擱在他面前，另一個盤子擱在他對面，一邊說「請坐下」，這使傑克意識到自己站了起來，雖然牧師長得並不像他父親。「我想你也許會想吃點東西。豆子和米飯。你曉得的，教會得把一個錢當兩個錢用。」這話是爲了使傑克感覺自己更像個客人，而不像個托缽僧。他父親也會對某個寒酸的外地人說類似的話。事後他會說：「是的，一個不尋常的人。他似乎夠聰明，也許不太老實。」而那個陌生人將會走出孤獨，被希望或是鄉愁所打動，然後又溜回孤獨中，一走開就被遺忘。傑克看得出來那個牧師在打量他，十分得體，乃至於幾乎沒有刺痛他。他的袖口磨損了，他沒有特意遮掩，但是他感覺到那硬擠出來的微笑漸漸成形——我知道你看見了什麼，我知道你怎麼想——

於是他低下頭來掩飾。那人忖度著要如何跟他說話。「我是這間教堂的牧師，山繆．赫欽斯。」他說，隔著桌子伸出手來。

「約翰．艾姆斯。」傑克說，出於某種原因，同時握了握他的手。

「你是教會的子民，我想。」

「是的……不盡然。我父親是位牧師，曾經是。他還在世，我最後聽說到的是這樣。他失去了他的教會，我相信那是我的錯。」他清了清嗓子——人們這麼做，有時是爲了讓自己說的話聽起來合理，否則聽起來就可能不合理。

「你的確熟悉那些聖歌。我上個週日聽你彈過。」

他說：「很難忘記。」然後說：「我很敬重我父親。我不是想暗示……」

「不，我了解。身爲牧師的兒子可能並不容易，我經常看見這種情況。也許景仰本身就是問題的一部分。」

「我一點也不像他。我長得像他，以前大家常這麼說。可是我知道年紀改變了他。然後我母親去世了，而我……」他聳聳肩。「我就是我」。

牧師從善意審視的冷靜距離之外看著他，一個原因也許是傑克說話有點太快。他說：「也許你是期盼有人叫你回家並且花點時間陪陪你父親。我會樂意爲你這樣做，你只要說一聲。在我看來，你可能需要一點寬恕。」

傑克說：「我這一生的每一天，他都在寬恕我。從我出生那一天起。母親生我的時候，是難產。」他但願可以抽菸。這些坦率從何而來？他說：「寬恕讓我害怕。它似乎是懊悔的一種解藥，而有些事我沒有徹底懊悔過，也永遠不會徹底懊悔。我知道這是事實。」

牧師摘下鏡片厚重的眼鏡。金絲框適應了他的臉，宛如成爲他五官的一部分。當他摘下眼鏡，他眼睛周圍的皮膚顯得柔嫩，像是隱藏的自我。他用一根手指和拇指揉揉眼睛，用手帕的一角擦拭鏡片，那條手帕很大——傑克的父親曾經一絲不苟地熨燙十幾條大手帕，然後摺好，一邊說：「我必須準備好面對教眾的悲傷。你不見得能預料到悲傷的到來。」

牧師又把眼鏡戴上，然後露出微笑，彷彿他在短暫離席之後剛剛回來。他說：「艾姆斯先生，如果主認爲你需要受到懲罰，你可以信賴祂會處理這件事。祂知道該去哪裡找你。而在這段時間裡，如果祂向你展現出一點恩典，祂可能並不會介意你享受它。」

傑克說：「我不確定這就是所發生的事。我並不總是很清楚要如何分辨恩典和……呃，懲罰，用你的話來說。」如果對某個人的思念使你的生活變得甜蜜，使你的生活變得可堪忍受，即使你知道只要被人看見和她一起走在街上就可能對她造成傷害，這算是恩典還是懲罰呢？他說：「其實我並不相信上帝。對不起。這可能意謂著我一直都在浪費你的時間。」

「不，不。」牧師輕聲說，若有所思。「一切都歸結於此，對吧，這個大哉問。」

「我甚至從來都不理解信仰和假定之間的差別。從不。」他注意到自己的聲音有點咄咄逼人，是他沒有料到會從自己口中聽見的。

牧師瞄了一下手表。他說：「三分鐘後我要開會。所以我有三分鐘的時間來回答你的問題，或者你可以下週日再來，那我就有一個星期的時間來好好思考。」

「下星期。我會設法過來。」還眞是個忙人。

「我將把這視爲一份好意，我會好好想一想這個問題。你剛才用的字眼是『假定』嗎？別站起來。」

他還是站起來了，於是他們握了手。當他端起盤子，一個年輕女子說「讓我來吧」，帶著那種格外親切的強調，這份善意的意義超出其本身——沒有人在乎你多麼不屬於這裡，至少我不在乎。傑克點點頭，在其他任何人能夠跟他說話之前就走上了樓梯，見到那個牧師又走下樓來。「我在找你，艾姆斯先生。我只是想再跟你說一、兩句話，如果你不介意。」他輕聲地問：「你還好嗎？」這個問句不帶有那惱人的語氣。

「是的，還好。」

牧師比他矮一個頭，站在高他兩級梯階的地方，端詳著他的臉。「嗯，我很高興聽見這個回答，有時候人們帶著大哉問來找我，而我發現他們其實另有心事。在那個大哉問之外。」

「什麼？自殺嗎？我不能那樣做。在他還活著的時候不能。我是說我父親。所以我還好。」對方的眼神驚愕中帶著溫柔，於是他移開了目光。他想，如果我更常說真話，也許我就會更加擅長。

牧師的手輕輕歇在傑克的肩膀上。「嗯，知道你還好，是個好消息。」彷彿就此把疑慮擱在一邊。「那就好，你多保重。」傑克從他身旁走上樓，走進門廳，然後走出門外。

一走到人行道上，他就把帽子一歪，表示他不是會上教堂的那種人。輕佻。他點了一根菸，感覺到又漸漸變回了自己，幾乎是種解脫。那些白色的手帕幾乎一模一樣，除了他母親在布料可能磨損之處的織補。說不準哪條手帕曾經拭去因分娩而垂死的婦人臉上的汗水，哪一條曾經擦乾一個孤兒的眼淚。當他父親從口袋裡掏出手帕，擦掉沾在傑克下巴上的牛奶，感覺就像是進入了令人難以忍受的謎團，使他不願意吸氣。這個牧師在用拉撒路裹屍布的一角擦拭潔亮的鏡片，爲了供下次使用而仔細洗滌過。這些牧師太過熟悉絕對的事物。聽見「自殺」這個字眼時傑克嚇了一跳，雖然是出自他自己口中。唉，又是一件需要擔心的事。

赫欽斯牧師是個嚴肅的人，這使得傑克有某種義務要對他誠實。這是他對自己的行爲做出的最佳解釋。他聽見自己彷彿在對父親說出他永遠不會對父親說出的事。嗯，赫欽斯的確像是個行事謹慎的人。他的背心很合身，不緊，也不新，顯示出經年累月的自律。他是那種在你對他說話時會移開目光的人，彷彿在看著一個故事或一個想法在他的凝視下成形，樂意笑出聲來或補充幾句，或是思索一個故事的悲哀，這個故事現在既屬於講述者，也屬於他。一個尊重別人的人。傑克將會在下個週日回去，以證明他沒有死，在這種情況下這似乎很公平。

當他回到寄宿公寓，上樓回到房間，見到管理員和他某個朋友正看著那株天竺葵，雙手扠腰，像是在問：搞什麼鬼？管理員朝他轉過身來。「一朵花？」

「一朵。沒什麼害處。」

「沒有人帶花來這裡。」

「這是天竺葵。」傑克說，雖然毫無意義。

「誰在乎它是什麼？」

這是個無法回答的問題。

「總之，這裡他媽的太乾淨了。你是等著有人來吧？要記住，這是間規規矩矩的公寓。」

它不是，但是沒必要討論這一點。傑克感覺到自己脹紅了臉，就要冒汗。他那整個可悲的計畫被賦予最糟的詮釋，只因爲他在窗臺上擺了一朵該死的花。他想著這個，邊想著他看起來會有多可笑，不管是在口袋裡掏來掏去地找手帕，或是用衣袖來擦臉，還是就只是站在那裡流汗。

管理員看著他，幾乎在微笑，然後對另外那人說：「我們還有工作要做。」說完他們就走了。一個玩笑，但也是個警告：我想要羞辱你就可以羞辱你，讓你的訪客在場目睹。

殺人的念頭在傑克腦中停留沒有超過十秒。自殺的念頭從他心頭閃過，但他的確已經發誓不這麼做。這是眞的。剩下能安慰他的，就只有一個尙未成形的計畫，等到要繳房租的時候，他就從防火逃生梯滑下去，溜之大吉。這個計畫他想過上百次了，或是上千次，就像一個沒有暴力衝動的人可能會允許自己夢想著報復一樣頻繁。如果以他所躺的床爲中心，那麼他可能會在街上遇見這個被騙的管理員的區域，就是他最好不要另覓住處的方圓範圍。在那之外是整個聖路易和整個世界。他有那座墓園可去，但是他能夠忍受多久不刮鬍子也是有限度的。一天或兩天。他討厭和衣而睡。無論如何，對一個擔任舞蹈教練的人來說，這也不切實際。他花了幾個鐘頭思索，嚴重的不對稱、不均衡何以可能是上帝創造世界的結構性原則。強大的敵意對上無害的幻想。宇宙的混亂失序。萬物的混亂失序。他沒有發現哪本書有這種書名，他去找過。

於是他在這裡，像撒旦一樣遭到猛擊，墜落著穿過翻騰的虛空。他無法阻止自己去想，瑣屑與瑣屑相加個多少次，最後應該會具有某種虛無、非存在的特性。但相反地，一個他無疑永遠不會執行的計畫可能會分崩離析，成爲它原本就是的虛無，因爲某人開了個廉價的玩笑，而這個計畫在某種程度上似乎使他寒傖的生活無中生有地變得神聖，愉快的期待似乎像日光一樣眞實。他和公寓管理員的相似之處在於他們兩個都無足輕重。不管少了他們當中哪一個，沒有誰會看著這個宇宙說：很好，就只少了一樣東西。既然如此，爲什麼他的心智能夠創造出半個天堂，而那個管理員卻毀了它；一方創造，另一方取消創造，就像交戰的天神？至少在此刻他覺得事情是這樣。無意義的事物並非避難所。巨大的悲慘和巨大的希望可以在最小的縫隙裡繼續交戰。

然後門開了一點，公寓管理員把一隻小貓扔到傑克的床上。「女生喜歡貓咪。」他說，然後把門關上。這是和解之意。傑克想不出別的方式來解釋，雖然他當然懷著戒心。那隻貓還不錯。灰色毛皮配上深灰條紋，或是反過來。牠沒有跛腳，也沒有咳嗽，眼睛、耳朵、尾巴完好無缺。如果這隻貓涉及某種詭計，那也並不明顯。牠蜷縮起來靠在他身邊。他去摸牠，牠發出呼嚕呼嚕的叫聲。

不管那株植物有何討喜之處，都由於這隻貓而增色不少。他又想像著黛拉走進他的房間，安靜地，試探地。她會環顧四周，看看這是個什麼樣的房間，然後被某件東西吸引，放下心來。首先是衣櫃上那疊從圖書館借來的書，全都是詩集。然後是那株花和那些書。他把那條河流的一小張照片也放在衣櫃上，然後又放回手提箱裡——如果公寓管理員注意到，可能會把它偷走，實際上偷走或是等於偷走。還有那睡在陽光下、睡在天竺葵旁的貓咪——他必將凝視她的臉，看著她的表情因為某件吸引她的東西，變得明亮起來而且溫柔。屆時他會請她坐下，但是她會先走到窗前，例如摸一摸熟睡貓咪的爪子，讓貓咪的一隻耳朵輕輕動一動。

沙丁魚應該會讓貓開心。他拎起牠，手托著牠的肚子，把牠抱下樓，牠雖然警覺，卻沒有抗拒，對這隻動物來說，世界已不再是牠筋骨中那股本能衝動與求生能力的問題，那些衝動使牠潛行在未被驚動的麻雀、以及在同一個垃圾桶覓食的冷眼海鷗之間。傑克讓牠滑進口袋，他花了一點時間買了一盒餅乾和一罐沙丁魚。

他在寄宿公寓門口的臺階上坐下，把錫罐的蓋子向後捲，捏起一條小魚放在掌心。那隻貓咪吃了那條魚，用腳爪撐住身體，把傑克的手舔乾淨。又一條沙丁魚。傑克把第三條和第四條擱在一片餅乾上自己吃。相當愉快，一個人和他的貓。牠跳下去，鑽進灌木叢，一絲不茍地撥土並且覆蓋那地方，然後回到他身邊。他又將牠拎起，手托在牠肚子下面，因為他喜歡感覺到牠的心跳，然後走進屋裡。

公寓管理員說：「你覺得這隻貓怎麼樣？」

「似乎挺不錯。」

「你不喜歡牠？」

「我挺喜歡牠。」

「那好。五塊錢。」

「什麼？」

「三塊半。我會記在你的帳上。」

「你想賣給我一隻貓？牠就像聖路易街頭巷尾的任何一隻貓！」

「的確。而且反正這間公寓規定不准養貓，也不准養狗。何況牠沒有一點特殊之處，所以沒有理由為了牠而付錢給我。這倒是眞的。」

傑克仔細檢查過牠。牠沒有任何足以識別的特徵，也還太年幼，沒有任何足以識別的行爲。「這太可笑了。」他說，然後把牠放回口袋裡。可是這一次牠跳了出去，跑走了。管理員一把抓住牠，把牠扔出門外。「像這樣的貓成千上萬，偶爾給我幾塊錢來賠償損失，我就睜一隻眼閉一隻眼。如果你決定想要一隻貓。」

傑克走出門外。沒看見貓。他走了一圈，惹惱了那些鴿子，他看進垃圾桶，再看看垃圾桶周圍，那份關注看在路人眼中想必相當可憐。然後他去先前買沙丁魚的那家商店，再買了一罐。他開始計算與這隻貓有關的花費。但是他在門階上坐下，把罐頭打開擱在身旁。兩隻貓出現了，然後是第三隻，全都是灰色皮毛配灰色條紋，全都尙未長大。接著又來了第四隻小心翼翼的小貓，灰色皮毛配灰色條紋。他用手指捏起一條沙丁魚遞給牠，用另一隻手抓住牠，把那油滋滋的罐頭留在門階上，讓其他幾隻貓去搶。當他走進屋裡經過櫃檯，管理員把目光從報紙上抬起來，說：「這不是同一隻貓。」

「我不在乎。」傑克裝出一副他其實感覺不到的漠然。等他回到房間，關上了門，他仔細檢查那隻生物，看是否有任何足以辨識的特徵能夠證明這不是他的貓，但是牠沒有，這完全證明不了什麼。怎麼會這樣呢？他大腦的那個部分又搜尋起相同的例子。每一個缺陷都是獨一無二的，可是在理論上，一隻完美無缺的貓和其他一百萬隻貓卻是難以分辨，雖然實際上也許只有一隻完美的貓。好吧，他會把這當成他的貓，並且在牠身上作個記號，在耳朵上弄個刻痕，弄缺一根腳趾，好不再受騙，把沙丁魚浪費在一隻無權要求他餵養的貓身上。想到要傷害這隻生物，這個念頭令他作嘔，於是他拍了點刮鬍水在牠身上，以便在必要時讓牠和其他的街貓有所區別。牠鑽到衣櫃底下，對著他的鞋子嘶嘶叫。他把牠拎出來，擱在窗臺上。牠跳了下來。他又把牠放回去。牠又跳了下來。

公寓管理員通常會在九點鐘左右去某個地方，在四十分鐘後回來，身上帶著並不令人羨慕的晚餐的氣味。傑克聽見前門關上，他伸手到衣櫃底下去抓那隻貓，把刮鬍水噴了牠一身，理由是牠很可能會試圖逃走，然後把牠裹進那件棕色的V領毛衣，毛衣肘部貼著皮補丁，有著老式的鈕釦，是泰迪留下來給他的。他肯定是好意，但只能說明他認眞而忠誠的弟弟在不知不覺中把他給忘了。隔著蓬鬆的衣料他感覺到那細小尖牙的戳刺，還有那仍舊透明的爪子，時間長得出乎他的預料，然後牠就睡著了。他走了好幾里路，不允許自己有一絲懷疑，不去考慮此舉是否明智或得體，他來到黛拉的住處，在門階上坐下。他就只打算在黑暗中坐在那裡。反正，管他呢。這將是他的告別。她會明白的。一個渾身酒氣的流浪漢也許會和她擦肩而過，而她會想起傑克，突如其來地，無法解釋地。他差點笑了。

門廊的燈光亮起，隨即熄滅。然後門開了，黛拉走出來。「我就想著是你。」她說，在他身旁坐下。毛絨絨的拖鞋，蓬鬆的袍子，捲著髮捲的頭髮用一條方巾束著。天哪，她剛洗過澡，身上還有餘溫。她說：「沒有人像你一樣不發出一點聲音。」

多美妙啊。她的聲音對他來說不僅是種解脫，最本質的同伴情誼，彷彿他們倆同在這世間，獨一無二，像兩個迷路的天使，不顧一切。他說：「我想你也許會想要一隻貓。」他在貓能掙脫裹住牠的毛衣之前，抓住了牠，遞給黛拉。貓咪嘶嘶吼著。他為什麼這麼做？他知道貓在黑暗中把自己變成了惡魔，齜牙咧嘴，耳朵平貼，瞇起眼睛，後腿掘著她的手。「我的房東不想讓我留著牠。來，你最好讓我抓著牠。」

牠在她手裡又咬又掙扎，從牠瘦小的身體發出哀怨的咆哮，但是她把身上那件袍子的衣袖拉下來遮住手，牢牢抓住了牠。她笑了起來。「牠聞起來像刮鬍水，很多的刮鬍水。」

「這我可以解釋。」他說，雖然他寧可死掉。

「現在我得進屋裡去，帶著刮鬍水的氣味！全身都是刮鬍水的氣味！我就說……我該怎麼說呢？屋裡一整個月都會有這種味道。」她的聲音裡帶著笑，感謝上帝，因爲她完全有理由生他的氣。他應該要考慮清楚的，可是他沒有料到眞的會見到她。

「我其實沒有料到會見到你。」他說。

「你打算就這樣坐在夜裡？你和你的貓？你就不能敲個門嗎？」

「黛拉，我很可笑。這永遠不會改變。每一天都是一個新的證明，一個充分的證明。舉例來說，這可能甚至不是我的貓。」沒必要去談這件事。「這就像一個詛咒，和一個詛咒一樣永遠持續，除了它是如此微不足道，如此毫無意義。半數時候，當某件事情發生，我就想著：感謝上帝，黛拉沒看見。我是想來跟你說再見的。總之，是在我心裡。而我知道，只要在這裡待個幾分鐘，就能使我平靜下來。最後一次。『一切損失全都收回，憂傷也化爲烏有。』[47]最後一次。」

「我喜歡這首詩。」她輕輕地說。「親愛的朋友。」

「是的。」

他們靜默不語。

然後她說：「這是你唯一一次像這樣到這兒來嗎？有幾次我以爲你在這裡，可是等我出來看，你卻不在，我以爲是你溜走了，而我錯過了你。所以現在我穿著浴袍在這兒，頭上捲著髮捲，因爲這一次我不想錯過你。」

「謝謝你。」

「不客氣。」

「這對我來說意義重大。」

過了片刻，她說：「這是眞實的。那份平安。」

「『上帝所賜、出人意外的平安』[48]。抱歉，我不該開玩笑……」

「不，那的確出人意外。一定意謂著什麼。」

「沒有什麼一定要意謂著什麼，就我所知。嗯，這的確意謂著我太喜歡待在我不該待的地方。也就是在這裡，在你的門階上。但這是它的效果，不等同於其意義，如果它有意義的話。」

路燈的光線柔和地照在她的眼睛和臉龐上。她揉搓著貓咪的肚子，若有所思。

過了一會兒，她說：「如果你發出一個聲音，那就只是一個聲音，除非這個聲音屬於一種語言，那麼它就是個字眼，帶有某種含義。它不可能不意謂著什麼。」

「『這日到那日發出言語；這夜到那夜傳出知識。無言無語，也無聲音可聽。他的量帶通遍天下，他的言語傳到地極。』[49] 這就是你的意思嗎？我以前會背誦一些東西，這我相當擅長。剩下的部分我忘了。太陽『又如勇士歡然奔路』之類的。你剛才說的那段話是你剛剛想到的嗎？那很有意思。」

「噢，不。我想我大概是一個星期前想到的。在我腦子裡，你和我總是辯論不休，通常是我贏。」她笑了。「不過，我是認眞的。」

「所以，如果我去同意我不能同意的事，一切就有了意義。」

「嗯，換個說法。如果承認某些事，世界就有了意義，這會使人有理由去尊重……假說。」

他的確尊重這個假說，然而，感覺到那股熟悉的擔憂和衝動，他知道機遇又一次使他太過接近一件脆弱的東西。他說：「看看我們的生活，黛拉。我得在黑暗中偷偷摸摸地到這兒來，只爲了偷偷和你講幾句話。這是語言呢，還是噪音？」

「你不得不這麼做，這是噪音，而你無論如何還是這麼做了，這是語言。」她輕輕地說：「也許是詩歌。」

好吧，他將會想著這番話一段時間，喚起對幸福感受的記憶，那份感受在當時令他驚愕。爲什麼這種情緒會像恐懼一樣突然？它有什麼用處，如果不能用它來做任何事？身體承受了幾秒鐘愉悅的困惑，幾秒鐘的脆弱。爲什麼呢？他站起來，從她身邊走開，想看著她：她裹著布巾的頭，她細長的脖子，那件寬大的袍子垂罩著她。毛絨質料，他的姊妹也會穿的那種，而且普通，可能是粉紅色的，但是在那昏暗的光線下如此優雅。

她驀地也站了起來。「我得留下這隻貓。牠是我的藉口。」她走上臺階，走進門裡。他聽見她對羅蘭說：「對不起，如果我們吵得你無法睡。我知道，羅蘭，我很抱歉。」然後那扇門關上了，但是沒有鎖上。於是他摘下帽子，打開門，走進那個房間。窗前那張小桌，鋼琴上那幅耶穌畫像，這一切都如此熟悉，或者至少是記憶猶新，乃至於他幾乎覺得自己彷彿有某種權利待在這裡。

羅蘭說：「喂，你以爲你在這裡做什麼，就這樣走進來。你走開。我要大叫了。」

可是，反正，管他的，他走向黛拉，摟住了她。

「稍等一下。」她說，把貓咪放在沙發上，再回到他的懷抱，而他們就站在那裡。

羅蘭說：「他們在孟斐斯會聽到消息的，我可以肯定地告訴你。」還說了更多類似的話，但是他摟著黛拉，親吻了她的嘴唇。而她也親吻他的嘴唇。那完全是兩相情願，同時同調，對此他很確定。不能怪誰。他正準備說：我很愛你，想著也許期待著某種回答，她卻說聲「再見」，就從他身旁走開，轉身背對著他。

他走到門階上，把帽子戴好。門又打開了一條縫，足以讓羅蘭用拖鞋的鞋尖把那隻小貓推出來，推到他身後。他走過幾棟房屋，倚著一道籬笆，點燃了菸。黛拉走出到門階上，袍子外面披了大衣，穿著外出的鞋子。她看見了他，他露出微笑，舉起了帽子，轉過身去，走開了。他以爲他也許會聽見她跟在後面，但她眞的就這樣讓他走了。

星期天的夜裡。一切都黑漆漆的，一切都關閉著。他就只是爲了走路而走著。明天他想去上班嗎？去協助幾位女士熟練曼波舞步？他不想。他會去嗎？會。多麼可笑的生活。但是有點錢是件好事，而且他和那些女士相處得不錯，比他平常和別人相處得更好。當然，有時候她們會帶一塊蛋糕來給他，或是半個烤盤的牛奶軟糖。這是宇宙經濟學的一部分。舞蹈教室的牆壁上嵌著斑駁的大面鏡子。有時他難免瞥見自己，看見那怪異的過度優雅，看起來像是諧仿，偶爾會招來經理的冷眼。唉，好吧。他也許能睡上一、兩個鐘頭，打起精神去上班。那些女士會高興見到他。他的殷勤有禮使她們受寵若驚，在他把這當成玩笑時莫名地感到開心——「你今天看起來特別迷人」——再加上對方的名字，如果他記得的話。

到了發薪日，他會花錢喝個爛醉，或多或少，醒來時身心都很痛苦，就跟原本就很痛苦的心靈一樣。他會讓自己想起黛拉，並且從內心深處感到憤怒和悲傷，讓他感覺到自己的懊悔和難堪，還有他可怕的孤獨。在那之後，誰曉得呢。讓他繼續活下去的那一個動機開始顯得不夠充分。

他躺在床上一夜無眠，直到黎明將至。然後他決定打起精神，做點不一樣的無所事事，直到太陽升起。他下床，擰亮電燈，看見了那封信，顯然是從門底下塞進來的。信封上有個鞋印，毫無疑問是他的。所以它已經躺在那兒一整夜了，甚至可能前一天就在那兒。公寓管理員任由郵件堆放在抽屜裡，直到有更好的理由上樓來。泰迪似乎相信他的地址在另一間寄宿公寓。他的老闆知道他住在哪裡，黛拉也知道，所以他可能是被解雇了。他讓那封信繼續躺在地上。責備是帶刺的，不管是由誰來執行。他老闆有O型腿，缺少節奏感，沒人帶蛋糕給他，他卻是那個可以解雇員工的人。這整件事的渺小在傑克面前顯得格外巨大。

可是，爲了以防萬一，他還是拾起了那封信，看見了那清晰的字跡和寄信地址。這掀起了一場情緒風暴，他躺下來，用枕頭蓋住臉，等待這場風暴過去。等他再度坐起，拆開了信，他看見了「親愛的朋友」這幾個字。天哪，昨天晚上他們見面的時候，她想必以爲他已經讀了她的信。「親愛的朋友，當我想起你」——這句話她沒有說。然而，用這幾個字開頭的信能夠引起多少痛苦呢？「週一我將前往孟斐斯。」噢。這令人痛苦。

我的家人擔心我可能迷失了方向。他們認為我可能忘了我是誰，忘了他們寄託在我身上的希望。當然，我為自己給他們帶來的煩惱感到遺憾，而且有時候我的確納悶我是誰。我認為這是我必須設法自己解答的疑問。不久之前，我以為我找到了，他們也這麼以為。我真心希望他們將幫助我再一次有這種感覺。我是如此敬重他們，而我不願去想他們可能會失去對我的尊重。我最害怕的事莫過於此。

在那漫長的一夜，你是個親切有禮的同伴，我將永遠心懷感謝。

黛拉

他隨著〈田納西華爾滋〉的曲調滑步，卻沒留意到身材矮小的舞伴吃力地試圖跟上他的腳步，跟得愈來愈喘。這時他領悟到可以去找赫欽斯牧師談談。他有個主意，認爲也許值得一試：他將前往孟斐斯，找到黛拉父親任職的教堂，聽完講道，離開前和牧師握手時，他將會說：「麥爾斯牧師，我想向您保證，我和令嬡的關係是光明磊落的。」如果看見黛拉，他只會向她點頭致意。他也會向她的兄弟點頭致意，不因爲曾經在他們面前有失體面而感到難堪。這將是一個自負者的謙卑之舉，因爲要讓人相信就必須如此。整件事的重點在於顯得有能力提供這樣一份保證，爲了黛拉的緣故，以捍衛她的名譽，如同他們所說。他所說的絕對是實話，這一點幾乎是個問題。在這種情況下，要讓別人相信他，而努力想要說服對方、害怕無法說服對方都只會加強對方的懷疑，這是他遇過千百次的問題。他無法測定自己的誠意，當他希望用誠意來打動別人。奶油含在他嘴裡也不會融化[50]，他們這樣說或這樣想，當他年少時他去做過這個實驗，而結果令他鬆了一口氣。

他明白，由於他預料任何事都可能出差錯，反倒眞的惹出岔子。那一刻的樂觀和決心無法恢復，但是赫欽斯牧師也許能幫助他從比較好的角度來看待這件事。這看起來仍舊是可能的。於是，工作一結束，等他把最後一位氣喘吁吁的女士帶回她先前擱下手提包的長椅，他就下了樓，出了門，走上街道，踏上前往「錫安山浸信會教堂」的路。

那天是星期二。但他認爲這個計畫若是迅速執行效果最好，在他尚未喪失最後的決心之前，在他的動機轉變成自我防衛之前——令嬡和我從不曾親密過，沒什麼好擔心的，完全不需要——說這話時還要帶著一抹世故的微笑。他說不定還會特地停下來點一根菸。一個硬漢，可不是會玩弄學校教師的那種人。

教堂二樓有盞燈亮著，無疑是牧師的書房。那是以一種樂觀的精神建造起來的城市大教堂，歲月的流逝和政府對土地的徵用沒能證明這種樂觀精神是正確的。一座龐然大物，飾有木刻浮雕，由於日曬雨淋而掉了漆。他試了三次，才找到一扇開著的門，走進門廳和樓梯間更爲昏暗的暮色中。空氣中有不久前留下的爆米花氣味，勾起了少年時期的回憶，但這座建築此刻很安靜。他走上樓梯，鞋子蹭著地板，好發出夠大的聲響，以免顯得鬼鬼祟祟。然而，他一走進那間書房半敞著的門，牧師嚇了一跳，手裡的書掉了下來。又是一個他考慮不周的計畫。

但是牧師笑了起來。「是艾姆斯先生，對吧？請進，請進。我想我只是看書看得入神。」那份和藹可親不像是裝出來的，同時不失禮地打量著他——在這種情況下很合理，因爲就他所知，傑克有可能心神錯亂。「請坐。」他說。

可能會自殺的傑克。這就是上個星期天的情況。有時候他父親得緊急出門懇談，回來時難掩惱怒，氣憤於某個人心理或生存的難題硬塞進他手中，忽然有個問題是他應該要解決的，必須在最短的時間內提供安慰和保證。這種拯救他人的工作會使他徹夜難眠，思考究竟應該說些什麼、還有他說的話可能會遭到什麼樣的誤解。「他們老是這樣做！如果這件事一直煩惱著他，他至少可以先警告一聲！」他說。那是一場雹暴打壞了玉米作物的那一年。可是那麼多的絕望想必不止有一個原因。傑克的母親會說：「他會去店裡，和所有其他想要自殺的人閒聊。」而這幾乎總是事實。

現在換成這個可憐的赫欽斯在這裡，試圖弄清楚他面對的是什麼人或什麼事。書房空間不大，牆面是芥末黃，僅有寥寥幾件零星物品布置，無疑是考慮到還有千百種事項更需要用到教會的資源。桌上和地板上堆放著書籍。房間只由一個燈泡照亮，用電線懸著，從天花板上垂下來，這種光線使蒼白的人的臉色更顯灰白，並且使他的眼睛有了陰影。我應該離開，傑克心想，可是如果他想要顯得理性，唯一的希望就是先鼓起勇氣交談一下。如果不這樣做，他為了豆子和米飯還有〈更加與主親近〉而出現在教堂就會使他尷尬，雖然他知道他無論如何都會出現。

「牧師，對不起，打擾了。我看見你這兒還亮著燈。」

「請坐，艾姆斯先生。我家裡現在有三個孫子女，都還是嬰兒，所以我來這裡清靜一下。」

「我打擾你了。」

「不，不要緊。既然你來了，就也不妨告訴我有什麼心事。」

「欸，我不太確定。」

「沒關係。你想想吧。不急。」他撥弄著鉛筆，一會兒後說：「你先前提到過你很難分辨信仰和假定之間的差別。」

「是的，我的確有這個疑問。」

「但這不是你今晚到這兒來的原因。」

「對。事實上，牧師先生，事情牽涉到一個女人。」他眞的說了。

「我懂了。」

「我算不上認識她。我們在貝爾方丹那座墓園漫步了一夜，就只是聊天。那是好幾個月前的事了。在那之後我見過她幾次。這很困難。」

牧師知道他的眼鏡鏡片就像兩個月亮一樣朦朧嗎？只要他稍微把頭往後仰，他的眼睛就消失了。說他們在墓園裡度過了一夜，聽起來很怪。他差點要補上一句「她沒事，她很好」，因爲提起墓園聽起來不太吉利。又一次，珍藏的思緒在最輕微的關注下凋零。「我該走了。」他說，站了起來。「牧師先生，不管你對我有什麼看法，你必須了解我和這個女子的關係……友誼，是光明磊落的。她的家人瞧不起我，所以即使我想說服他們也說服不了，但是我擔心他們會因爲我而看輕她。爲了她好，我再也不會見她了。可是她的家人不會知道該如何解讀這件事。他們會以爲我並不眞的在乎她，而我唯一在乎過的可能就只有她。所以我非常留心自己對她的舉動。遇見她的時候，我剛出獄，那是一段情緒波動的時間，可是事情遠遠不僅是如此——我從沒告訴過她我坐過牢。還有一些別的事她也不知道。何必嚇壞她？」傑克心想，天哪，聽聽我說的話。我是瘋了。

牧師點點頭。「照現況來看，告訴她沒有太大意義。你說了你反正不打算再跟她說話。」尷尬。他從來沒有真正記住這個打算，這個誓言。的確，他父親說的沒錯，偶爾和別人說話會有幫助，有助於理清思緒。牧師朝他俯過身來，那雙眼睛再度出現，仍舊不失禮地審視著他。他說：「能夠說你是光明磊落的，這是件好事。如果你讓一切維持原狀，不再去見她，在你的餘生裡，你將永遠都能這樣說。你知道，她知道，主知道。你可以感到欣慰。至於她的家人……想要做些什麼，可能讓勢況更糟。」

傑克坐下來，假定是赫欽斯忘了再請他坐下。他說：「我沒跟任何人提起過這件事。她名叫黛拉。」他笑了。「這個名字我大概說過兩、三次，只對她說的，沒對別人說過。她讀過大學，在中學裡教書。我們聊得來。」他聳聳肩。「居然有這樣的事，令我感到不可思議。我們談過那種具有懲罰性質的恩典。她回孟斐斯去了，試圖與家人和解。她父親是那裡的牧師。非裔美以美教會。」

「喔。」牧師又拾起鉛筆。「所以我們談的是一位黑人女士。」

「是的，這是問題的一部分。我的意思是，這就是連和她坐下來聊個幾分鐘都那麼難的部分原因。」

「嗯，這樣也許最好，你不認爲嗎？也許對她來說最好。她會想要有自己的人生。」

「我知道。我是該澈底遠離她。我試過幾次。」

牧師說：「她應該要鼓勵你這樣做。爲了你好。」

「她試過了，好幾次。」

由於知道了黛拉是個黑人，赫欽斯似乎沒那麼熱絡了。他說：「一個女子擁有像她那樣的機會，就也有重要的義務。」

「她明白。我也明白。」

「既然如此。」他說，彷彿結論太過明顯，無須多說。事實上也是如此。

「我眞的不打算再去見她。她父親是一座大教堂的牧師，要找到他很容易。我會找個週日前往，把這句話告訴他，然後離開。我的確覺得，如果他對我有比較好的評價，對黛拉來說會是件好事。」

又是那道審視的眼神。「有可能。」他說，但他的語氣意謂著：不可能。他說：「你要有心理準備，事實是他不會想要對你有更好的看法。我的意思是，充其量，這對他沒有用處。即使你是這世上最無可挑剔的白人紳士，對他來說你很可能就只是個麻煩。」

傑克恍然悟到，在心中某處，他渴望成為一個無可挑剔的白人紳士。一方面，他坐過牢，窮困潦倒，還有一張稍微破了相的臉；另一方面，他繫著領帶，擦亮了皮鞋，還會背誦好幾行米爾頓的詩。這也許是一種完全沒有根據的僞裝，可是他無法停止僞裝。若非這樣，就只有崩潰一途。他忽然面對著這件事實：他沒有任何値得稱許之處，比起實際情況對他的要求，這是一種更深刻的認輸。牧師安靜坐著，撥弄著鉛筆，顯然看出傑克需要一點時間來平復心緒。

黛拉的信就在口袋裡！「看看這個。她寄給我這封信。」傑克掏出那封信，先把信從信封裡取出來，再放回信封裡，好讓赫欽斯看見那封信的確是寫給他的。然後他想起來他不曾用眞正的名字介紹過自己，但是牧師似乎沒有注意到。他從傑克手裡接過那封信，小心翼翼褪去封套，讀了一遍。

他揚起了眉毛。「這封信寫得眞好！」他把信交還給傑克。「『親愛的朋友，親切有禮的同伴』，看得出來她很看重你。」

「行爲檢點。」傑克說。有些時候，一點玩世不恭可以緩和嚴肅的對話。不過，他爲什麼要讓這個陌生人看見她的珍貴話語？他得試著拉開距離。接下來他可以做什麼？

「不，不，親切有禮是一種天賦，很多人都做不到。對於她信裡所說的話，你可以引以爲傲。」

「眞的嗎？從神學的角度來說，這聽起來像是個問題。」

「嗯，那麼就只這麼說吧：如果有人對我說了這些話，我會引以爲傲。」

傑克說：「坐在這裡聽我說話，是因爲你親切有禮。我不過是個陌生人，甚至是個流浪漢。雖然目前我有工作。」浸信會教徒贊成跳舞嗎？沒必要討論這個問題。

「很有意思。我不確定我對你說的話是否都很親切。我只是想讓你知道，去孟斐斯可能令你失望。你可能會受傷——我的意思是，你的感情可能會受傷。」

傑克笑了。「我眞的並不脆弱。」

赫欽斯搖搖頭。「相信我，孩子。以我的判斷，你最好小心一點，最好不要想方設法來測試自己。也許你並不完全明白你正在經歷的事。」

針對他處境的這番總結使得凍結的悲傷像一道閃電擊中了傑克。他還得要熬過的日日、月月、歲歲年年。赫欽斯打開書桌的抽屜，遞給他一條手帕。傑克心想，或許我哭了。這也無可奈何。

過了片刻，赫欽斯問道：「最後一件事。我們所談的這位女士，會是麥爾斯小姐嗎？」

「你怎麼知道的？」

「喔，她父親是詹姆斯．麥爾斯主教。他在某些圈子裡很受人景仰，是個氣宇不凡的人。我聽說過她在此地，在桑訥中學。我認識她的牧師。」

傑克說：「天哪！主教！她從來沒跟我說過。」然後他笑了。「抱歉。」

「所以你面對的是一個非常有名望的家族，非常致力於種族的提升……」

「……結果來了個傑克．鮑頓，人類墮落的標準範例！」他笑了，痛苦地笑，而牧師也笑了一下。

「傑克．鮑頓？」

「對，我的眞實姓名。眞正的我。」

赫欽斯說：「你碰巧遇上了這個地球上最受尊敬的家族。人人都對他們有點敬畏。我不該笑的。他們是好人家，整個家族都是，不管是姑婆姨婆還是遠房表親，我是這麼聽說的。他們會是不可小覷的姻親，毫無疑問會讓你走在信主的窄路上。」

「如果警察不干預我對姻親的選擇，或是他們對我的選擇，理論上來說。」

「喔，是的，當然。」

他們靜默不語。然後傑克說：「我那時剛剛出獄，由於生活上的這個改變還有點暈頭轉向。我帶著一把雨傘，是我從一個在公園長椅上打盹的老人那兒偷來的，另外我穿著一套黑色西裝，是用我父親寄給我的錢買的，他要我去參加我母親的葬禮，而事實上我沒有回去。」他看著牧師，預期看見遺憾和不贊同的表情，而那個表情果然出現了。他說：「當時下著雨，事實上是一場暴雨。我看見一個年輕女子抱著一堆書和紙張，想把一條絲巾拉起來罩住頭髮。有些紙張從她手上滑落，掉在人行道上，被風吹得滿街跑。於是我過了馬路，把傘給了她，再替她拾起那些紙張。她說『謝謝你，牧師先生』，然後邀請我進屋裡喝茶。我們聊起了詩歌。」他笑了。「那很愉快。後來，過了一段時間以後，我讓她知道我不是牧師。應該說，她發現了。那似乎並不是很重要。」

赫欽斯歪著頭，在腦海中想像這一幕小小的殷勤舉動。「這是個美好的故事，從各方面來說。我總是告訴大家要把握任何機會去行善。說不準會有什麼結果。」

傑克在腿上摺著那條手帕，打算還給牧師。「這當中有許多眞理。以我的情況來說，我想我知道那有了什麼結果。」他笑了，而牧師就只是搖搖頭。離開前，他說：「所以你並沒有要試圖拯救我。」

「如果你希望我這麼做，我也許會試一試。另外，女士們爲這個星期天準備了甜點。有人過生日。」他走到門邊，牧師說：「你自己保重。這是最重要的。」

有時候他想，他可以告訴黛拉一部分的實情，好讓自己覺得對她沒有完全不誠實。不過是兩年——假如那是他的刑期，而他會讓她以爲那是，兩年幾乎不算什麼，至少就犯罪的等級而言，才會促使社會作出這種有節制的報復。彷彿是對他人格的某種背書。要命的是，被捕的那一天，他剛好沉迷於舊日的偷竊衝動，只是想像，並未付諸行動：把某件小東西藏在手裡，感覺到「你的」在潮濕的掌心變成「我的」，那是種熟悉的樂趣，是他幾乎能夠呼之即來的。

而這就是問題所在。彷彿是他慣習的內疚和狡詐，在警方的懷疑下引發了小小的竊盜風暴，席捲了他，使他的抗議變得無稽。說句公道話，他自己也沒能被自己說服。之後是監獄——和外面的世界相比，是個比較單純的謎團，對他的期望比較明確，那些期望是被吼出來的，有時用警棍來加以強調。可怕的是，他從相對可預測的一切之中得到了一絲安慰。那句話是怎麼說的？一種歸屬感。

對未來而言，這意謂著什麼？他有可能洗心革面嗎？如果他骨子裡是個賊，本質上是個賊，而且也許永遠都是，那麼，在他有生之年，有什麼能夠阻止進一步的懲罰不時地令他難堪？那些任意而來卻應得的懲罰。他永遠沒辦法說：我不再是小偷了，尤其街角的任何一個警察似乎都知道事情並非如此。眞相是：他爲了並未犯下的罪行坐了兩年牢，但這個眞相也是一種欺騙。最好是讓事情保持原狀。

如果他能夠不要用「監獄」這個字眼。「矯正機構」更糟。嚴格說來，那一天他並未犯下竊盜罪，雖然在另一天他可能犯過。一個人的混亂無序是另一個人的機會，而當鋪裡是些隨意組合的東西，也許今天在那兒，明天就不在了。會有人去費心記錄他考慮偷竊的那些小玩意兒嗎？誠然，凡是偷竊不可能完全無害。「不可偷盜」——這是個明確的禁令。他父親說，偷竊違反了人們對彼此應守的禮節。然而這件事有著灰色地帶。在當鋪裡，每一件東西都曾經屬於某個人，只是出於不得已而有條件地讓渡出去，這意謂著任何一件東西所具有的價值都可能遠超出一般的估計。一個孤獨的人只要在當鋪裡消磨個幾分鐘，一點一滴地收集這份多出來的價值，就可能憶起生活的濃烈。然後，他會走回街上，感覺到在他和互換禮物與紀念品的生活網絡之間有著巨大鴻溝，那些無名的情感纏著他不放，但他無權擁有這種情感，一如偷竊無法給他擁有這些物品的權利。而這時，對街可能有個警察盯梢，對竊案有所防備。

傑克當時正倚著牆讀報紙，他注意到對街的警察，對方顯然也注意到他。他的確在當鋪裡閒晃了一下，用閒來無事的下午做點實際的事情。他也的確曾感到好奇，想看看這家店鋪是否像從街上看起來那樣，是由略有價值的物品所構成的混亂，還是說在那一切的背後有某種秩序，會使人注意到一樁小竊案。他納悶著某些物件是否在等待被贖回，不是那些像戰利品一樣展示在櫥窗裡的東西，而是那些紙牌盒、那些鍍金的紙鈔夾，隨手就能塞進口袋而不必冒太大的風險。這樣的店家是城市生活的一個切面，讓傑克感覺他確實屬於一座城市。這些小玩意兒可以私密到令人感傷，就像他從前在老家時偷的東西。有華麗相框裡的新娘和嬰兒，刻著週年紀念日的水晶罐，還有一支鑲著假鑽的長柄鞋拔。這些東西都在贖回和捨棄之間徘徊，若非被那些典當的可憐人贖回，就是被捨棄，淪入對荒謬物品的買賣交易，這種交易想必支撐著典當業。而它們在這裡，在懸而未決的痛苦時刻。傑克總是感覺到一陣輕微的嗡鳴，就像琥珀摩擦後映照的光輪，圍繞著那些別無引人之處的物品。而它們在這裡，彷彿被某個受到同一種衝動驅使的神偷，囤積在此。二十幾個時鐘爭論著正確的時間。另一種層次的混亂。

「我只是看看。」他對店員說，雖然「探路」是個更合適的字眼。然後他踅到人行道上，看見有個警察，從路邊一疊報紙中買了一份，縱向對摺，隨即讀了起來，一邊留意那個警察。問題就出在這裡。由於意識到警方的關注，他知道如果這時走開，反而顯得鬼鬼祟祟；而另一方面，他如果顯得精神抖擻、目標明確，看起來就像是正要離開犯罪現場——按照警方的用語。他什麼也沒拿，很確定沒有什麼迷路的小飾品附著在他的衣袖上。因此，在荒謬的情況下，最明智的作法就是站在原處繼續讀有關比利時的情勢益發緊張的報導。那個警察總會走開的。

然而，湊巧有個男士從當鋪裡出來，那人顯然也看見了警察，他撞到了傑克，道了歉，誠摯的程度超出情況所需，然後就走開了，留下傑克感覺到自己的外套口袋有點沉甸甸的。接著另一個人走出來，拍打著自己的口袋，就像無法相信自己弄丟了某樣東西一樣。而正巧，執法人員就在現場，事情往往如此。因爲看到那拍找口袋的動作，不意外地，警察當然注意到了市民的苦惱，朝馬路這兒走來。「我的皮夾掉了！」那人說。警察的目光轉向了傑克。

「先生。」警察說。

傑克說：「有個人剛剛撞了我一下。他想必在我口袋裡放了什麼東西，我想是爲了掩蓋證據。」

「麻煩請讓我看看你口袋裡的東西，先生。」

是個紅色摩洛哥羊皮製的皮夾，手工縫製，價值不菲，但是很痛。傑克不該用估量的眼光看著它。他把皮夾遞給警察，裡面似乎只有一張名片，警察用來核對了受害者的姓名。所以，這是一樁輕微竊盜罪。令人鬆了一口氣。

可是警察說：「先生，你皮夾裡的東西有短少嗎？」

「少了大約五百美元！」那個市民說，誇大了自己的重要性，使傑克成了重罪犯。現在變成是嚴重竊盜罪了。

傑克說：「如果裡面有錢的話，一定是另外那個人拿走了。」

「如果裡面有錢的話！你的意思是我在說謊嗎？」那人氣憤填膺地把傑克按在牆邊。

警察說：「冷靜一點，不然我就把你一併逮捕。」

「一併」這個字眼像一把短劍刺進傑克的心臟。當他力圖鎮定，他意識到口袋裡又有件沉甸甸的東西。他的驚奇壓倒了他的理智，他把手滑進口袋，摸到了一件圓圓的金屬物品，連著一條細細的鍊子。

「先生，麻煩你把口袋裡的東西全掏出來。」警察說。於是，他掏出了一條手帕、一個廿五分錢硬幣、一個十分錢硬幣，還有一條項鍊，也許是金子打的，鑲著可能是寶石的東西。警察說了聲「好」，從他手裡拿走了項鍊。項鍊躺在警察手裡，靜靜地閃爍著光芒，顯然是貴重物品。那個市民看了傑克一眼，幾乎讓人察覺不到地聳了聳肩，要表達的重點是他的生活和坐牢格格不入。

當然！坐牢的意義就在於此！傑克說：「警察先生，這個人剛才推我的時候把項鍊放進了我的口袋！」

「這種事兩度發生在你身上？在五分鐘之內？」

「是的，警察先生，的確如此。」

「所以說第一個人是個扒手，而他扒了一個小偷。」

「情況似乎正是如此，警察先生。」他的用詞在壓力之下變得精準。

「所以現在我成了小偷！」那個市民說。

「冷靜一點，我們進店裡去，看看那個店員怎麼說。」警察說。

於是傑克回到了那個在某種程度上似乎仍然屬於他的世界，即使身邊跟著一個警察。所有那些奇特的光澤和細節，值得竊賊大費周章的那種東西。那些時鐘在那兒，各自走到不同的刻度，時間是一件更可疑的商品。他是嫌疑犯。店員是個陌生人，帶著冷淡的敵意瞥了他一眼。此人顯然善於應付絕望、戀舊、物品的單純價值、倉皇、難堪、內疚，用來對付顧客赤裸裸的希望。這個狡詐、冷酷的裁決者，決定著那些籌措保釋金或是被債主追討之人的命運，他看著傑克，彷彿對他感到厭倦，對警察說：「我就納悶這傢伙爲什麼在這裡閒晃，我當然也感到懷疑。」他指認了那個皮夾和那條項鍊。

「看吧！那人說這個皮夾是他的！而其實是偷來的！」傑克說。

「不，是他付了錢買的。」店員說。

「總之你的麻煩更大，先生。」警察說。

這時，那個市民彷彿證明了自己的清白，拿了皮夾離開了這家店。

「有人把這條項鍊的價格標籤拿掉了，我的要價大約是三百元。」店員說。

災難。傑克目瞪口呆。他安靜地跟著警察走了，對方看起來十分健壯，肯定跑得比他快。

於是他被拘留，直到開庭審判，審判只花了大約十分鐘。他的確沒有明顯的收入來源，法官大人。也缺少社會連結。「很不幸。」法官說。「再加上另外一件不幸：那些贓物似乎出現在你口袋裡。」這件事的悲哀令法官搖頭，把木槌一敲，說了句什麼，聽起來像是「五年」，還跟州立監獄有關。傑克想請法官複述一遍剛才所說的話。震驚多少干擾了他的聽覺。但是法官已經著手處理別的事了。

然後，兩年之後，他又被放了出來，沒人費心跟他解釋理由。他試著不要流露出驚訝。那很可能是個文書作業的疏失。如果他提出來，這個疏失可能就會改正，而那令人陶醉的特權就會被奪走，不能再穿著自己的衣服、隨心所欲地四處遊蕩。他多麼喜歡人車往來的聲音，還有氣味。他去了以前所住的寄宿公寓，看看泰迪是否留了錢。他果然留了錢！還有關於母親的那張短箋，那當然令他悲傷，也使他慶幸他也許能夠找到一套買得起的黑西裝。悲欣交集，隱約期望著他在他棄之而去的溫柔老家將會舉止得當。他想像著母親穿著漂亮的洋裝在客廳接見訪客，她躺在棺材裡，眾人輕聲細語，年邁而善良的艾姆斯牧師會講幾句話，針對死亡和失去親人這個主題提供一些智慧，免得大家期望由鮑頓牧師來做這件事。而他，「傑克」，也在那裡，不是個會使他這個人變得有趣的謎團，但顯然是個疑問，是個使人分心的人物。也許這麼多年來圍繞著他累積了如此多的惱怒，即使不能說是怨恨，使得全家人的彬彬有禮將會在壓抑這份惱怒的壓力下瓦解。一切都將順利進行，然後他會以某種方式表現出最輕微的冒犯，而他們再難克制。他們將會把對他的眞實評價告訴他，而他將會在葬禮舉行之前就離開，加深了每一個人的不滿。他認爲他應該要花一點時間改掉坐牢時養成的習慣，改掉悶不吭聲的服從，還有其他。他應該要戒掉把香菸抽到只剩短短一截，直到燙傷手指，而且絕對要戒除保留菸蒂的習慣。他身上無疑還有些他尚未注意到的地方，標記出他在正常的世界裡是個陌生人。

把握這份出乎意料的自由可能是種罪行。如果他是由於行爲良好而受到獎勵，那麼這是他頭一次得知。事實上，他莫名其妙得到了竊術高明的名聲，因此只要有什麼東西不見了，獄方就來搜查他的牢房。如果什麼也沒找到，就更讓人覺得他手法高超。其他人喊他「教授」，就連獄卒也是。誰曉得當局如何看待他的逃脫，因爲他們毫無疑問會說這是逃脫。他向來一見警察就心中忐忑，這份不安幾乎無限放大，而這份不安原本就已經強烈到足以招致麻煩。有時他想著要去自首，以結束這份焦慮。

但是監獄是可怕的。那迫使他成爲純粹的傑克，不管別人對他有什麼看法。他最大的問題除了自己之外，就是其他人。監獄裡充滿了其他人。而且很可悲地沒有什麼來分散他們的注意力。他曾經幾乎憎恨城市裡的無名人群，那些似乎一眼就把他看穿的路人，如果他們居然看見了他，把他身上的任何特徵帶進那龐大的陌生人群中，爲人類對自己的看法添加一些微不足道的數據。但坐監是浸泡在停滯不動的一池陌生人當中，日復一日，在瀰漫著拖地汙水氣味的昏暗中。拯救他的是監獄禮拜堂裡的鋼琴。有一次他正在打掃，牧師走進來，已經在心裡琢磨此事好幾天的傑克說：「如果你什麼時候需要有人來彈奏些音樂，我可以彈。」

牧師說：「彈來聽聽。」於是傑克坐下來，彈了〈稱謝歌〉("Old Hundred")。

「挺不錯的。你還會彈別的曲子嗎？」

傑克彈了幾小節的〈聖哉三一歌〉，又彈了幾小節的〈不能朽，不能見〉("Immortal, Invisible")。

牧師說：「彈彈〈我們將要聚集河邊〉("Shall We Gather at the River")。」於是傑克彈了。

「我有點生疏了。」

「你彈得還不錯。」

「如果我有機會練習……」

「〈禱告之時〉("Sweet Hour of Prayer")。」傑克彈了。

牧師說：「禮拜日見。」說完就走了。

在那之後，傑克小心翼翼地逐漸延長能夠待在禮拜堂裡的時間，嫻熟他能彈奏的曲目。〈何等朋友我主耶穌〉("What a Friend We Have in Jesus")。偶爾他會遇上麻煩——遭指控在打牌時作弊，因爲他在打牌時作弊——可是星期天會再度來臨，而他會彈奏一曲〈古舊十架〉的新變奏，並且感覺良好。然後有一天他被叫去，穿過幾道大門，去到一間辦公室，取回他的衣服和鞋子，穿過了更多道大門，被送上一輛巴士。他不敢問這是怎麼回事。

令人驚奇的事情發生了。和赫欽斯談過話幾天之後，傑克出去散步，試圖讓自己疲倦到足以入睡，保持不要喝酒，這樣一來，如果他眞的跳進河裡，他可以覺得他的死亡有種尊嚴，是個經過深思熟慮的選擇。但願他可能終於會足夠疲倦，這個願望已經干擾了他的探戈舞步，他實在應該跳得更有活力才是。他感覺到老闆盯著他。等他終於走回寄宿公寓，他看見燈光亮著，雖然時間已經這麼晚了，而管理員站在櫃檯前面，在和另一個人玩跳棋，那個朋友。他經過時朝他們點了點頭。走到了樓梯口，管理員突然說：「嘿，鮑頓，我有東西要給你。」於是他走回去，接過一本小書，H．D．的《天使頌》[51]。「是個黑人姑娘拿來的。」

兩人盯著他瞧。他不敢開口，害怕聲音洩漏心緒。管理員說：「我跟她說你應該很快就會回來，她可以在樓上等。就我所知，她還在樓上，可能等你等得有點累了。」他們在笑。管理員說：「別擔心，我大概不會報警。」他們仍然笑個不停。

他上樓回到房間：她就在房裡，在他床上睡著了，仍穿著大衣和鞋子，手提包和帽子擱在身旁，她可愛的頭躺在他的枕頭上。正當他自以爲知道餘生將會如何，她卻來了。

第一個問題是要保持安靜。他搬開那張椅子，提起來，放在擋住門的位置，然後把椅子稍微向後靠，想著要休息一下，甚至打個盹，直到她醒來。他脫掉外套，罩在自己身上，雙臂環抱——這姿勢總是無由地帶來安慰，就像把一條毯子拉起來蓋住自己。這是他一生中最非比尋常的時刻，想到這在他心中引發的種種情緒，喜悅和困惑，只有一絲憂懼，因爲她來到了他身邊，不管還有什麼其他事情爲眞。他其實想不出自己在哪方面可能會有過錯。覺得內疚可能就只是一種習慣。當然，等她醒來，情況就會改變。要協助她離開，讓她走下樓梯，走出門外，而不讓她受到議論和嘲笑，這些全都是問題。那是沒指望的事。他的掌心在冒汗。一陣想像中的凶猛穿過他的身體，終結了他想要休息的念頭。何況，她就在那裡，靜靜地睡著了，用她的安詳、用她柔和的呼吸賜福給他破舊的寢具。用她驚人的信任賜福給這整個寒傖的房間。憂懼的確存在，但也有恩典。

衣櫃的抽屜裡有一頂帽子，另一個抽屜裡有半條吐司麵包，稍微沾染了古龍水或髮油，那種滲進出租房間抽屜和壁櫥裡的可悲氣味。所以他得想一想該如何供應她一頓可以下嚥的早餐。這是件需要擔心的事，是那種他可以考慮個沒完但永遠解決不了的問題。他在保護自己不要受到這個奇蹟的衝擊——他允許自己使用「奇蹟」這個字眼——用徒勞和疑慮來提醒自己他是誰。他不能把黛拉留在這裡獨自醒來，面對粗魯的打擾，或是得要跟警方打交道。親愛的耶穌，別讓警察來。他不能陪她走出去到街道上，那只會更加引人注意，尤其因爲他們會想要明目張膽地一起去買早餐。如果他們去到店裡，他不該爲了得向她借錢而感到羞恥，這是種無關緊要的痛苦，因爲他們顯然不會這麼做。沒有他在身邊，她會比較安全，而他無法留下她不受保護。對他來說毫無道理的事情太多了，這是他多年來不與人來往的原因之一。每當他意識到自己對這個世界幾乎一無所知，他經常爲此感到遺憾。

他正陷入絕望的淺灘，她動了一下，睜開眼睛，看著他，輕聲問道：「幾點了？」

「不知道。」

她坐起來。「這實在難爲情。我只是來讓你知道我回來了，然後我花了太長的時間等你，等到天色已經太黑，我沒法走路回家。我想你大概不會回來了，就稍微躺了一分鐘……」

「我只是出去走一走。我並不想睡覺。」

「嗯，現在你該躺下了。你居然想坐在那張椅子上睡覺！過來躺下吧。」她站起來，拿起帽子和錢包。「我眞抱歉。」

「不，你還在這裡，是件非常美妙的事。」但他的確毫不猶豫地躺下了，躺在她先前所躺的位置，那裡還留著她的餘溫，她的香水——於是他臉紅了。這麼做該說是光明磊落抑或卑鄙下流，他實在不知道。他的確相信這是無害的。「我無法告訴你這有多美妙。」

「我想再稍微等一下。等到天亮再離開。」

「但願在我的餘生裡你都能留在這裡。」她笑了。「眞的！這大概是我說過最眞實的話。」

「嗯，現在你得睡一會兒。明天你還得跟那些白人女士跳舞呢。」

「是的。」

「我以爲你是去和某位女士一起消磨這個夜晚。」

「是嗎？而我以爲你大概在孟斐斯跟你父親挑選的哪個年輕英俊的牧師在一起計畫未來。」

「我見了幾個。他們都很好。假如他們是地球上僅剩的男人，也許我會勉強接受其中一個。」

「關於我的那些白人女士，我沒辦法說同樣的話。」

「她們眞可憐！」

「她們對我也完全無感。」

「或許是吧。」

這是眞的。雖然她們會帶杯子蛋糕來給他，但他知道他只是在那四、五個帶著她們在地板上滑動的男士當中，勉強和佛雷亞斯坦[52]有幾分相似的一個，在一個稍微大一點的世界裡，在一座城市的人行道上，這一丁點差別就會在陽光下消失。可是她是在逗他，表示她可能會嫉妒，客觀上來說，這非比尋常。

她說：「既然你醒著，我們可以吃點早餐。想必快要天亮了。我母親總是裝滿一整袋食物讓我在火車上吃，簡直能餵飽一整節車廂的人。」她拿起先前擱在衣櫃旁邊地板上的氈製提包，打開來。一股宜人的香氣傳到他鼻子裡。她拿出裡頭的東西擺在桌上。「胡桃麵包、水煮蛋、蘋果。一瓶橘子水，是我十歲的時候愛喝的飲料。火腿三明治、馬鈴薯片。」

他舉高檯燈，讓她能把床頭桌從牆邊移開，然後他把檯燈撐在枕頭上。燈光照著她擺出來的食物，也照在她黝黑的雙手上，那玫瑰色的掌心就像一個微妙的祕密。一個手鐲是他先前沒見過的。她的臉被燈罩遮住了一點，牆壁上也有陰影。她說：「那隻貓在孟斐斯，那天夜裡我花了一個鐘頭找牠。羅蘭不願意留牠在屋裡。牠喜歡我姑媽蒂莉亞，至少她是這麼說的。那隻貓眞叫人傷腦筋。我姑媽叫牠傑克。」

他笑了。「我不知道我該如何看待這件事。」

「她有點喜歡你。我們倆一向都會分享一些祕密。有一天她把我拉到一旁，問我在她來訪之後有沒有見過你。她說她擔心自己對你太無禮了。」

「其實她很和善。那是我經歷過最和顏悅色的驅逐。還算美好的回憶，或多或少。」他看著她掰開麵包，撫平裹著麵包的蠟紙。

她說：「你大概沒有刀叉和盤子，或是杯子。」

「沒錯。除了睡覺，我待在這裡的時間其實不多。」他想向她保證，他所過的是孤獨和禁慾的生活，幾乎到了難以忍受的地步，靠著圖書館、偶爾喝醉、還有最近和那些浸信會教徒的午餐來緩解。可是他知道這聽起來會很可悲，在比較好的情況下則會像是說謊。

她輕輕地說：「我作了一個噩夢，夢見你需要我，而我無法去到你身邊。夢見你是那麼孤單，就要因孤單而死。」

「等一下！」他說，然後笑了。淚水來得突然，令人痛苦，他用雙手去擦拭眼睛。

她非常輕柔地說：「在夢裡我也快死了。」

「我很高興知道這些，黛拉。我的意思是，你很好心地告訴我。」

「但我還是很高興你渴望著我。」

「我的確是的！」

「我們的處境眞是一團糟，給彼此造成了這麼多痛苦。」

「而這還只是開始。」

「你保證？」

「我保證！」

她笑了。「喔，那我想我們也不妨吃個早餐。這就是一般人會做的事。」

「而你不妨過來坐在我旁邊，讓我可以摟住你，你可以倚在我肩膀上。這也是一般人會做的事。有人告訴我，如果主賜予這個注定不幸的靈魂幾分鐘的恩典，祂不會在意我享受這幾分鐘。如果你也注定要不幸，你可以加入我，享受這一刻的緩刑。」

「你沒有注定不幸，我也沒有。我們選擇了一種困難的生活，如此而已。」

「你選擇了一種困難的生活，我則注定不幸。但是我們有其他的共同點。」

她的確在他身旁坐下，事實上是倚著他，而他摟住她的腰。她抓起他的手，翻過來，用自己的手量量他的手，再把他的手翻過去。她說：「這樣不行。你是右撇子。我們得要換邊坐，這樣你才不會有藉口什麼都不吃。」

「啊！但我天生有件鮮爲人知的奇事——我是左右手都很靈活的人！我偏好使用右手，好讓我在別人眼中顯得正常。」

她笑了。「這樣就夠了。」

「不，眞的。有時候我必須把左手放在口袋裡，免得它變得太有用。我是認眞的。」

「那就用它來吃點東西。我會看著。」

胡桃麵包味道很好。「看見了嗎？」

「這太容易了。你能單手剝蛋殼嗎？我有個叔叔做得到。」

「我喜歡保留一些特異功能備用。」

「意思是你不能。」

「意思是剝掉了殼，它們就是些滑溜溜的小鬼，可能會掉到地板上。」

她剝了一顆蛋，拿給他。她說：「這不是很奇怪嗎？」

「是的，是很奇怪。我不知道你指的是什麼，但我很確定你是對的。」

過了一分鐘——他認爲她是用這一分鐘來整理思緒，她說：「我等不及想要見你，你也渴望著見到我，而我們卻在這裡談水煮蛋，這不是很奇怪嗎？」

噢，這整件事出人意料，使他措手不及，更別提這份喜悅，而他沒有停下來思考這樣的情況可能會對他有什麼要求和期望。他說：「你說出口了。」這話聽起來像是不情願，而且有點不悅。於是他說：「讓我想一想。」這聽起來更糟，因爲這表明了他不知所措。

「我只是說這眞是奇怪，我竟然會對人生沒有更多的想望。如果來生能夠坐在這兒和你閒扯，我對死亡也別無所求了。我是認眞的。而且我是個好基督徒。」她的聲音非常冷靜，但是淚水滑落臉頰。他將之輕輕拭去。

她說：「唉。」

他說：「是的。」他們又往麻煩走近了一步，越過了能夠回頭的最後一道門檻。他是否應該向她提起：如果眞有來生，他的來生和她的來生將會截然不同。他討厭去想她得要獨自等待。世人總是在等待，這是人們最古老的習慣，而且他們將會繼續維持這個習慣，就算所有這些等待的結局將是——永無可能。當他在地獄的烈火中翻滾，她沒有如同她所應當地那樣全心去注意那些黃金和珍珠[53]，還有對主的頌讚。他的父親也一樣，試圖找到一本日曆，偷偷瞄向手表，仍然懷著希望，明知道時間的終了使得希望成爲一種鄉愁。傑克落入了忠誠的陷阱，他只能令對方失望。也許這就是地獄。他父親會說地獄之火是種比喻，那篤定的語氣不在於他是否相信自己所說的話，而在於他確信自己必須這樣說。然而，如果那是眞的呢？完全沒有火焰，就只有永無止境的沮喪自覺。在外邊的黑暗裡。哀哭切齒。[54]

她說：「你在想什麼？」

「墮入地獄。」

她笑了。「當然。還有呢？」

「我們的未來。」

「是麼。你應該告訴我，你對我們的未來有什麼想法。那很難想像。」

他說：「那將完全由偶爾偷來的時間構成，幾分鐘，幾小時，年復一年，而我們將同情所有那些生活被時間、習慣、自滿和門面給稀釋了的人，他們幾乎品嘗不到最美好的喜悅——我們將只靠著在街上一次擦肩而過而活上一個月。」

她輕輕地說：「在這個世上，只有你能夠承諾我這件事！」

「是的。再想想所有其他的好處。你能夠履行你應盡的義務，而我會記得刮鬍子。」

她倚著他的肩，把玩著他的手。「你讓我心裡難過了。」

他說：「我能夠使你心裡難過，這在某種程度上是件美妙的事。」他注意到這個念頭並沒有真正嚇到他。

「在我們展開這個未來之前，你應該在星期五來我那兒吃晚餐。羅蘭在查爾斯頓，她有家人在那邊。學校放假了，所以她會離開一段時間。」

「那些鄰居呢？」

「他們有點習慣你了，習慣了想到你。有傳聞說你在錫安山教堂做禮拜，這讓他們覺得你有點意思。」

「你知道，說『做禮拜』是言過其實了。他們對我很好。我喜歡那位牧師，也喜歡那個唱詩班。」他沒有說：他們供我午餐。那就沒意思了。一個舉止像神職人員的陌生白人正經歷著一種宗教情感的萌發，此時此地，在我們之中，聖靈在對他冰凍的靈魂發揮作用。他能看出他們這番誤解當中的詩意，看出爲何他在他們眼中可能會顯得有趣。在黛拉眼中。儘管有過洗心革面的嘗試，在他看來，詩意實在無法和眞相競爭。然而他在這裡，對自己誠實，進行著永無休止的祕密對話，此刻他苦惱地意識到，在最好的情況下，他是任由黛拉誤解這一切。然後他想到了那個尷尬的帽子事件，想到那位女士多麼急於餵飽他，彷彿在他身上看見了令人不忍的赤貧。黛拉可能已經聽說了這一切，雖然她在這裡，事實上是依偎著他，如此輕聲細語，把玩著他的手。如果她還沒有聽到那個傳聞，她隨時可能聽到。她將會突然和他疏遠，而他將會盡可能地變得退縮和冷淡，但不至於讓事情無可挽回地結束，直到他清楚明白事情已成定局。

「屆時」。「之後」。兩個可怕的字眼。

她說：「你好安靜。你不想到我那兒去。」

「你無法想像我有多想去。」

「那，你會來嗎？」

「我有個疑問。我們如何能夠做這件事，而不至於可能毀掉你的生活？」

「你可以在六點鐘抵達，神智清醒，帶著花來，而你將在八點鐘清醒地離開。你走了之後，灌木叢裡不會有花朵或是貓咪那些令我困窘的東西。」

「你認爲事情會這麼簡單嗎？」

「不盡然。誰曉得呢？至少羅蘭不會在那兒瞪著我們。一個星期後她就會回來。如果她的親戚惹惱了她，她就會提早回來。這種情況也會發生。」

他說：「我該告訴你，我去錫安山教會的事不像你可能以爲的那麼單純，或者說比你所以爲的更單純。那說來話長，對我的形象沒有助益。如果你不知道這件事，也許你的鄰居知道。或者說他們將會知道。他們對我的興趣也許不全是善意的。至少可以說，我對你的形象可能沒有助益。」

「而我的人生將會被毀掉。」

他點點頭。「這就是我的意思。」

「我只是無法表現得我在乎。事情也許會很順利，而在那之後，我保證我會日日夜夜思考我的人生。羅蘭會幫助我這麼做。」

他說：「還有一件事我想要說淸楚。你也許認爲我得過且過，需要一個好女人的愛，就像我父親常說的。可是你在這裡所看見的，這種最低限度的生活，其實可稱之爲認眞努力的結果。我不需要被改造，去信奉勤勞節儉的道德觀。我由衷地欽佩這些美德——我斷斷續續地追求它們有一段時間了。而我了解到，我就是不擅長這種事。我或多或少仍然仰賴我弟弟接濟。這很丟臉，所以你是在跟一個沒有出息的傢伙交往。你應該多想一下。」

她說：「我考慮過。我似乎也無法表現得我在乎這一點。」她笑了。「我等不及想見你。我本來應該在孟斐斯待上一整週，但我就是沒辦法待那麼久。母親把這些東西放進我包包裡的時候，她氣到不想跟我說話。而我父親甚至不願意下樓來跟我道別！他們知道我爲什麼回來。」

他點點頭。「我總是搞砸一切。這就是我做的事。我試著不跟別人打交道，但這種事還是照樣發生。錫安山教會那個牧師說，如果我是個光明磊落的人，我就應該離你遠一點。」

「嗯，我想我讓你難以做到。你和他談起我？」

「抱歉，我或許不該那麼做？他有點讓我想起我父親。我想我在教堂裡有回家的感覺。並非自在，但是像在家裡。我以爲那一晚我們就結束了，我想我是在尋求安慰，尋求忠告。想辦法把日子過下去。」

她點點頭。「我們的確把事情結束了。你不會以為我會穿著浴袍、戴著髮捲出來跟一個我以為將來還會見面的男人說話吧。只是它不停留在結束的狀態。」他們十指交纏。她牽起他的手，親吻了一下，有點恍神，然後說：「我會告訴你我的想法。」

「好。」

「我們全都有靈魂，對吧？」

他笑了。「請繼續說。」

「我們的確有。我們知道，但只是因為我們習慣了去相信，而不是因為這在大多數時間裡是清晰可見的。可是一生中也許有一次，你看著一個陌生人，而你看見了一個靈魂，光華奪目，與這個世界格格不入。而你若是愛上帝，每一個選擇都已經為你落定。你無法轉身離開。你看見了奧祕——你看見了生命的意義，看出生命是為了什麼。靈魂不具有塵世的特質，在世間萬物裡沒有歷史，沒有罪疚、傷害或失敗。就像一道火焰不會有罪疚、傷害或失敗。除了這是一個神聖的人類靈魂之外，沒有別的可說。而當你看出它時，這是個奇蹟。」

雖然她沒有看著他，他知道她的眼睛帶著可愛的嚴肅。儘管如此，他還是忍不住笑。「我是否可以理解為，你在這裡說的是一個叫傑克．鮑頓的人？」

她點點頭。「這是我從你身上學到的，從遇見你這件事學到的。事情並不像我說的那麼直接，但是我意識到……」

「所以，由於我屬靈的本性，我可以不受任何評斷？」

「其他人也一樣，或者說應該如此。可是由於我看見的是你的靈魂，我知道不該用世人評斷你的方式來看待你。主說『不要論斷』，因爲當祂看著世人，祂就只看見靈魂。如此而已。我想我曾經見過另外幾個，他們是學校裡的孩童。而你的最爲明亮。」

「一個神祕主義者。」

「我想太陽就要升起了。而我擔心親吻你是否得體。我可能會灼傷你的嘴唇。」

「隨你怎麼想。」

她笑了。「很可能。」

一個美好、扎實的吻，接著是另一個。然後她說：「星期五晚上六點。我指的可不是十二點二十五分，但是如果你遲到也沒有關係。你不必帶花來。」

「但我必須是清醒的。」

「我會很感激。」她站起來，把那些食物用蠟紙包起來，留在桌上給他。日光從遮光簾的邊緣滲進室內。她說：「我眞的該走了。」他從她手裡接過她的大衣，協助她穿上，再把她的手套遞給她。他看著她熟練地摸摸帽簷，就把帽子戴正。「你不一定要是清醒的。」她說。

他走開幾步，好看著她的臉。「你不眞的認爲我會去。」

「你不想毀掉我的人生，而我可能會毀掉你的。你會想出不來的理由。你會製造理由。」

「我不需要捏造任何理由。如果他們認定我們同居，我們兩個可能都得去坐牢。你可能得去坐牢。」

「我知道。我父親找來法規的副本，要我讀給他聽。這樣他就能確定我讀進去了。」

「我在圖書館找到了一份。」

「我不認爲他們眞的會這麼做，你呢？」

「我相當確定他們眞的會這麼做。」他跟執法人員打過交道，雖然他還是下不了決心告訴她。「只要是與你有關的事情，我的確想要光明磊落。那個牧師說我應該要離你遠一點。他是對的。可是星期五我會去你那兒，如果你想要我去。在沒有人在場監護的情況下，在光天化日之下。管他的鄰居。」

「我只是想要一個普通的夜晚。在我們展開這段寂寞的婚姻之前。」

「慶祝我們寂寞的婚禮。」

「沒錯。」

「凡上帝所配合的……[55]」

「我是認眞的。」

他說：「啊，黛拉，我也是。」

她帶著一個小皮箱和那個氈製提包，他替她提下樓。雖然是大清早，公寓管理員已經在櫃檯旁了，他說：「鮑頓，下一次我會報警，你不能把黑人姑娘帶到這兒來。」她從他手裡接過提包。他替她開門，跟著她走了一小段路到街上。她說：「你該進去了。」

「星期五見。」他說，站在門階上看著她走出視線。路上人還不多，但可能會在那裡的人不是最好的那一類，或者不是處於最好的心智狀態，因爲日光會把他們從無意識狀態中喚醒，使他們變得乖戾暴躁，置身一座眼淚汪汪和身體齷齪的小地獄。這一切他再清楚不過。他完全可能會在某個時候從一條巷子走出來，去打擾一個路過的女子，討個一毛錢或是攀談幾句，他也可能因爲她對他避之唯恐不及而在她背後咒罵她。黛拉走在靠近人行道外側的地方，避開巷口和門口，稍微遠離譏嘲的人聲和伸出的手。醉漢可能會格外認眞地執行當地的規定——「你在這裡做什麼！回你們自己那一邊去！」她會儘快朝著她所屬的那一邊走去，以逃離遭受侮辱或傷害的危險，找到安全，找到熟悉感帶來的幸福安慰。他沒有向她提起他在報上讀到的一則新聞，宣布市府決定要拆除她所屬那一邊的城區，包括教堂和所有建築，在某個時間點用別的建築來取代——雖然這一切尚未定案。她無疑將會知道她正匆匆走向一個注定要毀滅的避難所。而在這個險惡的世界裡，他是她緊緊抓住的那根稻草。難以理解。他想：我又一次成爲舉足輕重的人。我能夠造成傷害。我只會造成傷害。如果今夜我走到她住的那條街，只是去看看她的燈光是否亮起，就會有人看到我，就會有人說閒話。我將會助長遲早會爆發成爲醜聞的謠言，而使她父親心碎。啊，耶穌啊，帶她回家，保守她平安。讓她遠離我。

許多年前，傑克曾經到芝加哥去，只是希望能有機會遇見那個女孩。切實說來，他沒辦法去找她，因爲他不知道該去哪裡找。他有一點錢想給她，連同一封道歉的信，裝在信封裡。那封信很難寫，是一篇令人失望的作品。但是他知道，如果眞的找到她，他可能不會眞的對她說些什麼，甚或可能說出比信裡更令人失望的話來。那筆錢是他父親給的，托辭是要買下那輛敞篷車——「有一段時間我們以爲你可能會回來把車要回去。」那輛車不完全屬於他，而且也不值得老人家寄給他的錢的半數。可是這沒有關係，如果他能寫封短信給父親，說他找到了那個女孩，說他把那筆錢給了她，並且告訴他在那之後所發生的事。他也許會提到那封道歉信。

每當基列鎭的人厭倦了當地，想要一種截然不同的生活，他們就會提起芝加哥。女孩曾告訴他，說她要去芝加哥看遍每一部電影。在她的印象中，電影全都預先存在芝加哥，然後每年送出幾部到各地。她知道的事那麼少，相信的事那麼多，即使對一個如此年輕的人來說，依然令人驚訝。想起這些他臉紅了。領悟帶來的震驚留在他心中，不曾減弱，就算他竭力將之悶熄、淹沒，甚至祭出足夠的憤世嫉俗，試圖找藉口或是漠然以對。

那時他已經習慣了聖路易。芝加哥不可能太過不同。一個問題在於：她當年那般年少，而過去這幾年難免會改變她。即使在當年那些日子裡，她的雀斑也漸漸消褪，小小的斑點褪去一半。如今她可能長高了，或是長胖了。女人也會把頭髮染成別的顏色。在城市裡獨力維生的方式可能會改變她。天哪，別讓我去想這件事。他差點就要告訴父親，說她並不是個純真的女孩，但這話只意謂著她並未受到呵護和照顧，而他卑鄙的行徑使一切變得更糟。每一想起他差點說了這話，他能夠想像會在父親眼中看見前所未有的蔑視。泰迪曾問他：「傑克，你是怎麼回事？」一個眞正的疑問，帶著悲傷。而傑克理解了一件事實，亦即弟弟對他的忠誠不渝是種不帶幻想的同情，就像他在監獄牧師和救世軍身上看見的那種同情。我是怎麼回事？

要在芝加哥找到那個女孩，一個問題在於即使看見了她也肯定認不出來。但她可能會認出他。他認爲他和她一起經歷了某些事，可是隔著如此遙遠的距離，這些事幾乎不可能改變他。可惡的葛洛莉，他那個備受呵護且道貌岸然的妹妹，寄了照片來給他，在他看來，這其實證明了家人在照顧那個女孩和寶寶，不需要他做些什麼。然後他收到了妹妹和母親的來信，告知那個寶寶的死訊，母親的來信冷淡而溫和，葛洛莉的來信則充滿了心碎的憤怒和懊惱。有一次，她寄來一張他嬰兒時期的照片，是從一個項鍊墜盒裡撬出來的，還有一張他女兒同齡時的照片，想表達他們倆像是一個模子裡印出來的。許多年後，在經歷了這一切之後，他把那兩張照片放進從酒吧順手摸來的香菸盒裡，相當漂亮，鉸鍊沒壞，還有個搭扣，邊角有點磨損。他把東西帶到貝爾方丹公墓，走到那座有嬰孩和天使的紀念雕像，從底座挖起一些草皮，把香菸盒放進掘出的空間，把土踩實。他沒有權利從此舉的感傷中得到任何安慰，事實上那令他有點震驚。可是有什麼更好的辦法來擺脫這些照片？所有其他的照片他都不予回應，直接寄回去給葛洛莉，幾乎不曾瞥上一眼。

然後他認眞地考慮到芝加哥去，甚至做了些計畫。父親的錢寄來了，感覺上像是一種肯定，像是父親輕輕推了他一把。就算買了車票，租個房間，也仍舊有點錢能給她。還有那封道歉信，如果他有勇氣交給她的話。大意是說：非常抱歉使你遭受了這麼大的傷痛，給你造成了如此可怕的傷害，在你的雀斑都尚未褪去之前。嗯，他會去理個髮，兩邊理短一點，再把鬍子刮得乾乾淨淨。雖然回憶起來令人痛苦，但除了那輛敞篷車之外，那個女孩對他從泰迪衣櫥裡拿來的毛衣印象深刻：鮮豔的金黃色，胸前有個大大的黑色字母I。泰迪是大學校隊成員，毛衣上有棒球校隊的字母徽章。那個女孩以爲毛衣是傑克的，暗示著他是個大學生。她想讓她的表姊妹看見他穿著這件毛衣，雖然他總是說服她搭他的車到更遠的鄉下去。和父親談過之後，當他打包行李準備離開基列，泰迪拿著這件毛衣到他房間來，塞進他的行李箱，連同他搭配這件毛衣穿的那條燈心絨長褲。泰迪做這些事的時候一句話也沒說。傑克也沒有說話。有時候他們完全理解對方。

他慶幸自己保留了這些衣物一段時間，因為他想到，若以這副大學生裝扮在街上閒逛，她可能會注意到他。那件毛衣異常鮮豔。泰迪從來沒穿過。

於是他搭火車前往芝加哥，帶著那件毛衣，捲起來放在紙袋裡。在火車站，他把外套放進置物櫃，穿上那件毛衣，走進男廁去梳頭髮。燈光來自天花板，毛衣的黃色襯托出他的蒼白，十足嚇人。他的臉比他記得的更瘦，頭髮也更稀疏，刮得乾乾淨淨的下巴是青色的。日光可能還會比燈光更殘酷。唉。他以為他想到了一個主意。在成排的電話亭裡，他找到了一間沒有人、而有一本電話簿的，這兩種情況一起出現的機率不高。他以為有可能找到她的名字。她姓什麼來著？沃克？透納？威勒？為什麼他不記得了？而且女人的姓氏也可能改變。那是一本很厚的電話簿。他翻到鮑頓那頁，那樣做毫無意義可言。人數不值一提，他注意到在這麼大的一座城市裡，姓這個姓氏的人寥寥可數。他無法清楚思考，於是他走向一張長椅，坐下來。那是個滿溢回音的巨大空間，富麗堂皇，屬於城市，疏於維護。麻雀飛過天花板，鴿子在他腳邊咕咕叫。車站廣播的宏亮男聲使人群移動，火車開動時震動了車站建築。他的香菸放在外套口袋裡。他檢查了一下，確認沒有弄丟置物櫃的鑰匙。好吧，無論如何，他不應該坐在這裡。他必須好好利用時間。他走出車站，走上明亮的街道。鋪過的路面，電車軌道，再過去是些廉價旅館。

他走了又走，從手推車攤子買了一條熱狗，又走了一段路，等待著任何被認出的跡象。那很蠢，遠比沒有指望更糟。他沒有考慮到泰迪的毛衣可能會在那個女孩、那個女人心裡激起一陣苦澀，因爲如今她會明白當年稚氣的她遭到了多麼廉價的欺騙。那是他隨身攜帶的亂流，那陣陰風。她可能會看見他的黃色毛衣，被回憶刺痛，並且詛咒想到他的念頭，由於他給她帶來的所有傷痛。她會轉身離開不要看見他，而他將永遠不會知道他曾經與她如此接近。也許在這一切的背後其實是一份希望，想要安慰他父親，好讓他能夠再度走進那間老屋，有回家的自在，自在到他父親幾乎不會從報紙上抬起目光。

既然他已經把這個主意付諸實行，走到了這一步，他不妨繼續走下去。關於這個女孩目前可能過著什麼樣的生活，他最黑暗的想像會把他帶到某些陰暗的街道，而他沒有去那裡找她，因爲他是個懦夫。另一個引起懊悔的原因。穿著那件毛衣，他肯定會被注意到，那等於是在說他的生活允許他炫耀毫無意義的成就，只爲了在草場上流點汗、曬點陽光而耗費精力，和求得溫飽全然無關。這件毛衣甚至不是他的，爲什麼想到這一點使他更加羞愧？

夜晚來臨，他走進酒吧，喝了幾杯酒。他走去旅館，要了個房間，拿到鑰匙，又走回那間酒吧。然後他意識到有人帶他到人行道上，把他留在那裡，倚著一面牆。他的皮夾不見了，房間鑰匙也一樣，還有那封信。旅館的名字寫在房間鑰匙的標籤上。那附近有好幾家旅館，而且看起來全都差不多，事實上如此，也因爲他一直在喝酒。就算他碰巧走進了正確的旅館，反正他們大概也會再把他趕出來。他的回程車票安全地放在襯衫口袋裡，所以至不濟，他只需要等到早上。他蜷縮在某處門口睡著了，直到警察用警棍來戳他，說：「走開，大學生。」他在一盞路燈旁邊找到了另一個門口，可是這一次他睡不著了。一整天他都被自己的思緒折磨，可是至少周圍還有那些女子來分散他的注意力，來提醒他此行的目的。

一個矮小的老黑人在那個門口站了一會兒，帶著長期失眠的人的表情，抽著菸，看著夜色，彷彿有什麼東西可看似的。他瞥了傑克一眼，輕輕彈掉了一節長長的菸灰，說：「看見你這副樣子，你的家人會怎麼說？」說完就踱著步子走開了，留下傑克思索著那老人的手一定很穩，才能使那截菸灰不落下。沒有抽搐或顫抖，那是個良心平安的人，他這樣判斷。在某處也許有人嘲笑那封信的內容——眞的，我沒有言語來表達——完全無法彌補——那既是懺悔，也是道歉。這可能永遠是眞的。兩者都毫無意義。他覺得那封信裡的羞恥——那眞的全是關於羞恥——彷彿和那件毛衣那種硫磺般過度鮮明的黃色有關，而且他知道自己清醒時也會這樣想。置物櫃的鑰匙在襯衫口袋裡，和他回聖路易的車票放在一起。這當中有一種邏輯，令他覺得安心，這證明他基本上還是喝醉了。

這一天糟透了。在街上徘徊，帶著不受對方歡迎的興趣打量那些女子的臉，她們可能具有任何組合的任何特徵，但仍然年輕得要命。他對那件毛衣的利用。泰迪健全的抱負一如平常得到了回報，即使他繫上傑克的領帶，穿上傑克的外套——翻領上被香菸燒出了洞的那一件，替傑克去上課、去考試。家人肯定知道——地質學拿了B+？他們一定知道。可是在某天早晨，傑克也許會在醒來時脫胎換骨。他可能會醒悟，如同他父親所說，並且發現他的人生在等待他，可以期許的青春已經過了一半，完全適合他，雖然某些選項特意保留了下來。他也許會像拉撒路一樣回到自己的生活中，如此熟悉，如此令人驚訝。這種情況從未發生。他確保了這不會發生。也許他可能看見了父親的蔑視，就只有片刻。這對他父親來說是種痛苦，父親對自己發誓過千百次，絕不會走到這一步。

就在那一夜，他被迫面對這件無可爭辯的事實，獨自在一座陌生的城市裡，他的處境和狀況的確會使母親感到憂傷和丟臉，將一陣冰冷的心痛送進她最溫暖的胸脯深處。他的兄弟姊妹也一樣，按照他們各自的方式。然後，他頭一次意識到「無害」是件多麼微妙的事，是一種絕對的禮遇，對可見和不可見的事物，對壓傷的蘆葦和將殘的燈火。[56]如果他不能做到無害，他的失敗會讓他有很多事要反省。他將拋棄所有的詭辯，放棄大大小小與違法行爲有關的所有念頭，甚至不再去區分意外和蓄意。他在一個由關聯織成的網中掙扎，不論朝哪一個方向都會引發後果，是他無法預測、無法控制、甚至無法想像的，沒有任何希望接近事情的眞相。他無疑曾在某處讀到過這些。他的大腦至少跟他的手指一樣喜歡偷竊。分不清「我的」和「你的」，這個老毛病使他的大腦成爲一個寶庫，裝著他不該有、也無意擁有的自命不凡，而他多次理解到這令某些人不以爲然。因此，這是另一種他需要避免的冒犯。他只在必要時才會說話。

於是他就照這樣生活，或多或少，直到遇見黛拉。當機會太明顯或太有趣而無法忽視，就偷點東西。狂飲一場，爲了某種原因，或是無緣無故。入獄服刑。然後有了個機會讓他試用一下自己的教養，有很長一段時間這些教養對他來說沒有用處，和領帶鞋帶一起被收走了。在街上追著她被風吹走的紙張，然後聽見那句「謝謝你，牧師先生」，在她的客廳裡喝茶，耶穌像在一旁看著。何況她如此可愛，還是個有學問的女子。命運還能做些什麼來使他將她銘記在心，作爲在他陵墓門口等候的天使？難怪他幾乎無時無刻不想著她。而由於思緒一向是他閒來無事時的同伴，是他與人隔絕時的同伴，自從坐牢之後更是如此，他的思緒從來都不是用來支配他的行爲，一如他的行爲也不受實用性或進取心的支配，他眞的相信她在他的思緒裡是安全的，而且也離他遠遠的。

而現在他和她結婚了。假定婚姻只是他們之間的一個協定——不能說「只是」，彷彿它被祕密、不合法和其餘的一切給貶低了。這一切使它純淨，或是證明了它的純淨。他的確從一件事實中得到某種安慰，亦即這件事似乎就只涉及忠貞，在這種情況下，對他而言非常容易做到。至於她，如果有一天她決定要過另一種生活，他會因爲她的年輕而原諒她，並且無論如何還是愛她，隔著同樣神聖的距離，他們曾經約定好的距離。那一刻隨時可能來臨。她將帶著他的祝福回到家人和她的生活中，不再經歷新的憂傷或內疚，在他的照顧下沒有受到傷害。他永遠不會想到，無害可以如此甜蜜，如此保護他們倆，也永遠不會想到孤獨可以是婚姻的證明和封印。他想到了幾首老歌，「我走的每一條路都和你一起走過」[57]——這在他們身上從未發生，也永遠不會發生。這當然令人遺憾，但他們會明白，分開是他們的約定，而他們感到的悲傷會是他們共享的祕密，總是溫柔地存在著，勝過共享的回憶。這一切似乎都是可能的，他這麼相信。

那是個星期三，或者說隨著他盥洗、穿衣、擦亮皮鞋、出門、走進一個居然毫無改變的世界而成了星期三。奇蹟沒有留下痕跡。他聽過父親以此爲主題講道，那時他認定奇蹟一度發生，闖入了現實的平淡乏味與不足，作爲一種評注，然後消失，留下一個否認奇蹟可能發生的世界。他把明亮的白天留在身後，走進樓上那個昏暗的大房間，室內有鏡球吊燈，還有木板和蠟的氣味。他最早到，這是由於他下定決心在任何情況下都要認眞盡責。他在長椅上坐下，把帽子擱在身旁，想著如果奇蹟成爲萬物的自然秩序，那會是什麼光景。取之不盡的麵包和魚。[58]成群結隊的拉撒路解開自己的裹屍布。[59]無窮的時時刻刻，黛拉總是在等他，而他總是大致沒有令人失望。

老闆走進來，拉扯啟動鏡球吊燈的鍊條，俗麗的閃光金屬片席捲了整個空間。首先來到的是午餐後進來的女士，然後是幾個中學女生，她們站在門邊自顧自笑著，也許是笑他的吉特巴舞步輕快準確，還有他的頭髮日漸稀疏。在街上，她們可能會避開他，如果他對她們微笑，她們就會掩嘴而笑。然後是難以解釋的黛拉——「當我想起你，親愛的朋友」。有誰能夠承諾對誰忠誠呢？忠誠是脆弱的。她的表情會改變，她將再也不會帶著那種甜蜜的信任看著他，他沒有做任何事來掙得這份信任，而且可能會在考慮不周的坦誠時刻失去它。

到了星期四，他告訴自己喝個一、兩杯不會有什麼害處，於是他到圖書館去，找到了一本介紹蘭花的書，還有一小冊裝飾過度的詩集，經過這麼多年理所應得的忽視，扉頁已經熟成了奶油色，很容易撕下。他描摹了一朵特別豔麗的蘭花，再稍加美化，懷著對造物主或演化論的所有尊重，或是對這兩者的某種組合。他的手仍舊很巧。他仍舊能用這幅素描來取悅自己，漂亮的線條，看起來的確像陰影的明暗色調。這將是他要帶給黛拉的花，而她將會大笑，把它擱在某處妥善保存，之後她會再拿出來看。他突然想到，這朵天使般美麗純潔的花是在多久以前被轉化成它自己的鬼魂，一個異常輕微的改變。「你永恆的夏日永不褪色」。[60]他想知道，如果那溫柔信賴的眼神從黛拉的眼中消失，他對她的愛是否會減少。有種方法得以知曉。再也不會有人看見那溫柔的信賴。她對他的記憶將永遠蒙上陰影。還是個孩子的時候，他曾經知道是否有他想要去偷或是去破壞的東西。他抗拒這股衝動，就只抗拒到足以讓他在實際去做時感到某種解脫。啊，耶穌，這一次不要。

可是當星期五來臨，他請了一天假，擦擦洗洗、刮鬍子、刷淨衣物、擦亮皮鞋，在這些能夠改善他外貌、提升他自尊的事情上盡力而爲，然後從頭再做一次。他但願有一種溫暖而有男子氣概的香水，而他擁有一瓶。別讓我被逮捕，別讓我喝醉。

他在六點鐘去敲黛拉的門。在他甚至還沒把帽子擱下之前，她就親吻了他。於是他在那裡，黛拉在他臂彎裡，他準時前來而且沒有喝醉。她烤了一隻雞，做了些比司吉小麵包。餐具已經擺好，桌上擺著蠟燭，還有個他認爲是花瓶的東西。其餘的一切跟以前一模一樣，但是完美。他知道這個房間沒有一點灰塵，沙發靠墊沒有一絲起皺或錯置的痕跡。「喏。」他從口袋裡掏出那張紙。「這就是我帶來的花，抱歉。」她展開那張紙，說了聲「噢！」，然後又說：「又一個天使！」這令他高興，因爲他畫畫的時候想到的就是六翼天使。

在她調理醬汁的時候，他站在她旁邊，在那間溫暖的小廚房裡，然後他把盤子端到桌上，看著燭光在她髮際和眼中搖曳閃爍，一邊談著某件美好的事，從他們的笑聲來判斷，然後他們陷入沉默，當他伸手越過桌面去撫摸她的手。八點鐘來了又走了。事實上，隔天早晨他醒來時，她的臉頰貼著他的肩膀，手臂橫在他胸前。

下午他去上班，以彌補請假的週五。星期六就這樣過去了，而星期天他去了教堂。他坐在他坐慣的那一排，旁邊是那個名叫阿諾的男子，跟他說了早安。講道壇離他有一段距離，但是牧師當然看見了他，注意到他，明顯留意著他。牧師的表情裡沒有一絲親切。

歌唱和祈禱結束。牧師走上講道壇，說：「今天早上我要說出我的想法。這是我的職責。也許有時候我讓你們全都忘了你們付我薪水要我做的事。所以今天我要提醒你們，我要跟你們談談你們的債務。我指的不是你們欠的錢，那不是我要談的事。我要談的是當你們撒謊、當你們做出自己無意遵守的承諾、當你們擾亂了一個平靜的家庭，你們所積欠的債務。」傑克已經很多年沒有感覺到一番講道是針對他而發的了。當然，他也很多年沒上教堂了。然而，「傑克．鮑頓」這個人似乎是個效果很好的講道文本，就跟「迷途的羔羊」、「浪子回頭」和「不忠的管家」一樣。在他年輕時，這種感覺令他發笑。如今這使他冒汗。

「如果你們是可敬的人，就會知道其他人的生活是脆弱而寶貴的，對每一個愛他們的人來說都很重要，而這表示對主耶穌基督來說也是寶貴的。你們自認為可以去傷害祂最小的兄弟姊妹，而祂不會覺得這是對祂本身的侮辱嗎？那你們最好是去讀一讀《聖經》。如果你們認為你們的罪將會消失，彷彿從來不曾發生，因為耶穌愛你們——那麼，我有個消息要告訴你們。耶穌愛很多人。祂愛著你們欺騙的那個人，也愛著你們在背後取笑的那個女人。這是些小罪，你們說。在基督心裡的小小傷口。想一想吧。祂想要屬祂的人擁有豐富的生命，而你們卻從這份豐富裡竊取——也許不是金錢或財物，但卻是他們有權擁有的平靜、信任和愛。你們看見女性，我們全都看見了，女性忍受一切，原諒每個人。她們是聖人！每個人都這麼說。史密斯姊妹、瓊斯姊妹，她是人間的聖人！這很可能是事實。而我們是怎麼對待這些聖人的呢？我向她借了一點東西，嗯，她永遠不會要求我歸還。她是個聖人！我看見她的希望被看得一文不值，看見她的愛心執著在某個不值得愛的傻瓜身上，他只會轉身離開她，拋棄她。她會原諒，她是個聖人。而我們從〈馬太福音〉第二十五章裡學到了什麼呢？學到了我主基督是個法官。一個法官。而且祂也是受害的一方！看看經文吧。你們以爲祂沒有感受到孤獨的飢渴、被遺棄的赤裸、沒有得到忠誠作爲回報的忠誠的監牢？難道祂的心情不沉重嗎？就和一個母親或父親的心情一樣沉重，當他們的子女一事無成，只製造出恥辱和憂傷。」

阿諾頹然縮坐在長椅上，用手捂住了眼睛，可能在哭。太好了！這也許表示這番講道乃是針對他而發！即使是最微小的可能也帶來安慰。於是他下樓去吃午餐，拿著盤子去排隊盛食物，想著如果有機會和牧師說話，他要說些什麼。

衆人很安靜，默不吭聲，無疑正各自在心中咀嚼這番訓斥，在心裡翻來覆去地思索，思索這番訓斥指的是誰，係由何事引發。在傑克看來，有幾個婦女似乎在暗自微笑，欣喜於聖徒的地位被提及，證明了她們有理由埋怨一個不知感激的世界。還是說，他所感覺到的也許是衆人低調的滿足，由於聽見牧師好好教訓了那個白人一番。誰曉得他們私底下知道些什麼，或自以爲知道些什麼，包括單純的眞相。也許他應該表現出一些羞愧的跡象，在不放棄太多尊嚴的情況下承認這一點。他本可以抓起帽子，逃進日光裡，留下他們暢所欲言。而他之所以沒走，不僅是因爲在他決定他也許應該離開時，盤子上已盛了豆子，也因爲星期六早晨在他離開黛拉之前，她說著「現在你是個結了婚的男人！你有個妻子！」，一邊整理他的衣領——他一向小心翼翼地讓衣領保持挺直。她替他把領結繫緊，一個半溫莎結。而他知道這些小動作意謂著什麼：你不是獨自面對這個世界，你有個妻子，她投入了關心和自豪，讓世人知道你並非只是隻身漂泊，對任何人都不重要，在此處或彼處與人搭訕幾句，四處打發時間。一個已婚男子！這完全是更高層次的孤獨！如果不是因爲密蘇里州的刑法，他本可以理所當然地從屋頂上把這些話大聲喊出來。他感到這一切都令人難以置信，除了那部刑法。

牧師下樓來吃午餐，把盤子擱在另一張桌子上，和那一桌的人談起話來，沒有朝傑克瞥上一眼，彷彿他知道傑克希望能捕捉到他的目光。最後，傑克把盤子端到廚房去，然後走到牧師那一桌。他說：「牧師先生，如果你能抽出幾分鐘的時間，我想和你談一談。」片刻停頓，全桌的人都感覺到了，也明白了，然後牧師說：「哦，艾姆斯先生！還是說，今天是鮑頓先生？你運氣很好，我可以抽出幾分鐘來。」他站起來。「在這裡，還是在我書房？」

「書房，如果可以的話。我無意打斷……」

「我相信你無意，你知道我的書房在哪裡。」然而他還多留了一會兒，和那些人握手，問候他們的親戚等等，延長傑克站在書房裡等待的時間，傑克甚至還延遲了片刻才走上樓梯。牧師終於走進書房，指了指一張椅子，在書桌前坐下。

傑克說：「鮑頓。這是我眞正的姓氏。」

牧師點點頭。「所以這個問題我們解決了。那麼，鮑頓先生，你今天有什麼心事？」

傑克清了清嗓子。「我認爲你今天上午的佈道是針對我而發的，其中某些部分。」

「這一點你自己最能夠判斷。有太多人可能有同樣的感覺，所以才值得拿來宣講。」

「是的。嗯，我打算要改正我的生活。過去我也做過其他嘗試，但是缺少扎實的基礎，或說不夠認眞，雖然在當時我並未意識到這一點。在某種程度上，我缺少繫纜停泊之處。我很確定你今天上午所說的話會是很大的幫助。」

牧師點點頭。「我知道這話我之前就說過，但你可能需要回家和你父親談一談。」

「我會的，在某個時候。等我能夠告訴他我已經改過自新，至少足以讓我在說這句話時看著他的眼睛。」牧師露出微笑，於是傑克說：「這是我的一個毛病。」

「是的，我明白。」

一片沉默，時間長到足以讓傑克以爲牧師可能會把椅子往後推，看看手表，然後祝福傑克在自我改善的努力上順利成功等等。最後牧師說：「我是否可以假定，你再次找上我是因爲我上次給你的建議對你有用？」

「是的，先生。非常有用。」

「所以說你照著做了。」

「不，先生。我不能眞的說我照做了。但是那給了我很多東西去思考。」

「太好了。」牧師說，但是言不由衷。接著又說：「前幾天我碰巧和麥爾斯小姐的牧師談起她。沒談你，就只談到她。他對她的評價很高，這不在話下。她的成就，還有她的基督徒性格。」

傑克曾多次注意到，凡是在生活中擁有任何地位的人，在某個時候都會成爲被激怒的權威。你做了什麼，鮑頓？你爲什麼這樣做？他發現只要對方沒有喝得爛醉，他能夠接受任何人的責備，但不會因此而有所改善，除非所涉及的不安是實際上要付款償還所欠的債務。這種想法實際上可能安慰了他，因爲債務是會減少的，除非牽涉到某種利息，這可以用來理解持續累積的小錯誤和小過失也得要贖罪，如果這種觀點有可取之處的話。那幾個自稱是討債人的傢伙每隔一、兩個星期就要他把口袋裡的錢掏出來，他已經有一陣子沒見到他們了。於是他來找一個神職人員，他想，也許是在尋找另一種版本的相同經驗。

傑克說：「我確信我無法斷絕我們的關係而不造成她極大的悲傷，痛苦。我眞的這麼認爲。」

牧師聳聳肩。「一般說來，人們會沒事的。他們遲早能夠回顧自己的憂傷，而對造成這些憂傷的原由心存感激，儘管當初看來似乎是不可能的。」

「而她會心存感激。她會有更好的人生。」

「我相信假以時日，她會心存感激。」

傑克點點頭。「儘管如此。」

牧師向後靠坐在椅子上。「鮑頓先生，我就直截了當說了。我想我明白我在要求你放棄什麼。你給我的印象是一個非常孤獨的人，一個生活不順遂的人。而忽然間，一個出色的年輕女子決定她愛上了你。在這之前，她過著備受保護的生活，乃至於她並不眞正了解觸犯法律將會導致的各種情況。而你能爲她做什麼呢？你可以對她忠誠。在這種情況下，那比無用還糟，除非你表明忠誠的作法是離她遠一點。」

傑克說：「對我來說，即使是考慮離她遠一點，感覺也像是不忠。我相信她會這樣想。我知道她會。」

「好吧，如果你不接納我的建議，爲什麼來找我？」

傑克說聲「對不起」，站了起來。「我耽誤你的時間了。」

「孩子，彌補你所耽誤的時間吧！把你來這兒的目的告訴我，作爲回報。」

「這不重要。一種祝福吧，我想。」

「什麼？不！我沒聽錯吧？祝福？不！這當中沒有任何事得到我的祝福！我肯定說得很淸

楚了！」

「是的，牧師先生，你說得很清楚。不過，是你先問我為什麼到這兒來的。我想我之前沒有意識到你的立場是如此決絕。假如我知道，我就不會來打擾你了。」

「難道你以為我會讓你的這種安排沾上一點神聖，幫助你說服那個好女人，讓她相信這眞的是某種形式的婚姻？」

「不，牧師先生。她不需要被說服。需要祝福的人是我。如同我所說，我在努力改過自新，但是我缺少……繫纜停泊之處。這個字眼我先前用過，我想不出更恰當的字眼。」

「而你是為了她而想要改過自新。」

「我有個很棒的妻子，而我想要好好待她。」

「我們談的是麥爾斯小姐。」

「當然。是的。」

「她不是你的妻子。」

「關於婚姻有各種不同的定義。在《聖經》裡……」

「這些我都知道。那麼這種結合會不會有孩子呢？是的，會有。這一點夠清楚了。你最好考慮一下你在給多少人製造麻煩。」

傑克點點頭。「我的確在考慮。我不是個無辜的人，這顯而易見。我這一生裡造成過許多損害，而我想要稍微控制自己的某些衝動。如果我能做到，這無論如何都會是件好事，不管結婚與否。所以我想請你幫忙。」

「好吧，我想你看得出來你正在製造麻煩，而且你並不打算停止。我不知道祝福會有什麼幫助，也不知道我會有什麼幫助。」

傑克點點頭。「那就只是個想法。謝謝你的時間。」

他走到門口，但是牧師說：「鮑頓先生，我還可以抽出幾分鐘的時間，如果你想告訴我你剛才提到的那些衝動。」

「好吧，我告訴你。我是個手巧的小偷。我說謊很流利，經常無緣無故地說謊。我是個積習難改的酒鬼。我沒有交朋友的天分。我擁有的天分我沒有善用。凡是脆弱的東西我會立刻察覺，幾乎是癡迷，一心想著我必須弄破它，也將會弄破它。我這輩子都是這樣。我把自己孤立起來，以減少我可能造成的傷害。而現在我有了一個妻子！對於她的優點，我知道的遠比你更多。我可能會對她造成無數種傷害，儘管我從未有意對她造成傷害。」

牧師說：「我的老天。」

「是的。所以我原本希望你能夠幫助我。你應該是最後的依靠，不是嗎？我還能對誰說這些呢？我甚至不認識任何人。」

「嗯，是的，鮑頓先生。我理解你的擔憂，眞的。我一直在納悶你爲什麼到這裡來，到錫安山教堂來，你明明有那麼多白人教堂能去。但現在我看出他們比我更不會同情你的情況，雖然我的同情也有限。」

「這就像是我在地獄裡。一個具有破壞力的人，在一個一切都可能毀掉或破壞的世界上——如同雪崩一般的痛苦後果隨時會被引發。如果事情出了差錯，我的妻子會被關進監獄，因爲事情的確會出差錯。」

「嗯，是的。請坐下吧，鮑頓先生。讓我們看看能否從比較好的角度來看待這些事。坐下來休息一下。」

他照做了。「我到這個教堂來並沒有什麼特別的原因。有些人很親切。」他沒有提起取回帽子那件事。

「我很高興聽到你這樣說。而且當然也歡迎你來。」

「我可以是善於算計的，但是在這件事情上我沒有。我只是想澄清一下。」他沒有提到午餐，也沒有提到那架鋼琴。

「我很抱歉，如果我似乎在暗示你善於算計。」

「沒關係。」

牧師說：「也許值得記住的是，這件事情的責任並不完全在你身上。我聽說的是，麥爾斯小姐也同意這件事。」

傑克笑了。「我們完全是一條心。我們是共謀者。這是我這輩子有過最美妙的感覺。藉由提醒自己她也有『責任』來減輕我的負擔，這個想法無法帶給我任何安慰。」

「不，當然無法。但是換個說法，她想必在你身上看見了什麼，因爲她顯然愛你。」

「她對我的靈魂評價很高。初次見面的時候，她以爲我是個牧師。我不知道她怎麼會這樣想，我當時穿著黑色西裝，配著棕色鞋子。」

牧師說：「這種事在任何人身上都可能發生。」他端詳著他的筆。

「不，我的意思是，我一定是下了特別大的工夫來使自己顯得體面，以分散她的注意，或是爲了彌補。她的親切在當時對我意義重大。我不想……把事情弄得複雜。我的意思是，在我一開始由著她喊我牧師之後，我沒有辦法糾正她而不對自己的情況加以解釋，這在當時對我來說異常困難。」

「但你的確告訴了她。」

「她發現了。」

「而她並不在乎。她仍然對你的靈魂印象深刻。」

「是的，我那飽受打擊、無神論者的靈魂。對於這點我一直很誠實。另外，她是個英文老師，而我喜歡詩歌。」他笑了。「我無從解釋，也不認爲能有解釋。我將對她忠誠。她擁有我比無用還不如的忠誠，至死不渝。如果有一天我不忠，不管是因爲我的天性，還是因爲我被世上最明智、最神聖的理由說服，那將會終結我，而那可能是一種解脫。」

「好吧。如果我能幫得上你什麼忙，或是你只是想要找人傾訴，我通常都在這兒。我還在思索你先前問過我的第一個問題：要如何區分信仰和假定。我還記得。那是個有趣的問題。」然後牧師說：「你應該記住，讓你努力避免去造成傷害的那一部分的你，就跟那些衝動一樣，都是你自己。也許你應該試著把它們稱爲『誘惑』。」

「是的。也可以這麼想。」他們握了手，傑克走下樓梯，走出門外，走進下午明亮的燠熱中。他看見一個女子從街道的另一邊經過。那不可能是黛拉。如果她是來找他的，她怎麼可能等他這麼久而不冒著引人注目、引發流言蜚語的風險？不僅是風險，而是必然。他穿越馬路，跟著那個女子走了幾個街區，然後她用一把鑰匙開了門，走進一間屋子。不是黛拉。一點也不像黛拉。她瞥了他一眼，他輕觸帽緣致意，她跨進門裡，把門在身後關上。

他的第一個念頭是：他要給老先生寫封信。這可能是爲了回家探望做準備。他父親肯定會回信，這將使傑克知道可以期待什麼，除了慣常的鍾愛、寬恕和毫無根據的希望之外。他父親也會寄來一張支票，傑克在十天或十二天之內不會去兌現，藉此向父親保證他的困境並不特別窘迫。他的好父親的確要求自己的言行要合乎美德，這意謂著某種形式的美德必須派上用場，即使是那些最好用尖酸刻薄來對待的情況。這不僅是傑克的印象。泰迪也會幾近難以察覺地微笑聳肩，當父親堅定的耐心似乎就要出現裂縫——「如果你能幫助我理解你這樣做的理由，傑克」——分析某件顯然毫無意義的年少過失，把事情說得太過委婉，婉轉地使傑克了解他在一個沒有方位座標的內心地帶徘徊。而眞相是傑克對自己也一樣感到困惑，就像父親對他感到困惑一樣。當這個眞相漸漸被理解，泰迪會說「想玩一下接球遊戲嗎？」或是「上午下過雨，讓我們去看看魚會不會上鉤」。對鮑頓一家人來說，包括傑克在內，「傑克和泰迪在一起」意謂著傑克沒事，鄰居家裡正在孵蛋的母雞和南瓜園，連同可能吸引他注意的其他動產，也沒事。

傑克會說：「你總是擔心我孤單一人，所以你會樂於知道我不時去向一位牧師討教。他並非不親切，雖然有時候他非常坦率，而這當然也可能令人心煩，只有在比如說我喝醉的時候，其中的痛苦才會超過我從中得到的益處，而我不能喝醉，因爲這是個禮拜天，也因此我買不到信紙和筆。以我目前的精神狀態，這樣無疑也最好。免得我可能不由得寫信給他。」

「最親愛的黛拉，我的生命，我的愛。一想到你，我不安的心靈就得到安寧。」他可以每隔一段長時間寫信給她，每次相隔幾週而不是幾天，因爲郵差不總是守口如瓶。而他會利用這些時間來寫出非常優美的信。他會在信裡附上素描，還有詩歌。他可以畫出音符，而它們會像是一種密碼。「我並不想讓世界起火燃燒，我只想燃起你心中的火焰。」[61] 她會大笑。他想像著她在羅蘭的鋼琴上試著彈出這些音符。如果他新近讀了一本好書，他可以有品味地展示才智。他只會讀非常好的書。

「親愛的赫欽斯牧師，我寫信來告訴你，我對你用的『安排』一詞以及它所暗示的一切心生反感。生爲長老會教徒，也受撫養成爲長老會教徒，我尊重坦率，即使我覺得它姿態太高、刺痛了人，就像在這個情況裡。我的牧師父親常說，貴教派對洗禮聖事的重視往往把牧師的地位提高到了他稱之爲祭司的地位，不管他這話公允與否，他的意思是，相對於任一個教友，隨便哪個赫欽斯牧師也可能覺得自己獲予了某種程度的權威，乃至於似乎會拒絕給予對方一份單純的祝福。這是長老會教徒所尊崇的聖約不會贊同的。所以我大概必須原諒你自以爲是地來管我，你率爾干涉我的個人生活，而你對我的個人生活幾乎一無所知。『一個非常孤獨的人，一個生活不順遂的人』——我記得這是你用的說法。那你的生活呢？我讀過有關政府徵用土地的文章，那是個更高的權威。一個拆除房屋的大鐵球將會闖入你的教區，牧師先生，而你的羊群將被驅散！」

駭人、絕望的惡意。天哪，這股惡意只在他訴諸文字之後才在他心中浮現，讓他慶幸自己沒有命中。然而，他還是爲了懷有這些念頭而感到羞愧，與其說是爲了它們的卑鄙，不如說是爲了它們露骨的絕望。這些念頭出現在惱羞的怒意退去之前，在他明白看出自己怒火的愚蠢之前。長老會教徒，的確。如果他父親得知自己的兒子派出一個拆除房屋的大鐵球去對付一座教堂，即使只是在想像中，他父親會羞愧難當。誠然，身爲傑克，一部分的他忍不住想知道，拆掉一座尖塔會是什麼光景。每週一次讓世界停止運作，抑制一部分的不良衝動，這是摩西給人類最好的禮物。

懷俄明州的州名和任何字都不押韻，但它會是個好標題。在他們的婚禮晚餐上，黛拉告訴他，在她小時候，她父親的教會裡有個從鐵路公司退休的老人。她問他是否去過懷俄明州。他點點頭。「那裡啥都沒有，只有一群半野蠻的白人在那裡爲所欲爲。沒必要離開孟斐斯去看那個。你和懷俄明州沒有半點關係。」她說「噢，但那是美國的一部分」，因爲她在學校裡讀到過。他說：「它是。你不是。」

她哭著去找父親，而他說了些安慰的話。她需要感謝的事那麼多，上帝不會希望她爲了懷俄明州而哭泣，以它與她生活的關係，它就跟另一個星球沒有兩樣。然後他就去找那個老人，談談該怎麼跟小孩說話，什麼話是有用或合適的、什麼話是善意的。

「我沒辦法停止去想這件事。」她告訴傑克，在燭光中她的眼神柔和。「我的懷俄明州是草叢裡的風和遠處的山嶺，沒有人說『你不屬於這裡』。在我夢想中，那就像是走出了這個世界。」

他差點就說：這有點像愛荷華州。當然，沒有山。他常幻想著和她一起走在那些如沙丘般起伏的田野上，還有那些向四面八方伸展的巨大橡樹，以及河邊搖曳成蔭的棉白楊。一個樸素、開闊、陽光照耀、平靜安詳的地方。那麼多的鳥兒在歌唱，蟋蟀唧唧齊鳴。也許不會有人提出那些棘手的問題，不會有習俗和期望的巨眼發現他們倆走在某條無名的路上，穿過無垠的鄉間，也不會有人問：他們為什麼在這裡？他們應該手挽著手走在一起嗎？哪怕是無聲地問。他不能告訴她，他對愛荷華州懷有夢想，那顆閃亮之星。別人可能會說：你聽說了傑克·鮑頓又做了什麼嗎？那個他帶回家來給他可憐的老爸看的妻子？總是做不出好事。素行不良，這也無可奈何。

他走著走著，最後走到了伊茲橋。這天早上他為了上教堂而穿戴整齊，可是只要把帽子稍微傾斜，嘴裡叼根菸，他就成了滑頭小子。他在騙誰啊，他永遠都是滑頭小子。他可以倚著牆壁，如果有個漂亮的黑人女子經過，就咧嘴一笑，也許輕觸帽子致意，博得對方一粲。這種尋常的厚顏無恥不會有人注意。他想著她看見他在那兒，化石在那些大石頭裡有如星座圍繞著他，這個地方的傳說是他們之間的一個祕密。然後夜晚來臨，於是他走回寄宿公寓，回到他的房間。

§

第二天，黛拉的短箋送達。「明天晚上到我住的地方來。我姊姊來訪。她想見見你。她不像蒂莉亞姑媽那麼和善，但應該不會有事。反正這件事遲早發生，而且這讓我有機會看見你可愛的臉。（我還沒有向她透露結婚的事，所以……請謹慎。）」他還真的照了照用來刮鬍子的鏡子，看看他的臉、那不在正中的鷹勾鼻還有青青的下巴有哪裡稱得上可愛。他試著擠出微笑，感謝上帝在情人眼裡什麼都好，願意睜著眼睛說瞎話。他的日子漸漸有了生活的氣息。眾所周知，這是婚姻帶來的影響，卻並非婚姻最吸引人的特點。他可以對他不太和善的大姨子非常和善。他將把佛洛斯特那本小詩集揣在口袋裡——「我是個熟悉黑夜的人／我曾冒雨出去——又冒雨回來。」這是對他自己的誠實描述，但又有幾分浪漫。詩歌就是這樣，另一個作僞證的證人。也許他喜歡詩歌是因爲詩歌也忍不住要說謊。噢，好吧。踏進她家門的那一刻，他將會端詳她的臉，如果他允許自己去端詳，看看他如何不受贊同，隨時準備好承受某種令人悲傷的震驚。他不會從她的拘謹和疏遠中得出任何結論。孟斐斯派出了一個監護人，一個打探消息的人。他不會刻意去注意是否有跡象顯示她已經半信半疑地被說服了，承認爲了區區一個他而冒這麼大的風險是愚蠢的。倘若他果眞看見了蛛絲馬跡，他就會離開。一旦她心生猶疑，就將無法挽回。

上班的路上，他買了一本信紙、幾個信封、一枝鉛筆。下午他心不在焉地跳著華爾滋，忘了調整步伐好配合一位矮小的女士，直到她有點喘氣。除此之外，他的心思遠遠不在工作上。老闆瞥了他至少兩眼，像是要提醒他，對他的工作表現是有期待的。明白啦。他跳著華爾滋舞步，把最後一位女士帶回她先前擱下皮包的長椅，坐下來，把那本信紙擱在膝蓋上，寫下「親愛的赫欽斯牧師，再次感謝你的時間和洞見，還有你的坦率。約翰・艾姆斯・鮑頓（傑克）敬上」，然後塞進信封裡。這是他去教堂的藉口，替他省下一張郵票，也讓他有機會去觸碰鑲著木板的牆面，去感受其堅實。油漆已經乾裂，有些會脫落在他手上，但是還不會有震動，還不會有金屬撞擊舊木材的巨大衝擊，還不會裂成碎片。爆米花、烤豆子、脆皮蜜桃盅的甜味還可以從那個角落升上天空，還能有一小段時間，或是再久一點，政府對土地的徵用在另一條街上怠速等候，該來的時候就會來。

在他年少時，有幾次他對於破壞的想像是如此強而有力，乃至於行動本身似乎就跟已經做了沒有兩樣。於是他就做了。彷彿那個想法的力量夠強大，使他的協作顯得微不足道。這些衝動——不是誘惑，已經沉靜了許多年。但是，當他認清了他允許自己去做的幻想，事實上等同於打算把城市的這一帶化為廢墟，這使他感到震驚。他是個無足輕重的人，他也從這件事實中得到安慰。可是如果他生活的細節可以說就只是些漂流物，被淹沒的領帶，被淹沒的翼尖，而他沉沒在黑暗的洪流中，以某種方式增加了它駭人的重量，迷失在其中，隨著那洪流帶來阻擋不了的傷害，甚至是當它巨大的肩膀撞進那座古老聖所年久失修的一側，那座為了榮耀全能的上帝、為了天堂的緣故而建造的禮拜堂？有些念頭比其他的念頭更令他害怕。他可能已經領悟到許多事情的解釋，忽然洞悉了自己的性格和動機。他父親曾經敦促他這樣做，彷彿這樣做能帶來任何好處。

他使自己成了社會的棄兒，但如今他知道他不僅是社會的一部分，而是社會的本質，社會的縮影。如果你能解釋一下你這樣做的理由——你為什麼摧毀，為什麼破壞，為什麼偷竊。他突然覺得自己比不祥還要更糟，是抵達傷心現場的第一隻禿鷹。麥爾斯小姐，你的家多麼舒適啊！耶穌今天晚上看起來特別好。然後，砰！溫柔的你進了監獄，任何人對你的愛都成了痛苦，所有曾經寄託在你身上的希望都煙消雲散。我是黑暗王子，我相信我可能提過。監獄對我來說就像第二個家，這件事我想我沒有提過。

他經過那座教堂，見到赫欽斯在那兒，坐在門口的臺階上看報。看見傑克，他笑了，揮了揮手裡的香菸。「至少在這件事上我並不虛僞。很高興見到你，鮑頓．艾姆斯先生。」

「喔，我想把這個交給你。這沒什麼，一張表示感謝的短箋。眞的沒什麼。」

「你很好心，還費這個工夫。」

「一點也不費工夫。」這不是他原本的計畫。他沒有辦法解釋他曾經向自己承諾要親手感受這棟笨重的建築。如果要這麼做，他就得踏入灌木叢中。他可千萬不要提起他何以渴望得到這份暫時的心安，確認這棟建築安然無恙。他本想走開，但是赫欽斯說：「我思考了一下我們談過的事。我知道你在這種情況下會盡你所能，按照你自己的信念，我只能要求這麼多，你也只能做到這麼多。我知道你很清楚事情的嚴重性。」

「是的，非常清楚！謝謝你。」在牧師能多說什麼之前，他就走開了。他還是孩子的時候，曾經問過父親，魔鬼是否會感到懊悔。他父親說：「欸，你知道，魔鬼或許只不過是一種比喻。」撒旦在希伯來文裡是「敵手」的意思，諸如此類。於是傑克沒有問下一個問題，亦即魔鬼是否會作噩夢。在禮貌的談話中容不下極端之惡。

「按照你自己的信念」，牧師對那個在外邊的黑暗裡哀哭的人說。假如黛拉不是這麼優秀，沒有背負著他人的期望，那麼他這樣悄悄接近她可能就不會帶來這麼多羞愧。他是有毒物質或易燃物，或是類似的東西，僞裝成一個遭社會排斥的人，好讓他成爲社會惡意的完美媒介。這些浸信會教徒把銅板扔進他帽子裡，和他分享餐點，可能作夢也沒料到會造成傷害。而他將對他們的善意作出卑鄙的回報。年少時他曾淺嘗過羞恥，而他從實驗中了解到，「羞恥」和「無限」與「永恆」這種崇高的事物具有相同的特質。一如無限和永恆，羞恥無法分割或加乘。由於他仍然是個壽命有限的生物，他無法肯定地說羞恥沒有終結的時候。有很長一段時間，他懷疑這與地獄至少在這一點上是相關的——地獄可能也是某種比喻，父親曾含淚保證，經常如此——每當父親不得不縮減他偉大的神學詮釋體系的又一個部分，以免這一部分的解釋可能對兒子造成影響。傑克曾經淺嘗過羞恥，而它像瘧疾一樣仍舊在他體內流動，使他冒著汗醒來踱步，直到它又藏進他骨頭裡，在他頭骨底部，沒有被平息，沒有被合理化，沒有被赦免，潛伏著，除了偶爾使他的夢帶有斜睨的怪異。他很確定，一般人不會爲了年少時的罪過而永遠悲傷；一般人也不會憂懼報紙上大肆預言的盲目而巨大的破壞性衝動。然後是黛拉。抽象地思考，一個能夠像傑克這樣對她構成威脅的人，如果他對此沒有感受到難以忍受的內疚，他就是個徹頭徹尾的混蛋。這意謂著困惑的黑暗風暴還會加劇，而傑克將無處避難，當然，除了在黛拉甜蜜的平靜裡。一想到她，他就迅速得到安慰，感覺到一陣平靜的顫抖穿過全身，這種事他甚至不曾聽說過。他必須放棄他的避難所，以避免他將迫切需要它。離明天晚上還有幾個鐘頭，然後他將向她告別，而他會是認眞的。會努力做到。

他敲了門。她姊姊來開門。

「我是約翰．鮑頓。」

「我知道。」

黛拉安靜地走進來。他不記得她是否說過姊姊的名字。他似乎打斷了什麼，無疑是一番激烈的爭論，乃至於過了片刻，她們才逐漸意識到還有別的事也可能重要。

他爲了把自己弄得體面一點而提早下班。去理髮店刮了鬍子，襪子是成對的，仔細刷過的外套看得出刷子造成的磨損。他的衣服太舊了，再也撐不起體面。一星期前，一個褲袋在上班時破了，一把硬幣順著他的腿撒落。那一幕很滑稽，難怪那些女士會大笑。他去廉價商店買了一包針和三軸線，盡所能地細心修補、縫合、加強，知道這些權宜之計可能被視爲辛酸，修補可能比破損更爲顯眼。事實上，站在黛拉的客廳裡，面對沉重的寂靜和純粹澈底的審視，他覺得每一道修補的痕跡彷彿都是他身上的一道傷疤。瘢痕（cicatrix）。奇怪的字眼在奇怪的時刻浮現在他腦海。

他說：「對不起，如果我遲到了。」然後又說：「對不起，如果我早到了。」他用帽子做了個手勢，這提醒了他帽子還在手裡。沒有人把他的帽子接過去，他意識到對方省略了習俗上這個表示歡迎的動作。不要加以解讀。

她姊姊說：「不要緊。」用的是那種不拘禮節的語氣，既非全然輕蔑，但也談不上尊重。倒不是說他在尋找任何尊重的表示，但是他會樂於找到一個。

黛拉走過來，接過他的帽子，挽住他的手臂，臉頰貼著他的肩膀。暫時緩刑。這使得他熱淚盈眶。

「噢，老天！」她姊姊說。「我不會留下來看這一幕。我有封信要寄，我記得先前看到一個郵筒，大約在十個街區之外，大概是在去伊利諾州的半路上。你們兩個需要時間談清楚。你最好這樣做，黛拉。」她離開時沒有在身後用力把門甩上，只是非常堅定地關上了門。

傑克說：「她那樣做算是通情達理了。」

「她是好意。」

他們在沙發上坐下。他決定最好不要摟住她。她從他的大衣口袋裡抽出那本書。「羅伯·

佛洛斯特。」

「以免談話出現冷場。」

她點點頭。「我想一些冷場在所難免。謝謝你來。我需要見你。」

這是他時時刻刻都願意對她說的話，如果她的意思是在她體內有一種時時被喚起的需要或渴望，只要一見到他就能夠平息。有句話大約是這樣說的：食物增加了飢餓感。但她的意思也可能只是她和他有些事情要解決，現實中必須要處理的一個結或一個疙瘩。絕不可能同時意謂著兩者，這很有意思。當然，他和黛拉完全被問題包圍，密蘇里州和田納西州能夠協力設計出多少障礙就有多少障礙，如果她選擇用這個觀點來看待事情。他無法想像有關他們倆關係的「清醒談話」，除了他戴上帽子告辭、走出門廊，還會有別種結局。可是如果她說這樣一番對話是必要的，那麼它就是必要的。

很顯然，他不是來見她姊姊的。他還是不知道她的名字。他的腦子把最簡單的事變成了謎題，這是一種逃避的策略，在對他最沒有好處的時候派上用場。他居然想著要親吻黛拉的耳垂，在最後的機會消逝之前。他的恐懼是如此之深。她雙手握住他的手，閉上眼睛，什麼也沒說。這可能意謂著她正感受到她曾經說過的那種平靜，不然就是她在尋找一種方法，來盡可能婉轉地說出一些難以啟齒的話。他知道情況和他上次離開時不同了，甚至和她寫信傳喚他來的時候也不同了。

過了幾分鐘，她姊姊回來了。在把門打開大過一條細縫之前，她說了兩次：「是我。我只回來一下。我忘了拿我要寄的那封信了。我只進來一下。你告訴他了嗎？你必須告訴他，黛拉。」

「我會告訴他。但我只想先感受一下他坐在我身邊這件事實。」

她姊姊對傑克說：「她學校的校長來過，直接到家裡來，來告訴她有人講閒話，質疑她在道德上是否樹立了好榜樣。他一個鐘頭之前才走。你來的時候他有可能還在這裡！」

黛拉說：「他告訴我他不相信那些傳言，只是要讓我知道我應該要謹慎，要留意門面。」

她姊姊說：「而這就是你現在正在做的事？小心謹慎？」

黛拉站起來，走到面向街道的窗前，拉開窗簾，再拉起遮光捲簾。她說：「我受夠了要擔心門面。」傑克走進廚房，以躲開的方式削弱了她的大膽舉動，這有點丟臉，雖然是爲了她好。後門就位在走道盡頭，萬一他需要用到。她姊姊繼續說：「你頭腦不清楚了！你在拋棄你的生活！黛拉，我要把百葉簾拉上！而且不許再打開！接下來會是房東太太來找你麻煩。」然後，她稍微提高了音量：「傑克，你可以從廚房裡出來了。」她的語氣帶著一絲嘲笑，當然。

「謝謝你……」

「我叫茱莉亞。」

「謝謝你，茱莉亞。」

她對黛拉說：「就連他都知道我是對的！」他站在與黛拉對立的一邊。他一直認爲社會遲早會出言干預，某種嚴苛的禁令，過於制式、過於墨守成規，無法注意到他們情況的特殊，只會把他們樸素可愛的婚姻視爲違法行爲，一種挑釁。黛拉肯定和他一樣清楚。她可以不小心，因爲會有所損失的人是她。而他將得要小心謹愼，這在任何情況下都不是他的長處。更何況他的忠誠正受到考驗，因爲他冒的每一個風險都會對她構成危險。她可能會去他的住處，校長不會知道要去那裡找她，而公寓管理員會得意地假笑，嘀咕著要報警，但是在那裡至少不會有人在他們身上尋找道德榜樣。在不尋常的時間長途來回步行——這是她要面對的問題，對她而言是一種威脅。他想著他們倆躺在那張窄床上，在被子底下輕聲細語，盡可能安靜地笑著，談著懷俄明州和世界的盡頭，他摟著她可愛的身體。這不會是理想的美好，而是非常不理想的美好。閒話和揣測會在他們周圍盤旋，這是個非常眞實的威脅。對她來說。

他說：「我不該在這裡。我應該離開。」

「現在走，或是一個鐘頭之後走，其實不會有什麼差別。我希望你多待一會兒。我姊姊可以和我們一起坐在這裡，好讓她有些話能和孟斐斯的家人分享。他們不妨開始習慣我們，習慣我們倆。」

茱莉亞說：「我來這兒不是爲了帶什麼故事回孟斐斯。我是來告訴你，你給家人帶來了很多不愉快。而且我是來親自告訴你我對這件事的看法。我認爲這純粹是一種恥辱。聽說了這裡的事，我簡直不敢相信。我以爲你不會做出這種事。」她瞥了傑克一眼。「我無意失禮。但是你留他坐在這裡，所以他就只好聽見我要說的話。」

「這件事我在心裡反覆思考過千百遍了。你知道我是仔細想過的，茱莉亞，抱歉我讓你失望了。」

「不只是我。」

「我知道。」

「我們全都感到失望。」

「我知道。」

「我們應該受到更好的對待。」

「這我不太確定。我的意思是，有些事我們不可能對別人有所虧欠。」

「有些事！你在毀掉一切！你讓你的主管擔心你的道德品行，看在老天的分上！」

「他懷疑我和我丈夫上床。而我的確這樣做了。」

「噢，不要這樣跟我說話！」

「你反正知道了。我的主管也一樣。我們夫妻乃是一體。警察對此沒有置喙的餘地。『上帝配合的，人不可分開。』這是經文。我唯一覺得不道德的時候，就是我為了這件事而說謊的時候。」

「你究竟對這個……傑克知道多少？」一個令人憂懼的問題。「他曾經和多少女人成為一體？你甚至從來沒問過他，對吧？我打賭你不敢問。只要看看他就知道了！」

在他衣服底下的那個男子忽然赤裸裸被揪了出來。「滑頭小子」不再是個避難所。他是一份起訴書，一份對他自己不利的證詞，雖然不正確但是具有說服力。他試圖看起來強悍，因為他不強悍，試圖看起來具有在街頭混的精明，因為他並沒有，看起來放蕩不羈，因為這反正無法改善。不會有個約翰．艾姆斯．鮑頓從這層偽裝、這副甲殼裡走出來，甚至連一個傑克．鮑頓都幾乎不會有。有時他讓別人用這個名字來稱呼他，彷彿這能讓他和別人有某種熟悉，但是他和任何人都不熟，甚或連和黛拉也不熟。她沒有看著他，雖然她緊緊握著他的手。

「你不許走！」她輕輕對他說，禁止他去做這世上任何人在這種情況下都想做的事。

他勉強發出聲音說「我不會走」，空著的那隻手擦拭額頭，在褲管上抹了抹，想著他以前也有過狼狽不堪的時候，但從來不像這樣。假如黛拉背棄了他，把她姊姊所暗示的最壞情況當眞，他會覺得她的背叛是一種仁慈。這會是個殘酷的轉變，回憶起來很可怕，不可能忘卻，但是在這一刻卻是他願意欣然接受的，他幾乎能感覺到晚間空氣的那份平靜，並且接受房門在他身後關閉的最終定局。

「你想要他當你孩子的父親嗎？」

黛拉的手在他手裡稍微握緊。「是的，我想。」

好一個問題。好一個回答。

「你已經失去理智了。跟你說也沒有用。」

黛拉說：「我很確定我在兩天前就告訴你了。就在你下了火車之後。」

茱莉亞說：「我要出去一下。如果我不冷靜下來，我就會說出我將來會後悔的話。」

「你已經這麼做了，茱莉亞，所以你不妨把其餘的話也告訴我。」

可是茱莉亞哭了起來。她又坐下來，雙手蒙住了臉。赫欽斯牧師的那條手帕在傑克的口袋裡，雖然他本來的確打算歸還。於是他站起來，把手帕遞給她。那條手帕是那麼乾淨、那麼大，就像是某種證書，證明他是個隨時準備好展現同情心或殷勤有禮的人。茱莉亞接過手帕，把臉埋在裡面，說：「謝謝你。」

等他再度在黛拉身旁坐下，她對他微笑，並且用雙手握住他的手，彷彿對他的好印象全都得到了證實。無休無止的欺騙。他的本意大概是好的，可是他偷走的不僅是手帕，也偷了它允許他去做的行爲，亦即對另一個靈魂表現出貼心的禮貌，儘管有憤怒、傷害或疏遠。「不客氣。」他說，用一種委婉的關心語氣，使他想起他父親——同時，提到他將成爲黛拉子女的父親，使他想起他沒有告訴她的最糟的事，他曾做過最壞的事。茱莉亞繼續說：「他們不該派我來做這件事。他們認爲我可以和你談談，因爲我們以前很親密，卻只是讓事情更難。」

「我們還是可以很親密。」

「我看不出要如何做到。你不明白他們有多生你的氣。黛拉，爸爸連你的名字都不願意說出口，他連聽都不想聽。如果我站在你這一邊，他永遠不會原諒我。我眞的這麼相信。」

「嗯，也許隨著時間過去……」

「不要這樣安慰你自己，黛拉。如果你以爲時間會結束這一切，那你就眞的不了解！」她仔細看著妹妹的臉。在她的審視下，黛拉很平靜。「好了，該說的我都說完了。」茱莉亞站起來，走到走廊和後門，用他自己在聽見「非常孤獨」和「生活不順遂」時也曾用來哭泣的那條手帕擦拭眼淚。他思索著這一連串的事件。他在這裡摧毀黛拉的世界，就只藉由他是什麼樣的人、身在何處。看看他！他的舉止充滿了罪惡感，他試圖看起來像個普通人，這個嘗試中卻帶著欺騙。對任何人來說，這一切顯而易見，不需要任何一個茱莉亞、任何一個赫欽斯來告訴他，他也知道。儘管如此，黛拉仍然握著他的手。

那很難熬。出了屋子來到街上眞是種解脫。黛拉顯然確實覺得她愛他。等她姊姊離開了屋子，她朝他轉過頭來，露出微笑，容光煥發，爲她的忠誠感到自豪，爲了她挺過了這番猛烈抨擊而感到自豪。即使在他的經驗中，聽見別人對他的眞實看法也是件希罕的事。沒有必要對此耿耿於懷。然而，黛拉那副勝利的表情意謂著她自以爲知道最壞的情況而依舊忠誠。但實際上最壞的情況仍將是另一番考驗。顯然她認爲這一次的考驗已經夠艱難，足以讓她以爲已經通過了對她忠誠的最後考驗。他不妨就由著她這麼想。「只要看看他！」她沒有看著他。假如她看著他，就會看見他因爲不安而動彈不得，就像一個罪犯看著自己的衣櫃抽屜和骯髒衣物被搜查，等著看看他寒傖的家當中哪一件會至少看似成爲對他不利的證據。他的傷疤發癢。揭穿他的會是他鞋帶上打的結嗎？他日漸稀疏的頭髮？還是他聲名狼籍、了無意義的人生在他身上留下的印記？有時候，當他沒有更好的事情可做，他就點燃一根菸，懶洋洋地靠著一堵牆，看著路人。他發現比起單純的好奇，嘻皮笑臉比較不會冒犯路過的人，於是他擺出一副心照不宣的嘲諷神情，帶著微笑。從這些研究中，他得出結論，最冷硬的表情出現在最驀然吃驚的那一刻——原來如此！這些冷硬的面孔無情地揭露出昔日所受的傷害。純眞並未喪失，他想，而是明顯受到了可怕的傷害，並且留下來作爲衡量傷害的標準。他沒有資格說自己是這些戰爭的老兵。除了他自己，沒有人眞正傷害過他。他知道有個老家永遠在等他。他優秀而忠誠的家人是他最體面的證明。然而，她姊姊說「看看他」。那是厲害的一擊。她不需要再多說什麼。

另一方面，一個美好的女子愛著他。因此，他的某些幸福感受要歸功於她，例如他腳步的輕快。但他無法完全忘記她的父親不願意說出她的名字。他很確定，如果有機會，他自己的父親將會哭著擁抱他。這個念頭就是他生命之所繫。這就是爲什麼他必須稍微考慮自己的安康。可是如今他有了個黑人妻子，據他所知，這是在基列鎭不曾出現過的問題。他從未聽過父親針對種族混合說過一句話。他父親可能會轉身不再理他，天哪，這是個悲哀的想像。他將再一次告訴黛拉，要她考慮一下她在做的事。這些抱持崇高原則的人有時候讓他覺得自己相當無害。

他心裡所想的與其說是一個計畫，不如說是一個意外出現的機會，是對他努力保持認眞而且不得罪別人的一種獎賞。他想要保住他的工作。他已經連續好幾天提早去上班。他能夠討好老闆的方法不多。這一種本身沒有什麼用處的方法表現出他的好意，但並不迫使他必須交談。老闆決定，既然傑克反正會在這裡閒晃，就也不妨進來裡面打掃、替留聲機挑選唱片，讓老闆自己可以有尊嚴地進場。老闆給了他那棟大樓前門的鑰匙和二樓舞蹈教室的鑰匙，舞蹈教室是個大房間，漆成午夜藍的牆壁和橡木地板上的凹痕顯示出其他用途留下的疤痕和汙漬，地板經過打磨和拋光，但仍然有著深色的傷痕，彷彿是被沉重的機器壓出來的。在這個被遺忘的製造生產場所，他們假裝優雅地跳舞，盡可能避開那些壓壞的地方。高高的拱形窗戶極其莊嚴，令人費解地用沉重的裝飾性木板框住。由於在這個舞廳裡的搖曳和旋轉只在白天發生，窗戶隱藏在遮光簾和窗簾後面，以模擬夜晚，並且加強那個鏡球吊燈的效果。

傑克忽然意識到這個機會，這想必就跟他老闆的第二個念頭一樣寫在臉上，雖然在那一刻，這個機會就跟他老闆的疑心一樣模糊。老闆先是欲言又止，一瞥中流露出不具體的責備，然後那幾把鑰匙就落在他手裡了。「不要……」老闆說，然後就走開了。傑克把鑰匙放進外套口袋，兩把鑰匙串在一條鍊子上。他的全盤密謀主要就只是一種想像力的練習，其中一半是白日夢，想要偷點時間和黛拉相處。但他也樂意接受其他建議。在老闆把鑰匙交給他之前，老闆在那一瞬間想到了哪些違背信任的行爲？樓下有一家理髮店、一間生意清淡的律師事務所、一間牙醫診所、一間會計師事務所。傑克知道那裡幾乎沒有什麼東西可偷，這種事他就是知道。舞蹈教室是個空蕩蕩的房間，即使打定主意要做壞事也很難有什麼作爲。房間末端有個開放式大型電梯，用來把重物從巷子裡升上來或是降下去。假如這個電梯能夠運作，就很適合把一架鋼琴運上來。在那裡教舞之所以事倍功半，是因爲有很多人聽不清楚音樂，也因爲傑克是在他腦子裡聽見的，而忘了體諒別人。這並不是問題。在一個限度之內，這些女士的進步愈慢，她們回來的時間就愈長。賣鞋子、在餐廳當服務生、教陌生人跳華爾滋——這當中有一種對殷勤有禮的渴望，即使殷勤有禮引來了對其本身的注意，作爲彼此都心知肚明的玩笑。殷勤有禮是他仍然相當擅長的一件事，尤其是在他沒喝酒的時候。

如果他偷了那具留聲機，他就得換個地方住，並且找到另一種方式來謀生。其中無疑會涉及在一條後街賤賣這個笨重的玩意兒，或是試著當掉。然後絕望會促使他採取將帶來牢獄之災的手段。他父親把這稱爲「深思熟慮」。這些考量已經變得乏味，因爲他仍然是個小偷，必須一再演練這種考慮，以留在窄路上。「後果」這個虔誠的魔鬼已經大大減少了他對生活的興趣。

他真正的計畫就只是把黛拉帶過去，去那間舞蹈教室，和她共度幾個鐘頭。他們可以用留聲機聽些音樂，談他們想談的任何事，讓夜晚順其自然地過去。單是竊取幾個鐘頭共度，就可能引發更嚴重的憤慨，遠超過任何真正的偷竊所能引發的。他腦中有時會浮現可怕的景象：黛拉被警察帶走，她沒有說話，沒有哭，也沒有回頭看，像個慷慨赴義的烈士；而他回到監獄裡，無從得知她的下落。天哪，他在做什麼？這不是他對自己的承諾，這不是無害的行爲。他很確定他沒有權利把她捲進這麼多潛在的苦難。他這樣想過多少次？可是她有權利讓她自己涉入，或是主張有這份權利，以她那種方式握住他的手。她還年輕，出身於一個對女兒百般呵護的家庭。她可能還不知道難堪、無情、懲罰性的蔑視會消磨一個人的靈魂，直到它退縮至無言的孤獨中。也許是反面神學的孤獨。沉默中的上帝。在深沉的黑暗中。這是無上的殊榮，他父親說。當然，通常他說的是死亡。會衆的靈魂已經進入了至聖所。傑克有時候把他所過的生活稱爲「先行死亡」。他已經了解到，儘管這種生活有其舒適也有其不舒適，尤其是它怵目的寂靜，它顯然無法使他免於造成傷害。

在他的思維意向中有一份邏輯，使得這個主意顯得合理，他決定自己在那棟樓和那個房間裡待上一夜，以確定那裡沒有什麼事情會使黛拉感到驚慌。在那之後，他就會寄出短箋：「請你自行穿過那些沒有燈光、充滿敵意、帶著批判的街道，來到一棟空蕩蕩的建築，黑暗王子將在那裡等候你，如果事情出了差錯，他準備好羞愧而死。」彷彿他的羞愧對她或任何人來說有任何價值。他要對她父親說什麼？對他自己的父親說什麼？他就這樣藉由想像那些永遠不會發生的對話來加深自己的憂懼。

可是，獨自待在那裡是個錯誤。拿到鑰匙的第一夜，一等到夜色已深，街上無人，他就捲起毯子出門。經過櫃檯時，公寓管理員疑惑地瞥了他一眼。他穿過街道，只停下來買了一份熱狗，那是個氣味難聞的推車攤子，由於指望能賣出最後一條香腸而仍在營業。傑克從來沒學會共享當地人對酸白菜的喜愛，但酸白菜是免費的，一如芥末醬和番茄醬。當他踏進大樓入口更深的黑暗中，在門鎖中轉動鑰匙，就他所知沒有引起任何注意，他鬆了一口氣。

建築物在夜裡作著夢，而它們的夢有著特殊的性質。或者說，它們是在夜裡甦醒。建築物並沒有親切或包容之處，不管它們可能讓人有什麼錯覺。單只是矗立在那裡的壓力，荒謬的構造，歐幾里德式的幾何圖形，不像大自然裡的任何東西，地面在它們底下起伏，雨水滲入，它們的關節因腐朽而鬆弛。它們訴說著不滿，發出嘎吱嘎吱的聲音和呻吟，還有更難以名之的聲音，暗示著只有虛空會召喚出的那種存在。怨恨、悲嘆、威脅，一種內部的對話，並不打算讓人聽見，會把任何人嚇一大跳。傑克以前從未意識到，他所認識的這一部分城市可能會厭惡人類的侵擾。儘管如此，他還是走上樓梯，走進那間舞蹈教室——人們這樣稱呼它，電話簿黃頁上也這樣登記。在全然的黑暗中它異常廣闊。聞起來有芝加哥的氣味。

對那次悲慘之旅的記憶，那一次酒醉經驗帶來的沮喪和羞辱，這當然使他渴望喝酒。他忽然確信一小杯威士忌將使思緒變得流暢而清晰。他想不通自己怎麼會一次又一次地被這種念頭說服，儘管有相反的證據，但事實就是如此。相形之下，經過深思熟慮的選擇反倒顯得可疑。他會在街上閒晃，直到找到一間低級酒館，偷偷摸摸地亮著燈，有著騷動，他可以在那裡揮霍掉口袋裡的錢，他在這世上的全部財產，換幾杯摻了水的酒。那些討債人可能會找到他，由於他無錢可給而揍他幾拳，而他會暗自慶幸在他們找到自己之前，錢已花光了。這對他來說思之成理，因爲他喝醉了。儘管經過深思熟慮，他仍舊渴望喝酒，仍舊受到誘惑。

他的確找到了一張長椅。其實是小腿的碰撞找到了它。他坐下來，然後躺下，把捲起來的毯子枕在頭下。他閉上眼睛，再把帽子蓋在臉上，使黑暗縮小。然後又把帽子從臉上拿開，以減輕無力自衛的感覺，對抗那極似有人偷偷接近的聲響。這成了對他良心的考驗，讓他感覺到自己有多少憂懼。告訴他這一點的不是神學，而是經驗。神學只是合理化了他在街上徹夜遊走的那些夜晚，筋疲力盡而又心頭雪亮，胸口沉甸甸的，想著，「馬克白已經殺死了睡眠」[62]，或是「我是個熟悉黑夜的人」——後一句更適合他的情況。除了替青翠的愛荷華州添加一把由他化爲的塵土，他對於死後沒有別的期望，這樣一個人爲什麼還會憂懼？他父親曾對他說，一個人的良知愈是一絲不苟，他的負擔就愈沉重。當時他認定傑克對自己的評價很低，因爲他的良知如此敏感，在他自己眼中似乎眞的譴責了他。它的積累畢竟沒有那麼特別，而他若是能夠明白，他就能夠停止去碰觸傷口。他父親把這個想法寫成了一篇佈道辭，爲了混用的比喻道歉，並且把這個想法概括用來描述人類。沒有人上當。而在那之後不久，傑克就藉由替良知增添了一個負擔，他的紳士父親永遠無法稱之爲無足輕重的，使這個給人安慰的論點失去了實質意義。在某種程度上，「普通」的確和「無足輕重」相反。《哈姆雷特》裡寫到的。

獨自待在舞蹈教室裡不是個好主意。一來，他立刻察覺那些斑駁的大鏡子映照出那片黑暗，而他無法判斷自己能否看出映照出的黑暗與黑暗本身有任何差別。那些無從接近的空間，在這片令人困惑的空曠之外。如果黛拉也在，情況就會截然不同。想像她坐在對面，沉浸於與他無關的思緒，那份靜默將如此溫柔，如此充實，出於禮貌，他將不得不安靜躺著。**當我想起你，親愛的朋友**。如果去納悶他的心怎麼會在他眞正了解黛拉之前就完全而且絕對地鍾情於她，這可能是一種不忠。他大可細思她在何種程度上是他想像力的產物，但是他沒有這麼做，因爲這個想法會是不忠的，也因爲她是黛拉，遠遠超出了他的想像。作爲某種證明，他們倆似乎愈來愈像《失樂園》裡的天使一樣「光芒融合」。他曾經用這個詞語使英文老師臉紅，再用來使他父親困惑。這世上再沒有比他父親更一板一眼的人。「心靈若是擁抱，比空氣與空氣的擁抱更容易，它們全然融合。」當時他大概是十四歲。他父親也熟悉米爾頓，看著他，臉上明顯流露出心中深重的疑問：這個孩子知道些什麼？傑克肯定是駕著雲彩來到這世上，卻非源於恩典，如此方能解釋他那種惹人厭的早熟、預示著令人厭煩的成年時期。至少他是這樣理解父親悲傷的溫柔。父親包容他的行徑，鮑頓家其他任何一個孩子若是做出同樣的事，就會被罰不准吃晚餐直接上床睡覺。這種焦慮的縱容把傑克嚇得半死。如今他覺得，只要他和黛拉在同一個房間裡，他們就是在融合光芒。保持著距離的親密。所以他很高興那個偉大的詩人和那個惹人厭的男孩提供了他這句話語。

他想像著她坐在對面，坐在那具留聲機旁邊，全然入神，安靜地作著夢。一想到她，這片黑暗就成了他能夠呼吸的空氣。他彷彿如魚得水，或多或少。想到一個善意的存在，這個念頭消除了孤獨中的詛咒，由於某種原因，那就像孤獨一樣自然，是一種必要的調解，使人類的處境不那麼難堪。在地球和那顆狂暴的星星之間的一抹水氣。相信一個仁慈的意圖沒有拋棄他，也不會拋棄他，這是他內心的恩典。如果那個存在是耶穌，情況也不會截然不同。他父親可以用這一點來作爲一個神學證明。這樣想並無不敬之意，他在心裡對黛拉說。約拿因爲那棵在一夜之間長大、給他遮蔭的蓖麻而大大喜樂。[63]就連他父親也曾爲此發笑。當那些縈繞在他腦中的尖刻話語被大聲說出來，「只要看看他」，傑克因爲那隻握住自己的手而大大喜樂，一份無從解釋的忠誠。

再過一會兒，光亮將會在一個非常黑暗的房間裡顯露出來，不完全是霧，而是某種微粒物質，彷彿最輕的呼吸讓最細的微塵升入最靜止的空氣。屆時他就能看見那個沒有黛拉坐著的地方，想必是一堵牆。這張長椅使他想起了其他的長椅，於是他坐起來。他也不妨離開。一切都和他預料中相差無幾。每隔一段時間就有汽車和卡車駛過，一條條細瘦的光線從天花板上掠過。這就是他不能冒險讓房間裡有任何燈光的原因。街上有少數人聲，然後又寂然無聲。

可是一個人的心思就足以填滿一個房間。在這偌大的空間裡無從隱藏，不管是對他的思緒隱藏他自己，還是對他毫無防備的意識隱藏他的思緒。於是她們出現了，那個女孩和那個幼兒。葛洛莉曾經看見她們一起在河邊玩耍，並且在一封短信裡告訴了他，她那些可怕的短信他幾乎沒有看上一眼。那一封短信使他但願自己是第三個孩子，無害地在那裡和她們在一起。跪在河裡，光著腳，工裝褲浸濕直到口袋的高度。他會跪著打一塊水漂，並且爲了石頭在很遠的地方擊中水面而感到開心。他會問：「你住在這附近嗎？」那是孩童結識彼此的客套形式，試探的，拐彎抹角，害羞。「我抓到幾條鯰魚，就在下面那個河彎，很大條喔。」她會說：「我就只叫她寶寶。看來我似乎拿不定主意。」而那個寶寶一直彎著腰探進水裡，試著撿起石頭讓他去扔。她從來沒有把石頭拿給他。他從不曾看見她的臉。

不，他是個大學生，裝作玩世不恭。他有一輛敞篷車可用，還有一件繡有字母縮寫的毛衣。啊，天哪。「給我一根菸，傑克。就只因爲你第一次抽菸時吐了，不表示我也會吐。」他恨那個傢伙，一向都恨。小偷，騙子，比這更糟，騙取了他父親的每一個平凡希望。而經過這許多年的懺悔，如今他在做什麼呢？他正在一天天剝奪父親最後的希望。他很清楚那河水、石頭、泥沙在那個寶寶手裡和腳下的感覺。西尼什納博特納河[64]是環繞著伊甸園的那條河。他想著有一天他可能會搭巴士返鄉，提早一站下車，走到河邊，跪下來在河裡洗臉，然後他就會覺得自己準備好回家了。

可是現在，另一個人的靈魂又一次託付給他，不管是什麼作出了此一託付。他甚至懶得向自己保證此事不會發生，因爲他生活的每一件事都使之成爲不可能。那人說：如果主向你顯現出一點恩典，祂也許並不會在意你享受它。那一天她抬起頭來看著他，小小的雨珠在她溜出帽子外的髮綹上。然後他們笑了，就像男孩和女孩享受著一起躲雨時那種偶然的調情意味。從那個略有破損的茶壺喝茶！這使他熱淚盈眶。那的確是個恩典時刻，而那一刻結束於他把她的書偷偷塞進口袋，有詩人簽名的那一本，再把那本薄薄的《哈姆雷特》塞進另一個口袋，以免那第一本書使他外套的垂墜過於明顯。等她發現他做了什麼，她就再也不會想見到他了，反正無論如何她可能都不會想再見到他。他只是在自我介紹——我是傑克・鮑頓，一個小偷。等他把那兩本書讀完，他打算把書留在她門前的臺階上，附上一朵玫瑰或是別的東西。

他很早就認出有一股想要坦白的衝動在糾纏他，有時他會縱容這股衝動。首先，對自己的不誠實直言不諱，是種解脫。要說出他想要造成傷害的那股衝動則困難得多。因此，對於那片黑暗召喚出了那個女孩，他不該感到意外，那份召喚如此強烈，使他害怕去想黛拉若是在那兒，他會對她說些什麼，會對她作出什麼樣的告白。黛拉在黑暗中陷入沉默，他看不清她的臉，也不敢去握她的手。她漸漸離他遠去，當河水流過淺灘，編織成辮，匯流成潭。

他必須離開那個房間。他感到一股壓力，覺得有某個東西在他看不見自己的時候緊盯著他。他就是住在他衣服裡的那個可憐蟲。看看他。但他的確找到了通往門口的路，找到了門把。然後他想起他帶來的毯子，不得不試著找到毯子還在身邊時他所在的位置，沿著長椅摸索，愈來愈沮喪，想到他竟能如此大錯特錯。他對事物的感受本身可能就是一個障礙，一個圈套。假如他能找到電燈開關，他就會冒險開燈，就只一秒，以辨清方位。那並不是多好的毯子，但是不管多薄多短，有毯子和沒毯子之間絕對有差別。到了早上，這個可悲的東西就會在那兒，就像一場暴風留下的東西一樣反常。如果他把東西留在那兒，一早回來，他肯定能找到一個地方藏起來，萬一不行，他可以說那不是他的。如果他說那不是他的，就表示曾有別人待在那裡，而鑰匙在傑克手中。那麼不單那個謊言昭然若揭，這件事本身也會暗示出他有罪——畢竟，他爲什麼要在那裡放一條毯子呢？如果不是因爲他打算帶個女朋友來？傑克可能會說：其實是我的妻子。而老闆將會對這個一目了然的可笑謊言一笑置之，無論如何都會解雇他。

這個計畫是如此微不足道，使他感到那片黑暗如排山倒海而來。每次他做一件他認爲算是平凡的事，例如結婚，那就像是他買了一張票和一盒爆米花，去參加一場人人都會參加的活動，活人和死人都會湧入。然後帷幕將會升起，出現的是最後的審判。他該怎麼處理那張票呢？他會試著塞進口袋，以掩飾一個無人會有同感的尷尬誤會，而那裡將不會有口袋，只有他赤裸的體側，他赤裸的腿。可笑的是他仍然戴著帽子。一個可怕的場合，他並未眞正記得作好準備。他的驚訝就足以使他萬劫不復。

他站著不動，想著這些念頭，然後沿著長椅摸索，直到找到了那條毯子，再沿著長椅往來時的方向走，沿著牆壁向門走去。要找到他剛剛才離開的一扇門不可能太難，可是他似乎一直錯估了從一件東西到下一件東西的距離。

他的整個人生就是一場耐人尋味的混亂，從宇宙的角度來看，變化很小，然而任何事都可能像個巨大的預兆陰森地逼近，指責著他。在黑暗處的一番迷惘掙扎，一條名副其實的雅博河。[65] 牽涉到瘸腿。說得對。有道理。他口袋破了的那一天，口袋裡的錢撒在地上，硬幣朝四面八方滾動——是哪個天才決定硬幣應該是圓的？他一直在找最後那一枚一分錢，因爲他知道口袋裡原本有五個一分錢。一共是兩個兩毛五、兩個一毛錢和五個一分錢的硬幣。四分錢可以買四顆糖果，但是五分錢可以買一條巧克力棒。他的塵世朝聖之旅的小插曲。然而，這些難以招架、巴爾塔薩式[66]的啟示降臨在他身上。反正已經爲神所棄，他試著以忽視它們爲榮，因爲它們似乎只指出了他身爲人類的脆弱，而那是他完全意識到的，多謝提醒。於是它們變得不那麼委婉，甚至是直率。那些討債人開始用上拳頭，這是其一。他沒有把這個麻煩告訴黛拉。他想像著自己挽著黛拉，在夜裡帶她遊覽這座城市，而他們隨時隨地可能出現，他只好把他縫補過的口袋裡的東西全掏出來，但他們反正還是會揍他，只爲了大笑一場。而黛拉怎麼辦？一個悲慘的念頭，像一個夢境一樣明亮。他口袋裡可能有把小刀，一把彈簧刀，然後：想不到吧！你們沒有料到，對吧？對方最多會有四個人。如果他們把小刀從他手裡搶走，天曉得會發生什麼事。他們總是比他更卑鄙。而黛拉怎麼辦？她不會跑走。假如她是個白人女子，她可能會沒事。啊，天哪！

他脫掉外套，掛在門把上，因爲襯衫濕了。他試著用潮濕的衣袖擦掉眼睛上的汗水。然後他脫掉襯衫，盡可能攤開來鋪在地板上。房間裡的空氣是靜止的，襯衫永遠也乾不了，但是一等他能夠忍受，他就得再穿上，以便離開那裡，到街上去。

重點再熟悉不過。他犯下的過錯是使這個美好的女子暴露在風險之中——不，應該說是危險，而他保護不了她。那就彷彿他被迫在一道令人難以忍受的強光下看見他的整個人生。不是彷彿，事實如此。這種經驗完全不是虛擬式。他總是受脆弱的東西吸引，一有可能就去製造損害，只因爲那是可能的。黛拉是個受過良好教育的女子，安穩地過著美好的生活。而他什麼都不是，只是一條沒有外殼保護的神經，一陣被一、兩杯酒緩解的劇痛，他鞋子上的一層光亮。他任由自己被欺騙，不管欺騙他的是什麼。他應該意識到。不，他必須知道，在他黑暗的大腦的某處，在知道各州首府的名稱之前，就已經知道「不表贊同」這個字眼。因此，他努力要做到無害，而他的無害使得那些人從他身上竊取東西成了個玩笑，他甚至假裝他們有權利對他提出要求，假裝他有某件債務需要解決，以保持交易的單純和簡短，他這樣想。是他的無害將會使他受到的羞辱成爲一個玩笑，連同他的黑人女伴將得承受的後果，天曉得那會是什麼樣的羞辱和後果。他還在冒汗，用他的帽子搧風。事情是那麼一清二楚，那麼顯而易見。一個值得尊敬的人絕對不會讓事情走到這一步。她仍然可以回孟斐斯去。她的家人也許會生她的氣，但是他們會保護她。她的家人能夠確保她的安全，他卻做不到。他將對她說，他已經作出了決定。這個念頭使他平靜下來，雖然他想要問問那個牧師，他如何能夠在享受恩典的同時拒絕恩典？這是個合理的問題，是牧師會嚴肅看待的那種問題。

夜色已深，早晨遲早要來。由夜晚到清晨，有如翻轉一個沙漏，黑暗被任意劃分。這是幾乎人人一致接受的奧祕。顯然從未有人徵求過遊蕩者和失眠者的意見。無論如何，他可以去坐在黛拉的門階上，直到太陽高高升起，然後他會去敲門。如果來應門的是她姊姊，也沒有關係，因爲他在腦中構思的那番話正是她想從他口中聽到的。屆時她就會知道一件她無法從他身上看出來的事：他可以是個值得尊敬的人。她將把他在告別時的坦率和善意告訴她父親，他似乎深深感受到自己失去了什麼，但他還是認命了。這整件事在十分鐘之內就會解決。他能預見事情結束之後，他將能夠吸一口氣，由於解脫而感到暈眩。「我必須放棄你，因爲我愛你。」

黛拉會明白他的意思。他將得鼓起勇氣去看她的臉，但他做得到。那不該顯得太容易，因爲他相信這會傷害她。他知道試圖施展魅力也許是沒有經過深思熟慮。滑頭小子。可是在最糟的情況下，這將使事情成爲定局。她會認爲她終於看清了他的眞面目，她的名譽得以確保，雖然是以遺憾作爲代價。這將使他幻想著自己做了正確的事，以偶爾減輕那份痛苦。他走下樓梯，來到街上。

他捲起了衣袖，沒有扣上領口，帽子向後傾斜。一陣微風使他感到涼意。他把外套搭在肩上，手臂夾著毯子。一對晚歸的黑人夫妻，盛裝打扮，愉快地鬥嘴——「不，我沒有」，「喔，你明明就有！」——他們向他微笑，打聲招呼。有時候他覺得自己是這個街坊的一部分，他的熟悉由於他的偷偷摸摸而變得有趣。他說：「晚安。」在夜裡，街道看起來平靜、堅實，黑暗隱藏了政府徵收土地將帶來的破敗，那個巨人將會讓四十座教堂倒下。「判定爲危樓」（condemned）是政府所用的說法。被詛咒的（bedemned）。那些尖塔和聖殿被詛咒了。就連那些極爲貧窮的教堂也有一、兩扇尖頂窗，或是不那麼優雅的裝飾，意謂著人們在此歌唱，在此祈禱，在此告訴孩子他們是誰。而所有這些生活都由於底下的土地而被判處了死刑。他在一道門階上坐下。

黛拉的教堂將不復存在，她所住的房子也將不復存在，被徵收是確定的，雖然這個偉大計畫仍在權衡之中。他自己的教堂也將不復存在，他知道他總是可以去那裡吃一盤豆子，去聽一點刺耳的忠言。那些浸信會教徒肯定會把掛在唱詩班後面那幅有點拙劣的《基督升天圖》搬走，放到別處去，在一個大鐵球使它暴露街頭之前——在那裡它失去了神聖，失去了優雅，它的拙劣將使它成為笑柄。它真摯地表現出莊嚴的希望，以笨拙的圖像形式來注解一段美好的經文。有時他想，如果沒有人作好準備來安置這幅畫，他就會偷了它，搬到房間裡。從教堂的最後一排看去，很難判斷那幅畫的尺寸，可是他認為側著拿可能進得了他房間的門。等進門之後，再進一步調整。如果要豎著放，就得稍微傾斜，這將會占用從地板到床腳的一小塊空間。他將得移開衣櫃。這個栩栩如生、飄浮在半空中的高大男子與他身為長老會教徒對基督的概念並不一致，但還是要予以尊重。睡在這雙賜福的手下方可能對他有益。如果一株天竺葵就使公寓管理員感到驚愕，那他會如何看待這幅圖畫？這是個荒謬的主意。教堂牧師可能知道這個畫家的名字，知道他住在哪裡，過得如何，或是葬在何處。他可能有六個親戚在唱詩班。這個耶穌是家人，祂會受到照顧。

無處藏身是傑克特有的一個噩夢，即使走過這些街道並未使他想起這個噩夢。他想像著那些貼了壁紙的牆壁，太漂亮或是太鮮豔，消失的家具所留下的痕跡顯示出那些壁紙曾經更漂亮、更鮮豔。張著大嘴的門框，樓梯間的幽靈。他住的那間寄宿公寓會是絕佳的拆除對象。它簡陋的室內陳設的明顯悲情與現實完全吻合。可是他這一邊的城市並沒有受到威脅。爲什麼他該爲此感到內疚？也許是因爲，身爲出身良好的成年男子，合理地有權接受一點教育，他卻絲毫沒有影響力。他不是天平上的微塵。[67]這曾經是他嚮往的狀態，如今他不再認爲這能免除他的責任。他可以幸災樂禍地看著一個大鐵球把他稱之爲家的大型簡陋住所砸成碎片，因爲貓咪傑克在孟斐斯是安全的，而公寓管理員將會在事前接獲警告。但這並不在任何計畫之中。「城市修葺」的陰影將會從他住處的上空掠過，而屋裡的啜泣和咬牙切齒不會比平常更多。

如果他要在門階上度過這一夜，那就也不妨是黛拉的門階。他穿上外套，繫上領帶。她姊姊可能會是率先來開門的人。並不是說他還有什麼好失去的，彷彿她對他的評價還可能變得更差。或者會是黛拉來開門，在這種情況下，他寧願不要顯得太狼狽。他想像著自己盡可能有尊嚴地退出她的生活。他差點就說服自己最好是先回房間換件乾淨襯衫，刮了鬍子，再去找黛拉談。他往那個方向走了一個街區，才對自己承認他很可能失去決心。這就是他經常藉由睡在某處的長椅上來解決的那種掙扎。而且何必假定她對他的最後一個印象有什麼重要？她見過他喝醉，見過他假冒神職人員，見過他浪蕩；她也見過他在環境允許的情況下衣著整潔。她可能會生氣、輕蔑、感傷或難堪，而她的記憶將會從各種不同的傑克當中作選擇，以符合她的心境，儘管那個範圍很小。他知道他肯定會在她的記憶中占有一席之地，因爲他對她來說曾經是個不幸，也將繼續是個不幸，只要她仍然感受到他對她的名譽以及她父親的期望所造成的影響。啊，耶穌啊。他是在說服自己去作最後這番談話嗎？還是在說服自己不要去？在造成了這麼多傷害之後，從這一切脫身眞的是件體面的事嗎？他曾經這樣做過一次，在很久以前，而他仍然感到如鉛般沉重的內疚，仍然有著無情的夢境。

逃避不同於承認不可能一起走下去，當整個世界制訂並遵守著這可憎的契約，使無辜的事物成爲越軌和犯罪。如果有什麼東西可以稱之爲無辜，那就是眞實心靈的結合。是的，這個世界從他們身上強索一件寶貴的東西，是它無權得到的，對它來說也沒有用處。他可以對黛拉說這些，確保她會明白：他之所以說再見，是因爲他們身陷一張巨大的網，使任何一種選擇都成爲不可能。他告訴她的事，她將遠比他更清楚。這樣做總是帶有一種風險。他必須要抗拒向她哀嘆的誘惑，彷彿憂傷的人是他，即使這樁麻煩對她造成了衝擊。從他所站之處到她可能發現他的地方還有一段距離，他可以用這段距離來決定哀嘆是否是個好主意，而不僅是一股難以抗拒的衝動。她的沉著是她的一個美好特質。他可能會擾亂支撐著她的勇氣、紀律和自豪。他可以簡單地說：「我知道你了解我的決定。你當然了解。我想過，這是你可能想對我說的話。如果你這樣想過，我完全理解。」

走到能看見黛拉住處的當口，他看見她在黑暗中坐在門廊臺階上，彎著腰，彷彿讀著什麼，雖然這是不可能的。她在那兒。由於他花了這麼長的時間鼓足勇氣來作這番談話，看出事情不會如他所想像地那樣展開，他感到有點困惑。他沒有料到他會有幸享有這悠長的一刻，在他尚未說出他來此所要說的話之前。他脫下了帽子。

看見她抬起頭來看著他，他說「是我，傑克」，以免她受到驚嚇。她笑了。「我正想著你不會出現了，傑克．鮑頓。」她站起來，走向他，挽起他的手臂。

「抱歉。我不知道你在等我來。這不是我會忘記的事……」

「我祈禱你會來。」

「而我來了。」

「而你來了。」

「這很有意思。我以爲我在苦苦掙扎著作出決定，決定我究竟該不該來這兒，而實際上並沒有決定可言。我被誘入了宇宙的圈套。」

她點點頭。「我打算經常這麼做。我厭倦了坐著等信。」他們手挽著手走開，離開她住的房子，走向更黑暗的街道。她很高興和他在一起，把臉頰靠在他肩膀上。她說：「我在想這要怎麼樣才行得通。我可以要你好好吃幾頓正餐，我可以終結你所有的噩夢……」

「謝了。你知道，少了我的噩夢我可能就不是傑克了。我並不在意。只不過我始終沒弄清楚我的吸引力從何而來。所以你可能要記得，任意的善舉帶有風險。我的確感激你這個念頭。」

她點點頭。「我陶醉在權力中。我正打算要給你加薪。」

「你眞好。」

「我知道你只會拿去買領帶。」

他笑了，但他並不眞的想笑。親愛的主啊，他從未考慮過他其實知道的事，亦即她認爲這樁婚姻是眞實的，並且認爲他們親愛的友誼仍在持續，是持久的、永恆的。他從不覺得這些字眼有多大用處。毫無疑問，她的確祈禱他會到她這兒來，這使他覺得非比尋常。你想要或希望的東西，和你所祈求的東西，這兩者之間存在著某種差別。要弄清楚這何以是事實，需要費點心思，但這的確是事實。而他就在這一刻帶著他的告別前來，他曾告訴自己她一定會了解他的告別。這樣對她說會是多麼愚蠢。他感覺到自己臉紅了。

她說：「你很安靜。」

「黛拉，我度過了一個奇怪的夜晚。我老闆給了我舞蹈教室的鑰匙，就是我上班的地方，讓我可以早點去開門。我提到的那個計畫——我想如果你在那裡和我碰面，我們就能有幾個鐘頭遠離這個世界。我決定在寫信告訴你這件事之前先試試看。那其實是個很糟的經驗。並不是說發生了什麼事。我只是一個人在那裡，和我最大的敵人單獨相處了一個鐘頭。我眞的把自己搞慘了。你可能會以爲我應該習慣了這種事，我也以爲我習慣了。」

「所以你來找我！而我在等你。我眞的希望你會來，因爲我自己也有一些煩惱。比如說難以入睡。」

「你姊姊還在這兒嗎？」

「是的。她幾乎住在轉角那間電話亭裡了。她說我哥哥他們可能會到聖路易來，至少會來兩個。他們顯然說服了我父親再跟我談一次。我得回家幾天。我必須這麼做。我愛我父親。」

「當然。」

「所有這些暗中策畫全都和我有關，而我就只是看著事情發生。偶爾茱莉亞會記得給我一些資訊。我母親當然也參與其中，她忙著準備每個人最喜歡吃的菜，好讓大家都有好心情。」

「聽起來很麻煩。」

「我只能熬過去。困難之處在於這些都沒有用，我將會令他們失望。這一次你要爲我祈禱。首先是要祈禱他們讓我回來這裡。我知道這算不上綁架，可是……請爲我祈禱。」

現在該是說那番話的時候了，說他完全理解，如果她決定回到家人身邊，說他將會澈底尊重這個決定。可是話說回來，如果她眞的留在孟斐斯，那麼他若是不記得自己曾經幫助她找到那些話語，不在她肯定會寄給他的那封信裡看見那些話語，他可能會比較不那麼難受。她在原地停下腳步，而他摟住了她。他說：「我打算去找一份眞正的工作。這可能讓情況好一些。」

她搖搖頭。「他不相信跨種族的婚姻。我可能也不相信。」

「是這樣嗎！那我有件事得要坦白。」

「你是個白人？這是我在你身上最先注意到的事！」她笑了。「我心想，那個人要是被一束陽光擊中，最好有人去叫救護車。」

「夜行者的習慣。」

「你眞的需要有點血色。如果哪天你在白天出門，不妨摘下你的帽子。」

「你們不知道所求的是什麼。」[68]

她笑了。「我有個大略的想法。我們去你那個小房間吧。在那裡我們還能獨處個一小時左右。」

「好。我先警告你，那是個空蕩蕩的地方，一個墓穴。」

「我在一座墓園裡愛上了你。」

「眞的嗎？我在你請我進門喝茶的時候愛上了你。」

「那個難忘的日子。」

「我猜你在想我偷走的那些書。那是一種自白，一種澄清。你把我想得太好了。」

「你糾正了我的想法。」

「我不確定是這樣。我的意思是，你仍在這裡。」

「的確。」

當他們走著，傑克一直盯著那些門口和巷口。他們在街上看見的幾個黑人並沒有特別注意他們。當然，那幾個人瞧著他們，其中一個打起精神，朝他們走來，說：「你要把這個女孩帶去哪裡？」可是他既矮小又年邁，喝得太醉，不構成威脅，就只是因爲喝醉了才想威脅一下。傑克意識到他在想像他無害的拳頭擊中老人的下巴。嗯，他當然很警覺。他正挽著黛拉。

她陷入了沉默。他們倆走著，就像任何一對無意冒犯別人的夫妻，只是走得更快，更不願意抬起頭來看著路人，比起那些能夠確信自己不會冒犯別人的夫妻。他們驟然進入了城市的另一邊，那裡的路燈更多，使他們無所遁形，那些令人憂懼的遭遇總是在那裡發生，有時使他想要喝酒，以減輕預料中的痛苦，讓他可以覺得事實上是他羞辱了自己，至於那些傢伙的笑聲和堅硬的拳頭還有嘲弄的偷竊則純屬偶然。這是什麼樣的人生啊。

當你其實想跑的時候，不可能自然地行走，但是他們迅速而安靜地走到那棟樓所在的街角，縮在入口的黑暗中，他把正確的鑰匙以正確的方式插進門鎖，匆匆走上樓梯，走到小房間的門口，關上門，再把門鎖上。然後他們擁抱彼此。那是怎樣的擁抱啊，彷彿他們倆歷經了洪水和烈火而倖存下來，彷彿他們解決了孤獨。是這樣一個擁抱。

過了一會兒，黛拉說：「我們必須考慮幾件事。」

「是的。的確。我同意。」

他們靜默無語。然後黛拉說：「我父親常常要我們說一段話。每當我們互相爭吵，或是說了謊話，還是爲了某件不重要的事情哭泣，或是拿到差勁的成績，我父親就會要我們說：『我是個黑人，因爲上帝把我造成這樣，而我也會以這個模樣回到上帝身邊，因爲祂知道祂爲什麼把我造成這樣。』這當然是引用了馬庫斯．加維[69]說過的話。教導我們尊重自己，不辜負自己。我將會對我的孩子說這段話，他們將會對他們的子孫說這段話。他們將會是黑人，將會過著黑人的生活。而你對這一點不會有任何影響。這會讓你煩惱嗎？」

「不會。也許有一點點吧。其實我還沒有考慮過這件事。」這可能不是眞話。當他走過聖路易的黑人區，他自覺顯眼而不自在。當他走過聖路易的白人區，他也同樣感到顯眼和格格不入。但是他開始想像有一個孩子與他同行，他可以告訴他一些事，這些事似乎足以令人印象深刻，直到那孩子，那個男孩，意識到他父親要他看或告訴他的這些點點滴滴並不協調。壯觀的伊茲橋及其化石、基列鎮和它被遺忘的英雄事蹟、棒球。如何捕捉一條魚或是縫一粒鈕釦。詩篇和十四行詩。

一個小孩就和其他任何人一樣。需要食物、衣服、一隻可以牽著的手、一個可以避開黑暗和日曬雨淋的地方。有朝一日傑克可能會拿另一隻貓碰碰運氣。那孩子會是六、七歲，而他們將一起出去尋找一隻有灰色條紋的灰色小貓，口袋裡帶著沙丁魚罐頭。他們可以偷偷溜進錫安山教堂去彈筷子歌[70]，如果那個地方居然還在。赫欽斯若是逮到他們在玩，就會大笑。傑克經常注意到小孩子都很愛笑。歡樂將是增添到他生活裡的一種愉快事物。他不是個正經的人，但是這在孩子的眼中完全不是缺點。有兩個原因使他對身爲人父這件事沒有更進一步的思考。一來是這使他想起另一個孩子，她的笑聲來到這個世上，然後又離開了，當他在大城市裡嘗試玩世不恭。想到他可能會有的孩子時，那份喜悅感覺上就像是對他實際上失去的那個孩子的冷落，雖然他不明白事情怎麼可能是這樣，不明白那個孩子或是她的母親怎麼會感覺到這份冷落。二來是黛拉的孩子會是有色人種，而他們倆若是以父子的身分去到任何地方，一切就不言自明。罪證確鑿。好一句成語。這個國家建立了這整套粗陋的秩序，來阻撓像他兒子這樣的子嗣產生。他會在他去見這孩子的母親時見到這個男孩，偷偷摸摸的，在夜色的掩護下。他將永遠是半個陌生人：對那個小孩而言是個謎，對那個少年而言是種難堪，然後很可能是那個成年男子怨恨的對象。他母親莫名其妙地曾和某個白人老混混交往。他能帶些什麼禮物去給他們，能給他們什麼安慰，使他記得這個男人，即使不帶深情，至少帶著親切？傑克也許會假裝他只有淡淡的興趣，他的心思在世俗的事物上，他的時間花在某個屬於男性的陰暗地方，也許除了在耶誕夜，帶著一些小玩意兒在很晚的時候過去。滑頭小子。捍衛他的自尊會是他應該爲兒子做的事，不管所涉及的僞裝有多麼拙劣。啊，天哪，這一切多麼孤獨。

「是的，我知道會有問題。」

這時他們並肩而坐，背倚著牆，屈起膝蓋，合蓋著他的毯子和她的大衣。她說：「不過，我的確想要小孩。當然，不是馬上。」

「你會失去你的工作。你有一份好工作。」

「這事已經不可避免。沒關係，我一定還有別的事可做。也許我可以替報社工作。例如，黑人辦的報紙。」

「我也會到處找找看。」

「對。」

這些話聽起來都不像是樂觀，而像是兩個人說著他們自認爲應該說的話，雖然他們太過舒適，無法爲了任何嚴肅的意圖而振作起來。損失的全都收回，悲哀也化爲烏有。夫復何求？然後街上有了人聲。他點燃一根火柴，好讓她能看看手表。他們打起精神，在黑暗中親吻，然後他看著她在破曉之前離去，走在人行道邊緣，遠離門口和巷口。

於是黛拉回孟斐斯去了，回到家人的懷抱，回到由於愛吃的菜肴、往日舊事、恆久之愛的微笑而變得感傷的晚餐。她將是某種意義上的冒充者，表面上是她自己，內心對他們所有人而言都是個陌生人，耐心地接受他們堅持的善意，等待著離開。她將回到她「非正式」的婚姻裡，回到她「不合法」的丈夫身邊，盡她所能地生活，由於他們稱之爲墮落的舉止而失去她的志業。政府徵收土地將使她所住的房子變成瓦礫，也使她的教堂變成瓦礫。她周圍的世界分崩離析，而她仍舊會親切有禮，她的聲音仍舊輕柔。想像她的可愛幾乎成了他的習慣，在萬變中保持不變，出塵脫俗，不會消失——這些正是「可愛」的本質。當我想起你，親愛的朋友，我的心碎了。

那個星期天他去了教堂，坐在最後一排的老位子上，聆聽了聖歌，聆聽了禱告，聽完了佈道，在結束禮拜的祝禱前離開。佈道的主題是「我這弟兄中最小的」。三個嬰兒在掌聲和歡呼聲中接受了命名和祝福。然後牧師說：「我們都曉得〈馬太福音〉裡這段經文，在大審判的比喻中，主說你們做在『我這弟兄中一個最小的』身上的每一件善舉，就是做在主自己身上。所以這些嬰兒給了我們成千的機會來拭去神聖的眼淚，聽見神聖的笑聲，看見那些匍匐在地表的東西，將它們視爲在上帝『看著是好的』那一日的奇蹟。是的，耶穌此言並非特別針對兒童。我們會變老變醜，也許心中失望，我們鮮少在自己身上或是我們的兄弟姊妹身上看見主。但是主能看見。這是我們必須永遠記住的事。這個世界可以讓你覺得自己如此渺小，是社會上、人類中最爲渺小的。就在這個時候，主與你同在，愛著你，說：『我懂得你的心，就像我懂得自己的心一樣！陌生人，囚犯，我懂得你們的心！』你們想想看！

「可是今天我要談的是這些嬰兒，我們剛剛歡迎了他們進入我們的教會和生活。我們知道他們將會需要特殊的照顧，也知道他們將會需要我們能夠提供的最佳教導，以求在這個可能艱難而冷酷的世界上過好的生活，一個刻意被弄得困難的世界，爲了……爲了把他們擋在一段距離之外。我們知道，我們沒教他們的東西，他們就不會學到，在教會和學校裡，我們勉力提供他們所需要的教導。使徒說：不要多人作師傅。[71] 根據使徒所說，教師是神聖的職業，與講道和預言並列。對於早期的教會來說，情況的確如此，當時任何一種異教徒都可能走進來，只爲了一盤豆子、一兩句親切的話語。需要教導。如今對我們來說仍然是如此。就在不久之前的過去，還有個人必須把一張木筏停泊在密西西比河中央，以教導我們的孩子學習高中課程，因爲這樣做在密蘇里州和伊利諾州都是違法的。他所做的是件神聖的工作。如今我們有了桑訥中學，繼續從事這件神聖的工作。在我們當中，獲得正規教育是件希有的事，而學校教育的欠缺是我們沉重的負擔。因此，我們當中的教師就像是珍珠和紅寶石，是我們能替孩子找到的最佳資源。我們的教師必須在這件神聖的工作上得到尊敬和協助……」

事實上，傑克就是在這個時候站了起來，溜出門外，走到街上。沒有人看他一眼。赫欽斯一直盯著前面幾排長椅，阿諾似乎在研讀聖歌集。一種善意的紀律發揮了效果，使得傑克幾乎就像在衆目睽睽之下冒汗發熱一樣渾身不自在。

當然，當然。他領悟了，看出自己的錯誤是如此明顯。牧師告訴他的事，有哪一件不是他知道的？然而，那就像是一道巨大的光發現了他在做一件錯事，那些黑暗的行爲在黑暗中顯得遠遠沒那麼邪惡。後果又出現了，一個巨大、批判的存在把受到剝奪的生命呈現在他眼前，還在搖籃裡的嬰兒就遭到一個傑克．鮑頓的劫掠。之前他一直有點害怕去想，爲什麼他會覺得自己和即將發生的這場摧毀有所牽連，而現在他明白了。如果他是個正派的人，他就該離開她。

他還有一張廿元美鈔。他去以前住的那間寄宿公寓看看泰迪最近是否留了錢給他，而一個信封在那兒等著他。他走回房間，把泰迪那兩張十元鈔票連同那張廿元鈔票透過縫合處的一個裂口塞進枕頭，他縫了幾針把那個裂口封住，以免羽毛飄出來，破壞他的祕密行動。然後他著手寫一封信。

親愛的黛拉，我離開了聖路易。我無法停止想你，所以我必須離開，走得遠遠的，讓我不會再發現自己坐在你的門階上，渴望著再一次聽見你的聲音。我知道我不值得你的學生所承受的損失，如果你不能繼續教書。這其實非常簡單。想到我已經造成的傷害，我很慚愧。其實在某種意義上，我祈禱還來得及讓事情好轉，讓這樁醜聞結束，只要身為醜聞起因的我不在這裡。請理解並相信我這樣做是出於深深的愛和尊重。傑克。

這的確很簡單，用幾句話就能解決。他沒有提到他們的婚姻，因為她應該要感到她完全有自由去做其他選擇。他小心地避免使這封信顯得情緒化，因為這樣一來，就會違背他寫這封信的初衷，違背他堅決的意圖。他知道，如果他給自己弄一瓶酒來，以度過這一天和這一夜，他的決心就會消散，至少是會迷失在放蕩的泥淖中。最好是清醒地做這一切。他將會去上班，把鑰匙交還，負責地結束舊日的生活。然後他會去那間轉售死者衣物的商店，看看是否有哪個男士離開時沒帶旅行箱。他會在以前那間寄宿公寓留張短箋給泰迪，告知他已經不在聖路易了，並且謝謝泰迪所做的一切。等他有了新住址，他沒有打算把新住址寄給泰迪。他是在切斷一條救生索。泰迪將會加以解讀。泰迪會感到難過——他也許不會想著「那個混蛋」，但他會知道他有權這麼想。

現在他爲了一個極佳的理由而試圖改變他的生活，卻仍然受到舊日那種感覺的壓迫，覺得他被一個由潛在損害構成的網子纏住，只要他一呼吸，那潛在的損害就以這種或那種方式成爲現實。好吧，他會緊盯著這個目標，亦即保護黛拉和她神聖的工作。在他做這一件事時，無論有其他什麼東西被燒毀或擊碎，他都會置之不理。例如，對他來說，很少有什麼東西比他弟弟泰迪的忠誠更重要，這份忠誠曾經受到嚴峻的考驗，卻從未動搖。現在他剝奪了那個好人繼續對他好的機會，就忠誠的本質而言，這是殘酷的。可是他沒辦法對弟弟說什麼，關於他將會身在何處，而他得要免除泰迪再到聖路易來的麻煩和開銷。如果有朝一日他能夠站穩腳步，他也許會開始補償泰迪。他想像著帶著一件貴重的禮物重新進入泰迪的生活，比如一隻金表。而泰迪會困惑而猶豫地收下，一直以來他都以這種方式收下他認爲可能是偷來的禮物。

但儘管痛苦，這只是個小問題。他寫好了給黛拉的信。現在他該如何把信交給她？他不知道她老家的地址。她讀這封信的時候最好是和她姊姊或她母親在一起。她並沒有打算在孟斐斯久留，有可能已經在回來的路上。那麼她可能會從車站到他所住的寄宿公寓來，就像上一次一樣，然後從管理員口中得知他走了。讓那個混蛋目睹她的驚訝和受傷。這個念頭令他無法忍受。他將得留在聖路易，直到她回來，把這封信親自交給她，並且在她讀信時陪著她。

這封信是個問題。如果他當面跟她談，他能夠小心謹慎地選擇話語，讓他能夠忍受他將在她那張自豪而溫柔的臉上見到的憂傷。這顯然是他唯一的選擇。他把那封信撕成了碎片。

星期天還沒過完，這一天非常漫長。他想她可能不會在安息日離開孟斐斯，如果一切順利的話，將會有一頓豐盛的晚餐，也許還會有客人和親戚。於是他出去散步，湊巧走往她的住處，以防萬一她已經回來，就能跟她說話，趁著那番佈道仍然在他腦中迴盪。他知道一旦見到她，他的決心可能會化爲烏有——神經緊張——可是至不濟，他還能見到她。當他走近她的住處，他看見窗戶上有張告示，上面寫著「出租」。屋裡沒有亮燈。他敲了門，沒有回應。他不得不在門階上坐下來喘口氣。他坐在那裡時，有路人從旁經過。此刻時間還早，還不到他平常在他們街上出沒的時間。管他的。他走下門階，穿過那叢灌木，抔起雙手抵在窗玻璃上，好看進屋子裡。沒有鋼琴。地板中央擺著一些木箱。凡是經過的路人都會看見他流露出的情緒並且加以解讀，儘管他的情緒無以名之。他必須振作起來，帶著他所能鼓起的尊嚴離開。

她一定寫了一封信來。如果有信寄來給任何一個房客，公寓管理員可能會提到，也可能不會，因爲這種情況很少發生，房客一向也懶得問。一離開別人會解讀他的舉動的那個街坊，傑克就直奔寄宿公寓，衝進門裡，索取那封信。

管理員注意到他的激動。「什麼信？我的意思是，哪一封？」

「把信交出來。」

「是說『滾出我的生活』的那一封，還是說『我們還是可以做朋友』的那一封？這兩封信是同一天寄來的，所以我不清楚你應該先讀哪一封。」

「把兩封信都交出來。」

管理員打開抽屜，拿出一疊信封和紙條，取出一封信，交給了他。信是密封的。他說：「你得學會讓人開個玩笑，鮑頓。」

「你剛才說有兩封。」

他聳聳肩。「開玩笑的。」

「這封信是什麼時候送來的？」

「前幾天。」

他上樓回房間去看那封信。郵戳上印著孟斐斯。她一定是一抵達那裡就把信寄出了。不過，她才離開沒多久，不足以讓她屈服於家人的懇求。這封信可能是她在離開之前寫的，或是在火車上。因此，不管信裡說了些什麼，甚至在那一夜他們在一起的時候她就決定了。信封上沒有回郵地址，這似乎不是個好兆頭。爲什麼他覺得呼吸困難？在最糟的情況下，她寫信來告訴他的或多或少是他自己決定要告訴她的事，這會是個打擊，但也會是種解脫。在最好的情況下，這會是封情書，而這將會是一場災難，因爲當他把信拿在手裡，他就明白，只要看見她一句深情的話語，他的決心就會化爲烏有。

也許是爲了發洩一些情緒，他下樓走到樓梯一半的地方，對公寓管理員說：「有一天會有人殺了你。」

對方沒有抬頭，仍在整理那疊信件。「或許如此，但那人不會是你。」

這是實話。

「順帶一提，這是另外那一封信。」他把一封信放在櫃檯上。「你可能會想先讀這一封。」

信封是密封的，上面沒有回郵地址，郵戳寫著孟斐斯。

公寓管理員不可能知道信的內容，因爲信封顯然完好無損。然而，以何種順序來讀這兩封信，可能的確有差別。他用一把鑰匙把兩個信封都拆開了，然後抽出其中一封。信的開頭寫著：親愛的鮑頓先生。於是他瞥向署名。茱莉亞．麥爾斯。沒必要讀這封信。第二封的開頭寫著：親愛的鮑頓先生，署名是蒂莉亞．海費德。爲什麼他先前認爲這些信是黛拉寫來的？由於那娟秀的女性筆跡。他本來也許會看出差別，如果他想到要找出差別的話。在他看來，他們的事已成定局。看在老天的分上，他把他的妻子讓給了他們，即使有某些困難，例如黛拉拒絕被讓與。不管是她姊姊還是姑媽都沒有盡到起碼的禮貌而提供回信地址，因此他無法告訴黛拉他將離開聖路易。她可能會到這間該死的廉價公寓來找他，而管理員會告訴她，他已經走了，然後在她試圖鎮靜下來時看著她可愛的臉龐。傑克可以留一封信給她，但是顯然無法確定管理員會把信交給她。

他走下樓梯。管理員從報紙上抬起頭來瞄了他一眼，說「鮑頓，你嚇到我了」，就又把目光移回報紙上。傑克繞過櫃檯，打開堆放郵件的抽屜，抓起那一疊信件、卡片和字跡潦草的零碎紙片，全都拿到房間裡。爲什麼？總之東西就在那裡，散落在他床上。首先他整理了一下，看看是否有寫給他的，這很合理。有一張他似乎簽了名的借據，沒有寫上金額。有一張卡片上寫著：「求求你！請原諒我！」沒有地址，也沒有署名，另一張上寫著：「我就快死了。都怪你。」

這是那種或多或少瀰漫在這間寄宿公寓裡的思緒。他早在幾年前就應該離開這裡。假如這些年他在一種不同的氣氛裡度過，也許他會成爲一個不同的人。他不得不提醒自己，他的成年生活之所以有如煉獄並非出於偶然，這已經是個進步的跡象。想到他將離開這個房間，這個念頭使他精神一振。他驚訝地意識到他的感覺是期待多過於憂懼。他將寄一封信到黛拉之前的住處，希望會有人把信轉交給她，如果她自己沒有發現那封信。他將留一封短箋在公寓管理員那裡，希望在必要時能夠稍微給她一點安慰，假定管理員眞的會把短箋交給她。

所以，兩封短箋給黛拉，一封給泰迪。他把那張借據撕得粉碎，然後脫掉衣服上床睡覺，用他曾與黛拉，他的妻子，共用過的窄小毯子和單薄枕頭，盡他所能地得到一點安慰。他仍然依稀感覺到她在他身邊。這將會結束。他在為她做正確的事，她的全家人都會這樣告訴她，或是告訴她類似的話。自從他離開大學來到聖路易，免除弟弟為他作弊的危險，他就不曾在道德上如此篤定——用他父親的話來說。如今泰迪是位醫生，而黛拉也許仍然會是位老師，儘管他造成了一些惡劣影響。在這兩種情況下，他能做的最好的事就是一走了之。

那也是最糟的事。一個令人心寒的念頭。他起床，穿好衣服，只差沒穿鞋子，然後再度躺下。他不止一次聽見他父親說：「那個小傢伙就是不肯出生。艾姆斯和我跪下來祈禱了好幾天！」他父親沒有說「那個小傢伙差點害死了他母親」。在他前世的最後幾個鐘頭裡的一件劣行，然後誰曉得怎麼了。她的靈魂永遠擁抱著她的小刺客。當他聽見自己出生的故事，說醫生因染患肺炎而倒下，而那個獸醫，身上帶著石碳酸的甜味，坐在前廊的搖椅上打發那幾個鐘頭，以防萬一，他有時但願自己可以不要出生。但是事情已成定局，由不得他來決定。他的拒絕出生，或者說試圖拒絕出生，可能意謂著他所預知的事折磨著他，尚未出生者在進入人間時所失去的那份預知。他曾在某處讀到過這個說法，對他來說似乎言之成理。無論如何，他母親還能活下來為他感到悲傷，是個比較好的結果，因為她的其他子女都成長茁壯，珍惜她，並且超越了任何母親的期望。談到這個桀驁不馴的兒子，他父親會說：他就跟其他孩子長得一樣高、一樣好。這是眞話，泰迪和他簡直就像是雙胞胎。他們的父親會說：「這兩隻手也不及他們的相似！」[72]而有一次泰迪問道：「哪一個是鬼魂？」那是在他還會穿著傑克的衣服代替傑克去上課的時候，當他模仿傑克的畏縮，模仿那近乎譏嘲的微笑，在其他人只會停留或等待的地方閒蕩，彷彿他沒有什麼好理由待在任何地方。這使人看著心驚。接下來他就會撒謊或偷竊，而不僅是破壞榮譽守則。泰迪應該要過著他自己的生活，令人敬重的生活。傑克銷聲匿跡來到聖路易是對的。當然，還有另一些事使此舉成爲錯誤。

早晨似乎永遠不會來臨。

但它還是來了，於是傑克著手準備離開。他去了轉售死者遺物的那家商店，果然找到了一個旅行袋，接縫處磨損了，但還算體面，另外還找到一件新一點的襯衫。他回到房間，把他在這個世上的家當全塞進旅行袋。他去舞蹈教室歸還鑰匙，卻發現老闆很缺人手，於是他留下來，跳了幾個鐘頭的舞，這意謂著行程要延到次日。可是老闆給了他幾塊錢，還有幾位女士親吻了他向他道別，這使他的心情輕鬆不少。

又過了一夜，然後他步行一段長路去巴士站。他要離開時，公寓管理員說：「這裡將會變得很沉悶。」這話根本說不通。傑克十分確定他甚至不曾在睡夢中尖叫過，雖然那是完全可以被接受的行爲。他知道他從不曾攻擊過其他房客，儘管他受到的挑釁夠多。他住在那裡的整段期間，他不曾被逮捕過一次。整體而言，他一直很小心，不使他們的集體生活受到更多關注。他以這個想法爲榮。

他說：「你應付得了的。」

管理員聳聳肩。「到目前爲止還算順利。」這也不是事實。在這個破爛的屋頂下，在這條傷心的街道上，沒有誰能夠由衷地說這句話。傑克在門口停下來，考慮該如何回答。管理員似笑非笑，他知道自己惹惱了傑克時就是這副樣子。於是他走了，與這一切再無關係。

他買了一張去芝加哥的單程車票。他對那個地方沒有任何正面的聯想，但至少他曾經去過那裡。在愛荷華州的基列鎮成長並沒有使他成爲一個世故的人，從那時起，他就把自己的期望放得很低，以確保自己過著十分簡單的生活。他沒有理由偏好芝加哥勝過印第安那波利斯或是明尼阿波利斯，除了他在芝加哥有過一些不愉快的經驗。這至少也算得上什麼。

他找了個靠近車尾的座位，靠窗。在候車室，他注意到一個少婦正努力讓孩子安靜下來，那個孩子似乎由於發燒而煩躁不安。果然，她們就在他旁邊那個座位坐下。那個少婦疲憊地表示歉意。傑克說：「我知道這是怎麼回事，別放在心上。」暗示他對孩童有所了解，以減輕她的難爲情。事實上，這個生物的力氣令他感到驚訝，那顆躺著的頭顱的重量，那雙堅硬的小鞋子踢到他大腿時的力道。少婦試圖抓住孩子的雙腿，因此引發了一番扭動和掙扎，使得有耐心的傑克心想這趟旅程可能會很難熬。他可以在下一站下車，希望下一次的運氣會比較好，等他湊足另買一張車票的錢。可是由於士兵返鄉的關係，巴士都很滿。他能得到現有的座位是件很幸運的事。

少婦說：「我叫瑪格莉特。她叫露西。」

「我叫約翰。」

露西在她母親的懷裡掙扎，哭得很大聲。「昨天才開始的。在那之前她都好好的。假如我知道會這樣，就不會離家了。」那個嬰兒垂著大腦袋，濕濡的臉，潮濕的頭髮，懇求地看著傑克，彷彿他能替她做些什麼。她向他伸出一隻濕漉漉的小手。

瑪格莉特再度嘗試把孩子摟緊。「所以，你也有小孩？」

「是的，一男一女。」有何不可？他只是在編造第一個謊言，這個謊言是無辜的，出於好意。

「多大年紀？」她是多久以前出生的？或者說她死的時候是幾歲？

「兩歲半，那個女孩。男孩是七歲。」

「所以他可以幫忙媽媽看著她囉。露西是兩歲半，她把我弄得筋疲力盡。」

他被困在這番對話中，聽見自己無緣無故地說謊，確實如此，除了他看不出這會造成任何傷害，然而這絕不表示不會有潛在的傷害。少婦站起來，調整抱住嬰兒的方式，那嬰兒抽泣著扭動，她們坐下時，寶寶蹬著腿，抵住了傑克的大腿。他說：「你得帶她去看醫生。」

「看醫生要花錢。再說，她只是感冒之類的。她會好起來的。」

「我有錢！」

她俯身向前，看著他的臉。「我也有，因爲我不把錢花在沒必要的地方。」

他說：「你不懂，感染可能發作得很快。」這是他母親寫在信裡的話，遺憾他們沒有早點聯絡上他，好讓他能夠及時回家。彷彿他會回家似的。他說：「我們可以在下一個城鎮下車。我可以幫忙你找到醫生。」

她說：「放輕鬆吧，先生。我能夠照顧我的寶寶。」然後，過了幾分鐘，她說：「你自己失去了小女兒，對吧？我眞抱歉！」

他用帽子遮住眼睛，向後靠坐。他能感覺到身旁那個少婦的尷尬不安，一道同情的目光無處駐留，無人看見。像什麼呢？像他母親寫的那封信。

他在下一站下車，買了一瓶橘子汽水，帶回車上。「我想她可能會喜歡這個。」

「你眞好心。」

他向後靠，帽子遮住了眼睛，假裝睡覺。過了一會兒，嬰兒不再焦躁不安、拳打腳踢。寶寶在她熟睡的母親胸脯上睡著了。他摸了摸那嬰兒胖嘟嘟、黏乎乎的臉頰，只是爲了確定。她的臉頰是涼的。嬰兒嘟囔著轉過臉去避開他的觸摸。母女倆花了好幾個鐘頭扭鬥，此刻相親相愛地睡著了。沒有足夠的光線讓他閱讀。他幾乎沒有辦法動彈而不至於吵醒瑪格莉特和露西，她們的安靜對他而言是種很大的解脫。城鎮、農場、鐵路機廠。有一次在一個停靠站，他小心翼翼，靠著長腿設法跨出座位，下車走進夜籟裡抽一根菸，然後再鑽回座位。到目前爲止一切尚稱順利。

那天早上他本來想在城市的外圍下車，那裡顯然適合過期望不高的生活，可是那個少婦和嬰兒還在熟睡，嬰兒的頭枕著他的手臂。又過了兩站，瑪格莉特醒來了。此刻那些商店有種繁榮的景象，旅館帶點光鮮，帶點城市氣息。傑克取下旅行袋，假定情況只會變得更糟，意思是更高雅、更昂貴。當他踏上走道，瑪格莉特說：「等一下！我阿姨有間寄宿公寓離這兒不遠。我可以把地址給你。」他遞給她一本他原本打算歸還的書，羅伯．佛洛斯特寫的，她在封面內側寫下地址和幾句話：「親愛的阿姨，這位先生對我非常好，幫了我很多忙！瑪格莉特。」

他向她道謝，下了巴士，留意到一家咖啡館和一間書店。先吃個麵包捲配咖啡，然後，鬍子沒刮，衣服沒換，他仍然走進了那家書店，只爲了架子上的書帶來的熟悉感，有些書曾經以比較寒傖的樣貌陪伴他度過流浪或隱匿的時光，不時沉浸於其中，儘管在他被縮限的世界裡有報應或是單純的惡意行爲肆虐。那是一家漂亮的書店，有著挑高的天花板，玻璃櫃裡擺著精美的舊書。所有的經典作品都在，一排一排的很壯觀。有法文書和德文書，也有詩集和歷史書籍，瀰漫著書本的氣味。爲了讓自己平靜下來，他拿下了歷久彌新的《草葉集》，站在走道上讀著，直到他幾乎忘了自己身在何處。當店員跟他說話，他先迅速檢查了自己的記憶，確定他沒有把任何東西偷偷塞進口袋，然後才摘下帽子，露出微笑。

店員是個年輕女子，有張討人喜歡的面孔，向他微笑。

她說：「需要我幫你找什麼書嗎？」

「哈特．克萊恩。[73]」他說，爲了讓她刮目相看。「他很難懂。我想我不妨再讀讀看。」他查看過了，店裡沒有哈特．克萊恩的作品，他無須找藉口避免買下任何東西。他摸摸下巴的鬍碴。「我搭了整夜的車，該去找間旅館。可是這家書店這麼美，我一定得進來看看。」

「我們以此爲榮，我看見你找到了華特．惠特曼。」

「是的，一個老朋友。我知道他不會介意我的衣服有點皺，人有點疲憊。」他捨不得把那本書放回架上，這並不是假裝的，但是有這個討人喜歡的年輕女子站在那裡，除了把書放回去沒有別的辦法。

「會到店裡來問起哈特・克萊恩作品的人不多。事實上，沒有多少人會問起詩集。你是作家嗎？你看起來有點像。」

「我偶爾試著寫點東西，我想這算不上寫作。不過，這個想法挺不錯。」就連衣冠不整似乎都對他有利。

「嗯，如果你剛到城裡來，我們這裡有個缺。我父親說他一直都在找懂書的人。如果你明天上午晚一點來，他就會在店裡。」

「好。明天上午晚一點。謝謝。」他倒退著走出門去，鄭重其事地舉起帽子致意，而她笑了。那是個玩笑。不是由於緊張。

這一切都很奇怪。在這裡他有希望得到一個既合適又理想的職位。然後他想起那間寄宿公寓的地址寫在旅行袋裡的一本書上，而他把旅行袋留在店裡了。他又走進書店，而那個年輕女子正等著把旅行袋交給他。再揮一下帽子，非常宜人的笑聲，然後他就又來到街上，心想他得找個機會提到他已經結婚，這個念頭令他驚訝。

他找到了那間寄宿公寓，距離並不遠。周圍是各式各樣的商店，低矮的建築，門上有招牌，門前有停車位。而那間寄宿公寓則是另一個時代的遺物，前面有花園和一扇鑄鐵大門，看起來就像是典型的舒適老家，窗戶掛著窗簾，門廊上有搖椅。這一次是個和藹可親的老太太來詢問她能否幫得上忙，然後她笑吟吟地說：「噢，對！我外甥女打過電話來。她說你人很好。是的，我已經替你準備了一個漂亮房間。」他跟著她上樓，她打開一扇門，裡面的確是個很漂亮的房間。床上鋪著厚厚的枕頭和毯子，有一張墊子很厚的扶手椅，一個大而光亮的衣櫃。噢，天哪，還有一個熨褲機和一把鞋刷。古老畫作的精緻複製品。浴室就在隔壁。

他說：「這房間很漂亮，我太太會很喜歡。我相信我很快就會有一份工作⋯⋯」

「太好了。現在你休息一下。晚上七點我會準備一份簡單的晚餐，早上會提供早餐，午餐就請你自理。」

這是個什麼玩笑？他試著不要太明顯地流露出吃驚，不要太喜形於色。但浴室裡有個巨大的瓷浴缸，到處鋪著磁磚，全都完好無缺，閃閃發亮。空氣中瀰漫著薰衣草的氣味，濃烈的程度大約是嗅鹽的一半，這本身就是一種淨化。還有疊起來的白色毛巾。他要把傑克．鮑頓這個瘦弱的魔鬼刷洗得一乾二淨，鬍子刮得乾淨無比，讓他躺在那張被褥鬆軟的床上，假寐一下，直到去享用那頓簡單的晚餐。他忍不住要去想他何時會踏錯那致命的一步，陷阱的活板門何時會打開。每一件事都進行得太過順利。不過，在最糟的情況下，他面對嘲笑或舉發時將是一身乾淨，並且刮過鬍子。那頓輕食是薄切牛肉、溫熱的黑麵包和馬鈴薯沙拉。另外四個房客向他點了點頭，但是對他或對彼此都沒有流露出興趣。太好了。

隔天早上，吃過火腿蛋，喝了一杯濃濃的黑咖啡，他緩步朝著那家書店的方向走去。他有點擔心會到得太早或太遲，但他隨即注意到前方屹立著一座老教堂，尖頂上有個時鐘，此刻正以一陣報時的鐘聲證實了它的存在。八點鐘，鐘聲說，彷彿聽見了他在納悶。眞是不可思議。他晚了兩站下車，結果發現自己……在這裡。如果泰迪設法找到了他，傑克可以讓他看見自己的生活還過得去。這能維持多久呢？如果他能找到一份工作，如果他能夠支付食宿。在那之前，他會把這一切視爲令人異常滿意的偸竊。他房間的窗戶距離地面並不遠。

在教堂鐘聲即將敲響十下的五分鐘前，傑克走進了那家書店。在這一刻他化身爲泰迪，平靜而坦誠。那個父親在那兒，女兒也在，父女倆似乎都很高興見到他。「我叫約翰．鮑頓。」他說，他們握了手。幾分鐘之內他就被雇用了，薪水相當不錯，店家期望他多少能掌握進來的新書，雖然更廣泛地熟悉店裡的庫存也是件好事。他眞的會因爲做這件事而得到報酬，站在店裡，一副他屬於這裡的樣子，手裡拿著一本書。他中輟了大學學業——這是眞話，然後遊蕩了一段時間——這也是眞話，雖然他說這句話時聳聳肩膀，露出微笑，暗示在他那張有疤痕的臉背後有著幾個落拓不羈的故事。他沒有提起當舞蹈教練的經歷，那段經歷在回顧中甚至更不登大雅之堂，洗碗之類的工作當然也絕口不提，乃至於他自己都差點把那些事忘了，連同他在獄中的那段時間。他眞的從來沒想到，生活中居然會有一個適合傑克．鮑頓的地方。那間寄宿公寓有個擺著鋼琴的客廳，有一間盥洗室，還有晾曬衣物的門廊。而房租就只比他在聖路易那個寒傖房間的租金略高一點。然而，他一直在心裡寫信：親愛的妻，如果你也在這裡就好了；親愛的朋友，孤獨可能會要了我的命。他將攢下一些錢，然後去找她。

§

這有什麼意義呢？這一切痛苦都是爲了把她送回她的美好人生。把兩件事加以權衡，比如說，她感到悲傷、難堪、幻想破滅，但她也年輕、充滿活力、具有魅力。按照常理，她獨自一人的時間不會長過她選擇要如此的時間。他也許會在某一天出現，只爲了對她說他對關係結束的方式感到遺憾，而她會說：「我以爲是我結束了它。」說完就笑了。她可能會說「你看起來很好」，以表明他們的分離對他也有好處，這將暗示他也有理由結束他們稱爲婚姻的這種無盡困局。他也許會從這樣的話中聽出憤怒，心知她永遠不會承認憤怒。他將使她的自尊不得不承受打擊，使她落淚，或是使她哽咽，嗓音變得沙啞，而這是她最不希望發生的事。屆時他就會知道，他曾經因爲離開而傷害過她一次，然後又因爲擾亂了她的平靜而再次傷害了她，她勉力用這份平靜來隱藏震驚和悲傷。有時候他想，他應該要戒掉每天洗澡和刮鬍子的習慣，若戒不掉早餐就戒掉晚餐，因爲他注意到他的氣色的確更好了。一個像他這樣心灰意冷的人似乎不該容光煥發。他想過要睡在地板上。可是話說回來，如果黛拉看見他結實健康，也許就不會納悶自己怎麼會一度被他吸引。如果他好好照顧自己，她的第一個念頭也許不會是他老了。他可能要再過許多年才會再見到她。

他要買一套西裝。在聖路易時，他常納悶有多少件最好的西裝跟著它們的主人一起入土爲安，彷彿他們的服裝能夠使那個可怕的法庭對他們另眼相看，而以傑克對經文的理解，如果他們出於好意而把更好的那一件留給貧寒的買家，那個法庭會看出次好的西裝的價值。些許體貼就能撫平世間的許多委屈。這些想法或多或少出自一個逐漸適應了安逸生活的人。他在鋼琴凳裡找到了蕭邦《練習曲》的琴譜，研究這些樂譜，在客廳那架直立式鋼琴上輕輕地練習，令房東太太欣喜莫名。至少在她看來，他的舉止在任何場合都不嫌太過高雅。他的語法也不嫌太過精確。他顯然賦予這個地方一種情調，儘管袖口嚴重磨損。不過，他需要一套新西裝，就像一條蛇需要一層新皮。那涉及一種渾身發癢的感覺。

在工作上，他熟練地操作收銀機。他很擅長處理零錢。他在賣鞋和教舞時大大派上用場的那種老派禮節得要稍加收斂，變得稍微健談一點，但是他的表現夠好了。他會忘記顧客的姓名，但會記得他們的喜好，這使得他們受寵若驚。他獲得加薪。在生意平淡的日子，他和老闆的女兒出去吃午餐。他還沒有找到機會告訴她他已婚，雖然他一直在想像他將向黛拉展示他無意間闖進的這種愉快生活。他想像她在夜燈下坐在那張有軟墊的椅子上，在他閱讀時看書，聽他述說日子會有多麼漫長，如果他不是始終念著她。「這是我們的婚姻，這是我們對彼此的承諾。」她會這麼說。

星期天他會走到黑人社區。他在電話簿裡尋找黑人教會聚集的街道，非裔美以美教會、浸信會、五旬節教會。星期天街道上有許多人，穿戴整齊，其樂融融。他去那裡是想要找到、想要聽見能讓他想起她嗓音的音色，能證實他的記憶，哪怕就只有一個字，而他偶爾的確會聽見。他無法在腦海中召喚出她的嗓音，不像他幾乎能夠在腦海中聽見一首歌的音符，可是他聽出了其他人嗓音的不同，也聽出了極少數相似的嗓音在一個短句中出現又消失。她一定寄了一封信給他。以她的溫柔，她不可能不這麼做。

在沒有收到進一步的通知之前，他就是個已婚男子。他察覺這個想法令人振奮，具有穩定的作用。在衣櫃抽屜裡累積起來的儲蓄首先將用來買一套西裝，但這是一個更大的計畫的一部分。他體會到受人尊敬的生活的實際價值，不僅是對健康的好處，還有由於預期受人看重而可據以推定的良好評價。一條由沙子做成的繩子。訣竅在於就只想著繩子，而忘了沙子。

一旦從他的外表和舉止中抹去了感傷和痛苦的最後痕跡，他就會去孟斐斯，去那間非裔美以美教會，和黛拉的父親談談。他將會帶一封經過深思熟慮的信一起去。他還沒有想好，但是要使他變得如同他所應當的那樣體面，還要花一點時間，所以還不急。如果順利，如果她父親接受了那封信，他就會問能否和她聯繫，同時他當然也理解她可能不想和他有任何聯繫。基本上他將會複述那封信的內容，但這封信非寫不可，因爲她父親可能會拒絕和他談話，而那封信將是說出這一切的最後機會，事實上是最後的希望。他想像著告訴她父親，他和黛拉的關係曾經完全是光明磊落的。而如今，這句話雖然仍舊絕對眞實，但不再是他當時的意思，也不再是她父親現在所理解的意思。我們已經結婚。不，你們沒有結婚。兩者都是事實，也都不是事實。我是光明磊落的。他可以想像自己在她父親的睥睨下汗流浹背、畏首畏尾。他是個騙子，但是在那一刻不是。

儘管如此，他仍舊嚴格遵守計畫。不喝酒，不抽菸。所以他每週都能剩下一點錢放進他的積蓄。他沒有偸任何東西，不管是多麼微不足道的東西，不管它是多麼大意地被棄置，讓手指靈巧的扒手心癢。他的確買了一本素描簿和幾枝鉛筆，想著要嘗試憑記憶畫出她的臉，並且預期自己不會成功。記憶若是更爲明確，就不會這麼引人入勝。他花了一個晚上來畫，那些圖畫一點也不像她，不管他多麼小心地去畫她臉頰的曲線、她的額頭和她眼睛的位置。房東太太抱著一疊乾淨的寢具進來，看見他擱在衣櫃上的畫頁。「你還是個藝術家呢！」她說，停下來欣賞那些畫。「她看起來像個黑人女子。」

他說：「她是個黑人沒錯。」看著她翻閱那些畫。她說「我最喜歡這一張」，舉起了恰好頗爲肖似的一張。「畫得很寫實。嗯，你可以靠著替別人畫肖像來賺錢呢。」

「很多人並不想知道自己長什麼樣子。」這是他在監獄裡體會到的另一個眞相。「他們自以爲想知道，直到他們看見那幅畫像。」屆時你的手指可能會被扭斷。當時他只受到輕微的扭傷和一番嚇人的威脅，但足以說服他繪製肖像可能不會帶來什麼好處。

「嗯，你眞是多才多藝。」她說。

確切說來，不是所有的才藝都合法。順手牽羊的習慣出人意料地難以戒絕。「謝謝你。」他沒辦法不去注意到那些裝滿銀器的抽屜。一支沒有歸位的湯匙可能使他露出馬腳。他知道房東太太信任他，不是基於她洞察了他的個性，而是視他爲一種層次更高的人，專注於書籍和音樂，不可能會去檢查叉子的背面有沒有純銀標誌。昔日的衝動仍在，提醒著他終究是傑克，要不就是騙取東西，要不就是騙取人們的好感。一套新西裝是有用的，因爲受人尊重所帶來的實質好處每天都明擺在他眼前。這些好處一旦增加，無疑能勝過誘惑，提供遠遠更有利可圖的誘因，雖然他不確定這種算計是否會左右他的行動。他父親曾經評述一件事實，甚至再三提起，亦即摩西的律法其實把偷竊視爲一種債務。沒有絞刑、沒有烙印，事實上只有很高的利息——偷一隻羊，要歸還兩隻。那是舊約體制的規定。在新約體制下，債務要被豁免，這是每個基督徒都知道的。傑克會在教堂門口站在父親身旁，看著最近有東西被傑克侵占的某個教區居民刻意面無表情的臉，而他父親用講道的詭辯甚至取消了對方抱怨的權利。從兒時起，他就訓練著他可憐的父親從事一種反轉與化解的形而上學，儘管他父親天性堅定而且相信教義。「我的」和「你的」的區分完全消失了，至少是在他的佈道辭裡。就連「善與惡」也受到嚴格的審視。傑克覺得他父親提出了一種應許之地，棘手的分類在那裡並不適用。「不再有黑夜；他們也不用燈光、日光。因爲主上帝要光照他們。」[74]這番話否定了一個非常主要的區別。〈創世紀〉第一章第四節寫道，在上帝創造天地的最初時刻，上帝「把光暗分開了」。那麼要如何相信有任何區分是絕對的，而非次要的，次於一個更加絕對的意圖，藏在經驗的面紗後面的明亮現實？他想著他應該把這個想法寫下來，拿給黛拉看，也許拿給她父親看。他和黛拉曾經在那裡，在那個不存在區分的光亮之處，在那個燦爛輝煌的夜晚。

他找到有一家商店出售現成的西裝，袖口可以配合顧客的袖長量身剪裁。太好了。傑克失陪了兩次，沒有和老闆的女兒一起去吃午餐，而去站在粉筆灰和假縫線的陰影中，一個男子滿嘴含著大頭針，爲他做些細微的調整。褲管要能碰到鞋子，並且稍微落在鞋面上。袖長應該要容許襯衫袖口露出四分之一英寸。布料是十分柔和的粗花呢，灰藍色，對他的膚色來說是個很好的選擇，那人說。此言是否客觀值得懷疑，這總是使得決定變得複雜。這是一套漂亮的西裝，不貴，但是有品味，從而掩蓋了價廉的事實。傑克付了定金，等到這個一絲不苟得令人抓狂的裁縫實際完工之後再付餘款。同時，他在房東太太從閣樓拿下來的一疊樂譜中發現了《月光奏鳴曲》，試著彈了他似乎有能力彈奏的樂段。大家又開始喊他教授，這一次看不出有任何惡意。

這種情況可能不會結束！也許沒有玩笑、沒有活板門、沒有香蕉皮。他發現自己過著一種十分怡人的生活，沒有違反任何法律。他花了幾分鐘才想起上一次他感到難堪困窘是在什麼時候。然後，錦上添花的是，房東太太走進他房門，告訴他之前住在最大一間房的那對年輕夫妻要搬走了。那其實是以拉門隔開的兩個房間，還有個小陽臺。她滿面春風。「你可以接你太太過來！」她說，指著梳妝臺上的荷葉邊，搖椅上的靠墊。「你瞧，壁龕裡有張寫字桌。」她打開那張桌子，讓他看看隱藏式抽屜，還有那把能鎖上那些抽屜的小鑰匙。「對男士來說有點太過小巧，對女士來說再合適不過。」

「我不確定我負擔得起。」

「噢，胡說！每星期只要多付一美元。」在某種意義上，房東太太愛上了他。在她想來，這個不在此地的妻子是與他匹配的佳偶，想到他們的幸福，她的臉興奮得發紅。他當然能夠想像黛拉在這些房間裡的樣子，那些新娘用品是對女性嫵媚的一種讚揚。他會再添上一盆天竺葵。由於他是個傻瓜，或者不是，因爲他知道在這個世界上，合理的期望是有限度的，他說：

「我太太是個黑人。」

她說：「這不可能。這是違法的。」她轉身背對著他。她說：「眞是知人知面不知心啊！」於是，就這樣，事情結束了。他知道懇求無用。但他說：「她很優秀，性情溫柔，受過良好教育。她是牧師的女兒，是位英文老師。」

「她是個黑人。我不希望她到這裡來。」

「那麼，我也走！」他說，彷彿這是一種威脅。他把太多事情視爲理所當然了。

她轉過身來看著他，眼中閃著怒火。「這還用說，你當然要走！我還把你當成個正人君子！」

親愛的耶穌，別讓我對這個女人動手！他等待著那股排山倒海而來的憤慨退去，讓他能夠移動或說話，但是她顯然看出來了，而且嚇到了。

她說：「我要去叫警察來！」

他走到一邊，讓她離開房間，以減輕她的驚慌。這意謂著她可以去打電話，而他簡直不敢去想這會有什麼後果。他走回房間，抓起所有能塞進旅行袋裡的東西，包括他謹愼購買的幾樣東西，這意謂著袋子將無法扣緊。他的確記得拿他的帽子，還有剩下的錢。至於其餘的東西，就見鬼去吧。

他有足夠的錢買票搭巴士去孟斐斯或聖路易。聖路易是黛拉似乎會在的地方，可是在孟斐斯他有可能查出她究竟在哪裡。再次流落街頭，他強烈地渴望起從前那間廉價旅館他的老房間裡寒酸的舒適，那裡距離黛拉從前的住處只需要走一段長路。那將是投降。他將只是在尋找回憶。所以他將前往孟斐斯，她可能不在那裡，然後，如果他們把她的去處告訴了他，他就得花工夫和金錢去追隨她，並且無論如何都要設法回到聖路易。親愛的朋友，當我想起你。是對她的思念使他能夠忍受這一切，他希望能找到她，就只是看見她。他將在一張長椅上睡覺，坐得直挺挺的，雙臂抱住他的旅行袋，以保護它，然後去買車票，希望有個差堪忍受的座位，讓自己被載到孟斐斯，風塵僕僕、衣衫凌亂、沒刮鬍子。他那套已經付了半價的新西裝將會永遠掛在他最後一次看見它的地方，等他出現在黛拉父親的面前，就正是對方唯恐會見到的白人老混混。損失的全都收回，悲哀也化爲烏有。只要他還想著她，而他的確想著她。他知道就連記憶也會隨著使用而損耗。

他在一個週日抵達，在電話簿裡找到那座教堂的地址，一個搬運工人替他指點了方向，他就步行前往。到處都是教堂；聊天的人群聚集在敞開的門口，香水味和管風琴的樂聲一陣陣傳來，還有鐘聲。偉大的安息日及其慶典。他繼續走向城市的黑人區。這時，眾教堂的門已經關上，在一、兩個鐘頭的時間裡，來作禮拜的人各自思索著人生及其含義。他要找的那間教堂終於出現在他視線中。那是一座大型石砌建築，顯現出都市的富裕，兩座方形塔樓，中間是一面彩繪玻璃窗。兩座塔樓底下的寬敞大門都還關著，於是他在對街的門口閒晃，無謂地希望自己刮了鬍子，希望有什麼東西是他能夠割捨的，可以扔在哪個角落，好讓那個尚稱體面的旅行袋可以扣上。可是他不能冒險讓別人看見他在旅行袋裡東翻西找。如果他不斷嘗試勉強把袋子扣上，搭扣就會斷裂。感覺上這是無法避免的。他希望他有一根香菸。然後那兩扇門打開了，在禮拜結束後的管風琴獨奏聲中，主教走出來，就位，準備好招呼會眾。他身材高大，穿著主教的華麗服飾，傑克的父親有時會花點時間來譴責那種華服，自己則穿著正統新教教會的那種黑色喪服。一陣風起，掀動了他的主教袍。天啊，他真是威風凜凜。

沒有別的辦法——抵達這裡已經花掉了他最後一毛錢，於是傑克緩步朝著聚集在寬闊臺階和人行道上的人群邊緣走去，稍微有點閃躲。主教抬起頭來，看見了他。那道目光有如一發步槍子彈，瞄準了他。傑克停在原地，決定摘下帽子。主教向聚集的會眾致歉告退，穿過街道，在距離他幾尺之處停下來。

「我是傑克・鮑頓。」

「是的。」那人在打量他的臉，用的是人們準備要說「你怎麼能這樣！」時的那種方式。然後他說「你可以在裡面等」，隨即迅速走向教堂旁邊那棟石砌大屋，那是牧師的住宅。傑克認爲這表示他應該跟上，心中卻忐忑不安，想到他也許誤會了，也許「裡面」另有別的意思，而他無緣無故地跟在後面。但他跟著走上臺階，走進一處像是公共場所的大房間。那裡有兩幅耶穌畫像，黛拉公寓裡那一張，只是更大，另一面牆上則是祂抱著羔羊的那一幅。房間裡有一架直立式鋼琴和一個擱在畫架上的黑板。牧師指了指一張椅子，說「我過幾分鐘就回來」，就走開了。傑克坐在那張椅子上，心想若是坐在其中一張沙發上會舒服得多，但是他不願意自作主張。黛拉的父親怎麼會知道他是誰？不可能有人料到他會來。如果黛拉描述過他的模樣，她肯定不會把他描述成他此刻的樣子，疲憊不堪，而且顯然不走運。他被當成令人難堪的親戚來對待，該給這個親戚的東西很少，但卻非給不可，而尊重不在其中。好吧，至少這把他放進了家族圈。如果雜誌上的詩句所說的是事實，可能的確有那種連結著親戚的神祕紐帶，以某種磨損的版本存在著。他想，從某方面來說、或是某種程度上來說，這個令人敬畏的男子是他的岳父。他得要留心自己的念頭，這可能會影響他說的話。想到他可能會以任何方式顯得親暱，這種嚇人的可能性使他忍不住笑了。

主教離開的時間遠遠超出了幾分鐘。傑克的肉體已經習慣了期待早餐。芝加哥似乎愈來愈像是《天路歷程》[75]裡的一段插曲，一條迷人的僻徑，在這條路上，主角的靈魂由於過度充足的睡眠和過於注重個人衛生而陷入危險。對於這一切，施洗者約翰會怎麼說？耶穌自己會怎麼說？在祂被轉化成令人平靜的肖像之前。傑克的飢餓與其他方面和初期教會有共同之處，他們將會湧入這個房間，對那些不匹配的檯燈和發黃的蕾絲飾墊印象深刻，吵著要求解釋一下美以美教派，而他自己的牧師父親則站在旁邊，希望能針對長老教會的意義說幾句話。他在那張不舒適的椅子上睡著了。他納悶，這種拖延是否表示他應該自覺受到冒犯而離開。離開後要去哪裡？去做什麼？隔天他仍會在這附近徘徊，既然他已經來到這麼遠的地方，花掉了最後一毛錢。警察將會以閒蕩爲由抓住他，再以看似精神錯亂爲由拘留他。這是人生的最低潮。可是茱莉亞端了鮪魚三明治來給他，盤子邊緣擺著酸黃瓜，還有一條餐巾和一份報紙。這些小小的關懷是種幾乎難以忍受的解脫，雖然她就只對他說了「我會替你拿點咖啡來」，還有「他很快就會回來」。

等他果眞在不久之後回來，黛拉和他在一起。她父親搖搖頭，領會一件困難的事實，說：「她一直在等你。我本來希望你可能不會來，但是你來了。」

黛拉走過來站在他旁邊，以她的那種方式，證實了他能要求她作出的每一個誓言，彷彿每一個承諾在尚未作出之前就已經兌現。拋棄了其餘的一切，這夠不尋常了。她父親走出了房間。黛拉在沙發上坐下，拍拍旁邊的位子。「我本來打算只回來幾天。可是幾天之後我開始在早晨感到不舒服，而我母親曉得那是怎麼回事。」她用兩隻手撫平了腿上的洋裝。

「噢。」他說。

「是的。」

他慶幸她沒有看著他。在他還沒有時間思考之前，羞愧和尷尬令他不知所措，而且他羞愧而尷尬地意識到這是事實。他的妻子懷了孩子。這是一種福分，不折不扣。可是感到羞愧是他長久以來的習慣。長久以來他把這視爲懺悔，以持續的、可承受的痛苦作爲付款形式，來償還一份他永遠無法還清的債務。他甚至對它有點忠誠，彷彿它向他保證了宇宙中有正義可言。當他感覺到不被贊同，羞愧就在他心中油然而生，就像天氣不好時身體會疼痛一樣。而他在這裡，是醜聞的中心，也是衆人憤慨的中心，這份憤慨以宗教和禮貌爲由而被壓抑。他們坐在其中的這個大房間空蕩蕩得很醒目。所有表面上源源不斷的冷淡招待意謂著空蕩，彷彿有人喊了一聲「失火了！」。消息已經傳出去了。這個好家庭至少可以免於受到醜聞最粗暴的衝擊。他握住黛拉的手，而她依偎著他。嗯，這很美好。

「現在怎麼辦？」她說。

「我一直想著聖路易。」

她點點頭。「我時時刻刻都在想。」

「我去芝加哥試過。沒有成功。在聖路易也沒有，我想。」

他們笑了。「但我們在那兒有過一些好時光，我們的確有過。」

茱莉亞走進來，十分圓滑地趕走了聚集在前門的十幾個青少年。毫無疑問是來上堅信禮課程的學生。她跟他們說了幾句話，他們就以青少年的方式離開了，從最上面的臺階跳到人行道上兩、三次，笑著，友好地鬥嘴，稍微扭打一下，消耗由於擺脫了期望而來的精力。這一部分的人生並不是件壞事。

茱莉亞說：「我要去找姑媽。她大概還在教堂裡。」說完她就走了。

過了幾分鐘，她哥哥馬庫斯走到門口。「我跟別人有約，晚點見，黛拉。跟他們說晚餐不用等我。」

她說：「馬庫斯，你沒有跟別人有約。在星期天的晚餐時間？」

他聳聳肩。「我只是設法表現得有禮貌。」說完，他就戴上帽子離開了。

黛拉的父親和她一起回來時，傑克當然站了起來，茱莉亞兩度進來時也一樣。當馬庫斯站在門口時，傑克當然也又站了起來。他開始覺得自己可笑，被迫依賴那一絲不苟的禮節，許多人都覺得那像是嘲諷。他總是拿捏不住恰到好處的恭敬。有些事其他人似乎天生就知道。他能聽見其他房間裡的人聲，有些聽起來很激動。不管出來露面的是誰，不管對方此刻是什麼心情，他都只能用禮節來自衛。先前他站在那裡，簡直像是把帽子拿在手裡那樣畢恭畢敬。馬庫斯在門口短暫停留，幾乎沒看他一眼，找理由婉拒和他結識。爲什麼令人感到難堪的情況無窮無盡？他相信這是一個神學問題，與人在宇宙中的地位有關。可是當他感受到這個問題的眞正力道時，他總是正處於某種令人難堪而癱瘓了思考的緊急情況。

可是每一次他再坐下來，黛拉就握住他的手。他曾久久思索這隻手的碰觸所帶來的莫大安慰。這是另一個神學問題，一個人怎麼可能對另一個人具有如此重大的意義，帶來安詳與保證，彷彿忠誠就像地心引力一樣眞實。他父親說它必須如此眞實，因爲主是忠誠的。傑克這時才感覺到這個想法的力量。

茱莉亞進來，面帶微笑，和面帶微笑的姑媽蒂莉亞一起，姑媽伸出戴著淺紫色手套的手，以一種認出舊識的口吻說：「鮑頓先生！很高興見到你！」一個知心的姑媽，帶著一顆善良的心所散發出的魅力。黛拉親吻了她。如果可以，傑克也會親吻她。她長得漂亮，也享受這件事實。她是任何人都希望得到的盟友，而她也享受這一點。「我被找來幫忙弄晚餐。」她笑著說。「所以我想我得去幹活了！」茱莉亞在旁邊看著，很高興，然後她們就走了。

傑克說：「我該走了。我的意思是，我不該待在這裡。也許我可以明天來見你。」

黛拉說：「別走。情況到了明天也不會有什麼改善。今天我們至少還有出其不意所帶來的優勢。待在這裡對我來說也不是那麼愉快。沒有誰對我不好，眞的，可是一切都不同了。是我的錯。」

「也是我的錯。我們一起面對。」

她點點頭說：「這是好的部分。」

他沒有伸手摟住黛拉，他的妻子，也沒有親吻她。這很容易就會使情況火上加油。「我的確有點東西要給你。」在最後那一刻的慌亂中，他把他畫的幾張她的肖像塞進了旅行袋，因爲這幾張畫雖然令人失望，但他能捕捉到的相似也許就只有這麼多。「我當時在試圖回想你的臉，請別見怪。」

黛拉仔細看著這幾張畫。「你認爲我很漂亮。」

「是的，但是眼神不對。看著我。」他端詳著她的臉。她也端詳著他。

然後黛拉的母親走進來，挽著蒂莉亞姑媽的手臂。傑克站起來。她母親喘著氣說：「鮑頓先生，我希望你能留下來吃晚餐。就只有家人。我們非常歡迎你。」

傑克說：「謝謝您的好意。但我眞的該走了。」

黛拉說：「謝謝媽。他會留下。」

蒂莉亞姑媽說：「他當然會留下！」

甜蜜的滋味。他父親說這件事的精髓就在於冉冉上升的香氣。誰想得到一隻慌慌張張、脾氣暴躁的老母雞能產生這種香味？恩上加恩。老先生就是用這些話語來作晚餐前的禱告，有時爲了好好品嘗而略過了早餐。傑克感覺到一陣渴望，渴望身在他父親的屋子裡。他在想：我能夠用你們的禱辭祈禱，我能夠唱你們的聖歌，我能夠替你們作晚餐前的祈禱，我在這裡不該是這樣一個陌生人。在我父親的屋裡也不該。爲什麼這種難堪每次感覺起來都是新的？

黛拉說：「不會有事的。」然後又說：「就算不然，又有什麼關係？」的確如此。頂多就是沒有什麼眞正的問題得到解決，而如果一切都搞砸了，問題也不會變得更糟，而晚餐無論如何都是件好事。

他輕輕地說：「我在聖路易認識一個人，他也許能夠稍微幫助我們解決困難。」這人就是赫欽斯。儘管他不贊同，但他懷有一份基本的善意，誰知道呢，在這種情況下，這份善意也許會占上風。他會說這種情況本來不該發生，而傑克不會同意。但是教會裡一定有些女士會樂意協助接生一個嬰兒。他以前住的那個地方的管理員也許不會太介意讓黛拉在那兒住一段時間，當然是謹慎低調地，直到他們找到別種安排。儘管那人多次威脅，但他從未眞正叫過警察。也許泰迪還繼續把錢留在另外那一間寄宿公寓。那人也許未必會把那張短箋交給泰迪，而他若是把那筆錢留下一半，就像傑克在獄中時那樣，那麼就會已經累積了一些。傑克不習慣鼓起希望，因爲希望會招致失望，這種可能性會在他心中引發焦慮，而焦慮似乎的確會招來失望。

黛拉說：「傑克？」想要引起他的注意，而他察覺她母親來請他們去餐廳就座吃飯。黛拉告訴他可以去哪裡洗手洗臉，然後他走進了餐廳。有十個座位擺了餐具，六個座位空著。黛拉的父親不在餐廳裡。

「茱莉亞，去把你弟弟他們找來。」她母親說。

茱莉亞去了又回，輕聲對母親說了些什麼。「沒錯，他們要來吃晚餐！」她母親說，雖是耳語，卻很大聲。「馬上！」

傑克站起來，打算告辭，而女主人說：「你坐著就好！」彷彿忘了他並不是她的子女，這個想法令人愉快。然後她問：「蒂莉亞呢？她跑哪兒去了？」說著就離開了餐廳去解答她自己的疑問，滿桌豐盛的晚餐漸漸涼掉。

蒂莉亞和兩個高個子男孩一起進來，兩個青少年瞄了他一眼，交換了眼神，大聲把椅子拉出來，懶洋洋地坐下，彼此開著玩笑，彷彿偷偷摸摸地。接著馬庫斯和茱莉亞一起走進來，站在他的椅子後面，彷彿無法作出最後的讓步而在椅子上坐下。他母親說：「你父親沒到，我們就不開動。」於是馬庫斯走開，茱莉亞跟在他後面，然後是蒂莉亞。他們的母親大聲地自言自語：「菜都要涼透了。」

那兩個青少年當中的一個轉過來面向他，說：「哈囉，傑克。」

另一個說：「怎麼樣啊，傑克？」然後他說：「不，等一下。傑克已經死了！」

「是啊，他不是被一根雞骨頭噎死了嗎？」他們捧腹大笑。

黛拉說：「是貓咪傑克。抱歉。」

他們的母親搖搖頭。「我做錯了什麼，才會生出這種孩子！」

年紀稍長的那個男孩說：「我們不懂禮貌。沒有人要罰我們回房間去嗎？」

「對啊！媽，你的立場要堅定一點！」

「你們再這樣下去，我就讓你們在椅子上坐到鬍鬚變白。我們有客人在！」

「哦，對不起，我們沒有意識到他是客人。他就只是突然冒出來的，不是嗎？」

「是啊，就像一隻流浪貓。」他們笑個不停。「現在我們得回房間去了嗎？」

他們的母親說：「我眞爲你們感到羞恥。我不知道你們會這麼無禮。」

「哦，爸爸在哪兒呢？馬庫斯又在哪兒？」

「對啊？」

「你們別管。給我坐直了，表現得成熟一點！」

傑克站起來。「呃，謝謝您，麥爾斯太太，但是我得走了。」他意識到他用手遮住了臉，遮掩那個該死的疤痕。可是主教走進來，連同蒂莉亞、茱莉亞和馬庫斯，還有另一個他不知道名字的兄弟。那位家長站在桌首，說：「天父……」然後所有的人都站了起來。傑克沒辦法在作謝飯禱告時離席。然後黛拉挽住他的手臂，說：「這個人是我的丈夫。如果他要走，我就跟他一起走。」誰都不希望這樣，傑克尤其不想。走去哪裡？去做什麼？還得要考慮到妻子！棒透了。她母親說：「請留下！」那兩個男孩說：「對不起，黛拉！我們不是故意的。」而她父親說：「我們應該都冷靜下來，一起享受這頓美食！」若非每個人都看得一清二楚，傑克本來會極力保守的祕密是他肚子餓了，而且口袋裡沒錢，他們肯定都考慮到了這一點，傑克當然也一樣。他把盤子盛滿，自重地有所節制，免得露出他經常有理由擔心的那種乞食模樣。在那之後，黛拉又替他盛滿了兩次。一切都很好。馬庫斯嘗試和他交談：「據我所知，你是個鄉下孩子。」這稍微惹惱了傑克，因爲這可能是事實。

「是小鎮。」他說。

「對。」馬庫斯說，彷彿承認了小鎮與鄉下之間的差別。

「我的確常去釣魚，也常打棒球。」還說了很多謊，偷了很多東西。藍眼睛，曬成褐色的臉頰，偷竊的習慣，一個帶點鄉土氣息的滑頭小孩。不是任何人說「鄉下孩子」時的意思。這頓晚餐令人疲憊。傑克累了的時候，就得留心自己變得太過坦率。

主教說：「如你所見，這屋裡住得相當滿，但我們的確有幾張折疊床在後面的房間裡，給意外來訪的客人用。」

「謝謝。這真是太好了。」他討厭自己不得不經常講這句話。當黛拉的母親跟那兩個男孩說他們從此以後都得自己洗碗，傑克發現自己差點就要說他在這方面經驗豐富，或是說他就是活生生的證明，證明你的確可能落到餘生都得洗碗的地步。外面的天色還沒黑，而睡覺的念頭幾乎使他膝蓋一軟。

「不過，我希望我們能先談一談，鮑頓先生。」主教說。

「當然。」當然。傑克跟著他走進他的書房。由於年代久遠和使用而變黃的大本書籍，一張耶穌講道的畫像。

「鮑頓先生。」他說。

「請叫我傑克。」

他點點頭。「鮑頓先生。我的家人和我們的許多朋友都致力於一種特定的生活方式，用意在於透過實施分離主義來培養黑人種族的自給自足，在現存的社會中可能的範圍之內。我知道分離主義令某些白人感到不悅，但是其他的選項也同樣令他們感到不悅。我並不是在詢問你對這件事的看法，而是要表明我的反對並非針對你個人。」

傑克說：「您對我的了解有限。」

「也許。我想我打聽到了幾件事，但我們不談這個。」

「謝謝。您很好心。」

「有時候比我所想要的更好心。」

傑克說：「我了解。我父親曾是位牧師。」

他微微一笑。「是的，黛拉提起過。」過了一會兒，他說：「你在這裡永遠不會受到歡迎。我想要你明白這一點。黛拉和她的子女可以到這兒來，如果他們想來，或是需要來，只要他們不是和你一起來。你打亂了我們的生活，但沒有打亂我們的目的。黑人的處境必須改變。他們必須有機會去決定這個改變將以何種形式進行，以及要如何達成。我很遺憾我的女兒沒有選擇參與其中，至少在目前來說是如此。」

傑克說：「黛拉對我忠誠，我也對她忠誠。我從來無意讓事情發展成這樣。我不可能想像得到。我們兩個都無意造成傷害，我向您保證。」

「她也這麼說。」他從書桌上拿起一個信封。「錢，足夠買票搭巴士去聖路易。我希望你離開。」

「那我們兩個都要離開。」

「也許如此。我們看著吧。」

假如傑克不是確實急於離開，又想不出別的辦法，他就會基於原則而拒絕這筆錢。說「謝謝您」在這個情況下似乎不太對勁，所以傑克說：「您很有基督徒的精神。」這話聽起來也許有點諷刺，因為主教說：「你應該很慶幸我是個基督徒。」

事實是，傑克明白他的意思。簡單地說，社會是一種龐大的勾結，致力於使一切變得困難而痛苦，沒有好結果，對他的好黛拉和她尚未出世的孩子的生活是一種詛咒。對他們母子眞正的忠誠也許是走開，讓這個人去做必要的工作，不必分心去擔心女兒、為她感到恐懼。可是如果傑克這樣做，如果離開她，就連她父親可能都會想、都會說：「嗯，這不是在預料之中嗎？」

傑克對這個令人敬畏的男子說：「我眞的很累了。」

「好。我帶你去你的房間。」

那是個沒有陳設的房間，有三張折疊床，兩張是折起來的，另一張上有枕頭、床單和毯子。傑克差點就開了個玩笑，說要交出他的皮帶和鞋帶，而以他此刻的精神狀態，這其實似乎會是審慎之舉。脫掉領帶、外套和鞋子的感覺真好。有人敲門，茱莉亞拿來他的旅行袋和一個紙袋，聞起來像是三明治。「黛拉明天也要離開。」她說完就走了。

燈光熄滅，他陷入了一種和睡眠具有類似效果的悵惘。他動彈不得，而他的思緒很奇怪，動盪如水。接著是睡眠，除了他不時從中醒來，其他都一樣。在破曉之前，他盡可能打起精神，坐在床上，希望光線夠亮，足以閱讀。他的旅行袋裡有那本小本《聖經》。過了一會兒，有人敲門。又是茱莉亞。她說：「黛拉在廚房裡煮咖啡。」於是他去找她，而她在那兒，在圍繞著她的溫暖光線裡，那光線使窗戶變黑，使早晨延後來到，是最有居家感覺的光線。他當然伸出雙臂摟住了她。有一、兩分鐘的時間，世界就只屬於他們倆。

黛拉說：「你準備好要走了嗎？」

「絕對、澈底、熱切地準備好了。」

「我很抱歉情況那麼糟。他們其實都是很好的人。」

「我相信你這話是眞的。」

「你難過了。」她說。

他說：「我們別去想這個。事情已經過去了，我們以後再去想。也許要想一輩子。」

「你知道，如果你眞的想走，我們不必在這裡等。但是在這裡至少我們可以在一起。」出去在城市裡，一切都區分爲有色人種或白人。

「我眞的不想留在這裡等著道別。但你應該要和家人道別。」

「是的，我會。」

「替我向蒂莉亞姑媽和你母親道謝。告訴你那兩個弟弟我會記仇。」

「馬庫斯呢？」

「一時沒想到什麼。雖然我替他擬了一份清單，關於我的長處和美德，讓他和你父親一起讀，附上一份有品味地修飾過的說明，針對我的前景。」

「你替我做了一份副本，我想。畫上了天使。」

「是的，還有一份給我自己，來幫助我度過生活中比較淒涼的片段。」

他們聽見了人聲騷動。傑克說：「我要離開這裡了。我準備要溜了。再見，茱莉亞。再會，我的愛。」他親吻了她。「把你的皮箱給我，讓我替你拿著。我相信這是一位紳士該做的事。」

於是，提著她的包包和他那個閉不攏的旅行袋，他踏上回巴士站的那段長路。他買了車票，找了個位置坐下，從那裡可以看著門，並且看見候車室有色人種候車區的一部分。發車時間快到了，黛拉才終於走進來，買了車票，穿過候車室，走到人行道上，巴士已經停在那裡，氣喘吁吁，冒出熱氣，像隻興奮過度的野獸。傑克上了車，在白人區的後排找了個座位。在他看來，黑人區的座位幾乎全坐滿了。他從車窗看見他可愛的黛拉在哄勸一位年紀很大的老太太，央求她不要去坐僅剩的一個座位。最後，一個按捺住惱怒的年輕人忽然下車了，讓她們兩個都上了車。於是她和他在一起了。她會告訴他，她被母親的悲傷和父親的擔憂給耽擱了。傑克的來訪絲毫沒有使他們放下心來。黛拉會說：「他們和我斷絕關係了。」而傑克會說：「對某些人來說事情就是這樣。」他們在一起，以他們的方式，而世界在他們面前，以其原本的模樣。

這是他迄今最重大的偷竊行爲，從禁令的魔掌中竊取的幸福。的確，這也是從她自豪的家庭裡偷走了一個受寵的女兒，連同這對他們可敬的希望所造成的傷害，還有隨著希望消滅而來的間接傷害，雖是間接，卻遠遠更大。也許好幾個世代的人都會感受到。這也會影響到他自己的孩子。被竊取的還有她從她所受的教育所獲得的每一件益處。隨著時間過去，她也許會覺得她並不擁有她可能一度自認爲擁有的幸福，甚至是，天哪，她的自愛。她將如何懷著滿腔神聖的怒氣生活？當站在她前面、盡力替她抵擋世人的侮辱和摩擦的就只有他，而不是她父親。

對善的認識。在分辨善惡的那場原始災難中，這一半受到的關注太少。儘管如此，罪疚和恩典在這句話中相遇。他可以把自己想成一個小偷，帶著一筆無價的財富溜走，意義和信賴的財富，這筆財富受到冒犯和損害，無法使用，除了提醒他這樁犯罪的性質。這樁甜蜜的婚姻使她成爲他的共犯，或者他可以視之爲忠誠，永遠能夠療癒他們倆，就像恩典一樣。

注釋

1 一八六六年，美國國會通過修正案，允許黑人行使投票權，但南方仍有許多州對黑人設限，黑人若要取得投票資格需要通過測驗，測驗中會有故意刁難的題目，像是一塊肥皂裡有多少氣泡。傑克的意思是，他身爲白人就自然擁有投票權，好像他有能力回答這種問題似的。

2 這一句的原文是五個單音節的協韻字 ring sing sting cling thing，因爲很難用中文製造出同樣的效果，勉強用擬聲詞來代替。

3 美國鄉村歌手德克斯．威廉斯（Tex Williams, 1917-1985）的暢銷歌曲〈Smoke! Smoke! Smoke! That Cigarette〉。

4 出自莎士比亞劇作《哈姆雷特》第一幕第一場。

5 桑訥中學（Sumner High School）是聖路易市的公立中學，成立於一八七五年，是美國密西西比河以西第一所供黑人子弟就讀的中學。

6 拉斯普丁（Grigori Yefimovich Rasputin, 1869-1916）：俄國神祕主義者，自稱爲聖徒，批評者蔑稱爲妖僧，後來遭到暗殺。

7 艾蜜莉．波斯特（Emily Post, 1872-1960）：美國作家、社交名媛，以寫作有關社交禮儀的書籍著稱。

8 《橡樹與常春藤》（*Oak and Ivy*）：非裔美國作家鄧巴（Paul Laurence Dunbar, 1872-1906）的第一本詩集，一八九二年出版。

9 〈馬太福音〉第十一章十五節。（編按：本書《聖經》譯文採用和合本新標點上帝版）

10 〈約伯記〉第一章二十一節。

11 「黑暗王子」（Prince of Darkness）在英國詩人米爾頓（John Milton, 1608-1674）的史詩《失樂園》裡，係指撒旦。

12 波洛涅斯（Polonius）是莎士比亞劇作《哈姆雷特》中的人物，國王克勞迪的御前大臣，歐菲莉亞的父親。

13 在《哈姆雷特》第二幕第二場中，波洛涅斯引用哈姆雷特寫給歐菲莉亞的詩來證明哈姆雷特瘋了，其中一句是 the most beautified Ophelia，波洛涅斯說 beautified 是個下流措辭（vile phrase）。

14 〈哥林多後書〉第四章十六節：「外體雖然毀壞，內心卻一天新似一天。」

15 赫瑞修（Horatio）是《哈姆雷特》中的角色，哈姆雷特的好友。

16 廷布克圖（Timbuktu）：西非城市，位於現在的馬利共和國，在地理上位於北非阿拉伯文明和非洲黑人文明的匯聚點，在英語中也隱喻「遙不可及之地」。

17 〈詩篇〉第九十篇第十節。

18 語出莎士比亞劇作《李爾王》第五幕第三場。

19 〈I Wish I Didn't Love You So〉：曾入圍一九四八年的奧斯卡最佳原創歌曲獎，原唱者是貝蒂．哈頓（Betty Hutton, 1921-2007）。

20 引自米爾頓《失樂園》第二卷。

21 〈以賽亞書〉第四十二章第三節。

22 〈馬太福音〉第二十章第二十二節。

23 〈耶利米書〉第十三章第二十三節。

24 典出〈創世紀〉第十九章，耶和華將硫磺與火從天上降下，毀滅了所多瑪和蛾摩拉。

25 美國禁酒時期，知名的芝加哥黑幫歹徒莫蘭（George Clarence Moran, 1893-1957）綽號Bugs；兔寶寶則是美國知名的卡通角色Bugs Bunny；而bug這個字的原意則是蟲子。

26 「非裔美以美教會」（African Methodist Episcopal Church，簡稱ＡＭＥ）、「衛斯理宗」（Wesleyan）和「聯合循道會」（United Methodist Church）都屬於由十八世紀基督教改革家衛斯理兄弟（John Wesley, 1703-1791; Charles Wesley, 1707-1788）所創的「衛理公會」。

27 語出米爾頓《失樂園》第八卷。

28 「貝弗利」（Beverly）可以是姓氏也可以是名字，而且男女通用。若爲女性名，可能會譯爲「貝弗莉」。

29 〈以西結書〉第三十七章第三節。

30 語出《哈姆雷特》第三幕第四場。

31 伊茲橋（Eads Bridge）跨越密西西比河，連接密蘇里州和伊利諾州，是一座公路鐵路兩用大橋，一八七四年竣工，乃是聖路易市的地標。

32 引自非裔詩人鄧巴的詩作〈矛盾〉（"The Paradox"）。

33 《裴特森》（*Paterson*）是美國詩人威廉斯（William Carlos Williams, 1883-1963）的長篇敘事詩，描寫一座小城的歷史和社會生活，共有五卷，於一九四六年至五八年之間漸次出版。

34 奧登（W. H. Auden, 1907-1973）：英裔美籍詩人，與艾略特齊名的廿世紀詩壇名家。

35 引自美國詩人佛洛斯特（Robert Frost, 1874-1963）的詩作〈熟悉黑夜〉（"Acquainted with the Night"）。

36 貝爾方丹公墓（Bellefontaine cemetery）位於美國密蘇里州聖路易市，設立於一八四九年，占地超過三百英畝，擁有許多具有建築特色的紀念雕像和陵墓，爲美國國家歷史古蹟。

37 鬱金香樹（tulip tree）是北美鵝掌楸（*Liriodendron tulipifera*）的俗名，因花朵狀似鬱金香而得名。

38 拉斯科尼科夫（Raskolnikov）是俄國作家杜斯妥也夫斯基所著小說《罪與罰》中的主角。

39 這個故事的背景是一九四〇年代末期，當時的廿元美金約相當於現在的兩百美金。

40 這是歌曲〈野雁的叫聲〉（"Cry of the Wild Goose"）的第一句歌詞。

41 〈霍斯特・威塞爾之歌〉（"The Horst Wessel Song"）是德國納粹的黨歌，歌詞係由納粹褐衫軍成員霍斯特・威塞爾（Horst Wessel, 1907-1930）所寫，曲調則是借用了源自瑞典的一首聖歌。

42 〈以西結書〉第三十七章第三節。

43 湯瑪斯・特拉赫恩（Thomas Traherne, 1636-1674）：英國詩人、神學家、牧師，玄學派詩歌的代表人物。

44 係指美國作家愛倫坡（Edgar Allan Poe, 1809-1849）的詩作〈鐘聲〉（"The Bells"）。

45 出自聖歌〈眞心摯誠〉（"I Would Be True"）

46 《豪華時禱書》（*Très Riches Heures*）是十五世紀最著名的繪圖手抄本，內容是基督教徒的祈禱書。

47 引自莎士比亞十四行詩第卅首。

48 〈腓立比書〉第四章第七節。

49 〈詩篇〉第十九篇。

50 butter wouldn't melt in his mouth 是句俗話，意思是裝得一副老實相。

51 H・D・是美國女詩人希爾達・杜利特爾（Hilda Doolittle, 1886-1961）的筆名，〈天使頌〉（"Tribute to the Angels"）是一首長詩，書寫對和平的渴望與讚美，同名詩集出版於一九四五年。

52 佛雷亞斯坦（Fred Astaire, 1899-1987）：美國電影明星與知名舞者，曾主演過許多經典歌舞片。

53 《聖經》〈啟示錄〉第二十一章裡描述天堂有珍珠門和黃金街道。

54 語出〈馬太福音〉。「外邊的黑暗」（outer darkness）一般被理解爲地獄或是沒有神的地方。

55 〈馬太福音〉第十九章第六節，談的是夫妻：「所以上帝配合的，人不可分開。」

56 〈以賽亞書〉第四十二章第三節：「壓傷的蘆葦，他不折斷。將殘的燈火，他不吹滅。」

57 流行歌曲〈Lover, Come Back to Me〉的歌詞。

58 係指〈馬太福音〉第十四章「五餅二魚」的奇蹟。

59 係指〈約翰福音〉第十一章「拉撒路復活」的奇蹟。

60 出自莎士比亞十四行詩第十八首，原文「Thy eternal summer shall not fade」。

61 這是一九四一年發行的流行歌曲〈I Don't Want to Set the World on Fire〉的頭兩句歌詞。

62 莎士比亞劇作《馬克白》中的臺詞。

63 典出《聖經》〈約拿書〉第四章。

64 尼什納博特納河（Nishnabotna）爲密蘇里河支流，流經愛荷華州時又分爲東西兩條。

65 〈創世記〉第三十二章第二十二節提到雅各帶家人渡過雅博河（Jabbok），雅各和天使摔跤，天使不能勝他，就在雅各的大腿窩摸了一把，雅各就瘸了。

66 瑞士神學家巴爾塔薩（Hans Urs von Balthasar, 1905-1988）把世界視爲神啟示的場所，藉著基督的啟示，可讓人在世界中重尋神的軌跡。

67 〈以賽亞書〉第四十章第十五節：「萬民都像水桶的一滴，又算如天平上的微塵。」

68 〈馬太福音〉第二十章第二十二節。

69 馬庫斯·加維（Marcus Garvey, 1887-1940）：「世界黑人促進會」（Universal Negro Improvement Association）的創始人，原籍牙買加，提倡黑人民族主義，以身爲黑人自豪，並主張回歸非洲大陸，建立純黑人國家。

70 筷子歌是一種簡單的四手聯彈。

71 〈雅各書〉第三章第一節。

72 引自《哈姆雷特》第一幕第二場，講哈姆雷特的亡父及其鬼魂之間的酷似。

73 哈特・克萊恩（Hart Crane, 1899-1932）：美國現代主義詩人，作品被認爲晦澀難懂。

74 〈啟示錄〉第二十二章第五節。

75 《天路歷程》（*The Pilgrim's Progress*）是十七世紀英國佈道家班揚（John Bunyan, 1628-1688）的作品，描述一個基督徒從「毀滅之城」前往「天國之城」的旅程，是具有宗教寓意的經典名著。